福 城

《海上鋼琴師》裡有句台詞是這麼説的：
連綿不絕的城市什麼都有，除了盡頭。

尚蓬 著

博客思出版社

目錄

第一章　　　　　　　6

第二章　　　　　　　47

第三章　　　　　　　85

第四章　　　　　　　117

第五章　　　　　　　169

第六章　　　　　　　243

第七章　　　　　　　296

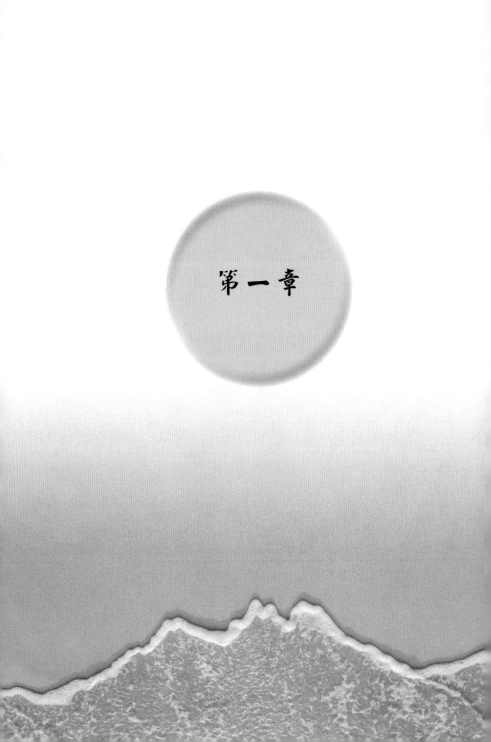

第一章

1

　　除了盡頭，其餘都可避免。長錯枝頭的葉子，或只為靠近那朵不屬於它的花。南方也會飄雪，有些人注定會遇見。花朵枯萎後，它們的果實不一定存活。

　　紅色的點越來越大，越過警戒線，一位紅衣女子躺在軌道上。傍晚的斜陽照在她圓鼓鼓的肚子上。火車頭鳴笛而來，穿過隧道口，呼嘯著急速脫軌。

　　陽光嬉笑著，每一天都會過去。扭曲、變形、壓彎的火車和生命，救援醫療隊半小時內趕到現場，起吊架鉗起卡住的幾節車廂。這天正值中元節，海風蔚藍清涼，鐵軌就設在海傍道邊，鐘聲與大海勾勒起不少回憶。可是陽光和海浪對一具死屍，毫無意義。

　　疫情在夏末轉好，至少心態上，經歷過冬天，每日新增的幾位或十位數已然不再是不確定的恐慌。車廂頂上，爬出來一排排倖存者。獲救的地方留下殘肢、行李、衣帽，這一年太不容易！

　　臥軌者是名女性，準確說是位準媽媽。她兩根手指壓斷在胸口的一封信上，軌道旁散落著書頁。

　　這是個真實的生活事件，被寫成部小說，用張愛玲的《傾城之戀》命名。死去的人覺得不妥，托夢給動筆者，故而有了我們現在讀到的《福城》，小說本質是一份虧欠或一種報復，對一個人或一座城。

　　野治不記得麖洋說過，她的生日在中元節。但他念念不忘的，是沒回答上來的問題：「柏拉圖和莎士比亞有什麼共同點？」

　　福靖坐在床頭，電視機在播新聞。野治仍在思索問題的

答案。

這時，現場畫面吵吵鬧鬧，新聞標題打出來，掛的是「府鐵因大肚女殉情出軌，一屍不止兩命」。

「什麼鬼！」野治無法容忍語言的瑕疵，「克制呢？文字的簡潔去哪裡了？柏拉圖和莎士比亞有什麼共同點？」

野治挑起眉，發出邪惡的鼻音。

「殉情，一車人陪葬？」福靖是野治明媒正娶的妻子。她產後月子沒做好，就下床給老公收拾。寶寶睡在身邊，乖乖地張望這個世界，時不時啼哭證明自己的存在。野治收起行李，他要趕晚九點的火車回學校。到時，他要問問糜洋，「柏拉圖和莎士比亞到底有什麼共同點？」

這時，電視畫面切向死者生前的黑白相。野治和福靖的結婚照無端端歪斜了下。福靖起身扶正，野治不小心打翻小桌板上的保溫瓶，燉好的肉爛在床上，湯汁水沿床單往下滴，一點一滴，瀰漫開苦澀的香味。

死者糜洋，39歲，南桂大學文學院副教授，日籍華裔，臥軌時已有四、五個月身孕。現場發現本叫《斜陽》的小說，還有封信，是寫給一位叫「治」的人。

據調查，這位叫「治」的人全名「野治」、真名「王漢」，與死者同屬一所學校，他們之間是不同院系的師生關係。報導指出，該女子的死亡原因與列車出軌事故仍在調查中。

糜洋老師是野治在跟福靖交往期間認識的，術業上兩人本無交集，道德層面上無意做了彼此的情人。

後來，錄像公佈。出軌前視頻回放顯示，出事司機神情專注，出了隧道口可能因為光線變化和突然發現有人，而下意識猛扭方向盤，導致整車事故。

「如果他不打方向盤的話，火車不會出軌……」記者在鏡頭前假設。

「要不是他為了一個有自殺念頭的蠢人……」倖存者在鏡頭前埋怨道。

「司機應急情況下做出的反應，造成一火車的傷亡……」地方府鐵和警署回應道。

「躲什麼呀！輾過去啊，那女人本就想死！」彈幕都在罵「那女人該死」。

好在司機殉職了，你無法叫一個死人起來，回溯他當時的抉擇。結束的生命是無法為另一條生命辯護的。

時間倒退至上一年十二月，麋洋第一次遇見傳說中的惡魔「野治」。

那是個喜悅的平安夜，福靖和男友野治約了逛年市的時間。府城在南方，冬天太陽不出來時，兩手插口袋取暖足矣。福靖在公交站台吃了一小時的風，九輛公車過去了，拖鞋聲終於近了。

野治一副人家欠他錢似的撇嘴樣，兩根瘦削的腿插在不同顏色的拖鞋板裡，像兩根火柴立在塑料泡沫上。野治的頭搖搖欲墜，脖子太長，像根電線桿。他嘴角有刀疤痕，划過下顎。左肩上背一隻髒兮兮的帆布袋，野治總愛炫耀袋子上的「K」字。

「那是恐婚的榜樣，」野治逢人必道，心裡期待懂的人回應句「卡夫卡」。

福靖一腳跨上台階，擋住車門，麻煩司機再等等。

「快點！」福靖衝野治招手。

野治叼根煙、壞笑著。周圍桂花樹和他一樣漫不經心。他每跑兩步就撸下劉海。前額頭髮遮住眼睛，野治的眼神飄忽不定。

巧的是，麋洋老師正從後門走來。她剛送走丈夫回校，胳膊下夾著本太宰治的《斜陽》，紅色的單印本，顏色喜慶。

福靖不好意思，她將腳從台階上收回，用手撐住車門，跟麋洋打招呼。她和麋洋那時算是同事。福靖畢業後就留在麋洋學院當行政助理，處理些學生事務，沒什麼成就感，日子就過去兩年多。

　　麋洋聽到福靖喊「野治」時，好奇地多瞅了兩眼。而在野治看來，那是來自女性的關注，一份似笑非笑的注視。野治伸手，從袋子裡掏出同樣一本書。

　　「《斜陽》！」野治喊住那個本該成為背影的人。手上揮舞的書竟拿反了。

　　麋洋回頭笑，披肩的大波浪帶落一隻蝴蝶耳墜。在那短促的一瞥間，她弄丟了一隻心愛的耳夾。

　　「她是在對我笑嗎？」野治癡癡地迷戀著。

　　麋洋低眉，沒找見丟失的耳墜。一陣失落後，她只好作罷離開。

　　這時，擋住的陽光傾斜而出。他們在斜陽中確認過對方的意思，找到後又各自分開。野治晃上車，比司機還不耐煩，一坐下就暴粗口道：「他媽的，你又不是不知道，這個時間我起不來！」

　　「做不到，昨天為什麼要答應呢？」福靖委屈嘀咕句。

　　公交車在斜陽下掉了個頭。野治沒去理福靖，他探頭在望那個背影，而麋洋也恰巧在那時回頭。野治連忙抱緊拿反的《斜陽》，滿臉羞澀地暗喜著。

2

「怎麼了，在笑什麼？」福靖關心道。

「你把頭髮放下來，醜死了！紮起跟觸電似的，你的審美有問題！」

野治說著抖出根菸，他本適合彈琴的手指，差不多新煙那麼長。野治身材高挑，尖下巴核桃腦，身高多過福靖半個頭，身材卻比福靖瘦多了。福靖喜歡野治的睫毛，像毛毛雨的天氣，陰鬱、憂傷。

「天要下雨了！」野治攤開手掌，窗外除了風，什麼也沒接到。這就是野治，病懨懨的神經質，下雨也不打傘。福靖大概就是愛上了照顧人的感覺。

野治的狀態病快快的，看上去活不過四十。野治為此感到自豪：沒什麼可擔心的，作家都病快快的，無疑你男朋友我就是作家了！

「這就是寫作的代價，總要弄出點病態，未來才配到瑞典拿諾獎。你看太宰治咳血，卡繆肺結核早死，我總要佔一樣吧。」野治把右胳膊撂到福靖肩上，「好累啊，讓我靠下。信不信下一個諾獎就是我！」

「信——」福靖順從著，她以為崇拜就是愛了。這樣的狂言，野治到處亂講。在麋洋去世前，野治從未寫出過一部作品。能算的話，也僅僅是一篇福靖看了十來遍都不明白的東西。不是詩，不是劇本，也不是小說，福靖不知道野治想要表達什麼，而野治自己也不知道他在寫什麼。

野治奪回作品，嫌棄道：「你不是對的人！根本不值得與你探討！」

福靖只好委曲求全，但凡野治要她看的，她都稱其為藝

術。儘管野治依然嫌棄女友的審美，嘴上卻期待聽到福靖誇讚他。野治需要福靖，他需要一個崇拜他的人。而福靖本身也不差，她鼻梁上有顆黑痣，像紙上熠熠生輝的文字，野治喜歡舔兩口那個瑕疵的位置，他認為個體身上總要有些辨識度的標誌。

「你是個有瑕疵的女人，文字長你鼻梁上，寫著你是我的人，丟不了。」野治像對待流浪貓那樣，喜歡的時候擼兩下好聽的，煩的時候背向她全不搭理。

福靖溫順地低頭，無言抗拒。她不是害怕野治，她是在等。等慣了的人必須等到徹底失望才肯罷休。人的拖延症，跟野治的煙癮一樣。時間將愛拖成戒不掉的習慣，女人心裡一開始就住了病魔，等愛上就完蛋了。

福靖知道野治的脾氣，他向來不聽勸。

「我就是真理，叫我上帝！」在野治看來，上帝已死，那為什麼不可以是讀哲學的他。早在大學畢業前，野治就發表了十五篇論文，不過是在重複前人的論調。那都是垃圾！算個屁！野治這麼看待他自己和其他學術圈的論文。在野治的認識論中，真正的寫作者必須用創作來自證，好像上帝的神諭；其餘自稱作家的賣弄者，都是欺世盜名之徒。

野治洋洋得意，他拿著福靖的卡，印刷了兩百冊不知是詩還是劇本的單行本，見人就發，後來在垃圾桶裡撿回一百本。印刷要錢，發表也要錢。野治的期刊和論文都是女人掏的錢，他卻說應該為環保出錢，誰讓看書的人還活著，而書早成了賣不出的廢品。

野治用身體交易他的論文開銷。在野治眼裡，愛情也是買賣，但比單純的欠債更麻煩。野治討厭一切複雜的事務，比如沉浸愛情中的女人和女人口中的承諾。野治只對錢有耐心，他對女人起先都是看在錢的份上，還口口聲聲要女人對他有些

耐心。

　　有時，福靖也覺得煩。野治出版的文字，還有發不出的八十本，一疊疊疊在她宿舍裡。福靖室友露露是野治的前女友，曾經替他買單的女人。露露有時受不了，就向福靖抱怨：好好的空間，幹嘛要壓榨給這惡魔的「虛榮心」？

　　「這種人或許可以寫詩，但他寫不好小說。」麋洋老師早在兩年前看過野治的文字，是野治當時的女朋友露露給麋洋老師看的。那天福靖也在場，她剛好跟露露去蹭麋洋老師的課。

　　福靖回望那些蛛絲馬跡，仿若她與野治的交往從一開始就是場預設。那時，野治正在跟富家女上官露露交往。露露與福靖都來自福城，在家鄉就是小學同學，後又一同考入南方府城。畢業後，福靖沒找到滿意的工作，迫於留下來的生計，她安全地把握住留校南桂的機會。

　　而對於府城長大、留學日本的麋洋來說，福靖和露露口中的福城是座遙遠而神秘的蝙蝠之都。有句流行語不知何時流出的，南方人也以此界定北方那座城：蝙蝠選擇了一座城，福氣就在那頭繁衍。

　　這是福城人的信仰，野治小時候也常聽家人提起。

　　古老傳說，如果從四季輪迴、草木洞穴來說，福城跟府城一樣，有陽光有陰天，也總能找到蝠穴。生活在那裡，除了賺錢，打牌和做愛同樣佔據人們的腦袋。城市之間，男女那點破事，差別不大。可那就是人與人的吸引，城與城的隔離。

　　福城人用舌頭舔舐這個世界、消化男歡女愛的一生。而府城的男男女女，又何嘗不是呢？若是趕上雨雪冰冷的壞天氣，除了戀愛中的人和精神病人，還有誰會不顧病毒擁抱在一起？但要是遇上放晴的大好日子，走上街頭曬太陽的人，總要多過在酒店偷情或在醫院蹲監的人。

這是老一代的想法。如今，老城的年輕人嚮往大都市，喜歡南下的自由，而留下來的都是老了的或還很小的人。於是春節，年輕人總要往回趕了吧。一切終將明朗，蝙蝠和整座城都在翹首期盼……

這樣的心思，福靖最能體會。她是在牛背上讀書長大的。家鄉的老屋門前蹲著一隻看門鵝、一群窺探的野貓和一條土狗。為了到城市唸書，福靖父親硬是賣了老屋、殺了鵝狗。福靖永遠記得，她父親夾著煙，沉默中顫抖地從裡屋捧出疊鈔票。

屋外不再有狗子的叫聲和鵝子的臭味，野貓目睹了一切，不再來他們家偷盜。該發生的已經發生了，家裡條件有限，福靖是個懂事的孩子。因為懂事，她塗掉了志願表上的「中文系」，改成「護理」專業。畢業後必須馬上找到份工作，福靖記得村裡出去的姑娘都說在大城市，護理出來的好找工作，這就叫「自覺性」。

福靖一點也不後悔，她身上沒有自命不凡。畢業前夕，露露學院有個收入穩定的校務職位對畢業生開放。露露就給福靖通了消息，露露知道福靖有多嚮往她的專業，至少那裡接近文學。

「這也不失為一個好法子，不影響你賺錢養家，又可以繼續你的文學夢！」露露提議道，將申請表遞到福靖跟前。

福靖自認為她沒有自視清高的本領，沒有露露衣食無憂的好命，也無法像野治那樣不切實際。福靖需要份平常的職業和自食其力的收入。於是，福靖毫不猶豫申請了。

可離文學越近，福靖活得越不真實。現實日子單調乏味，福靖在麋洋老師的文學課上聽到另一個精彩的世界。「愛情需要革命，」麋洋老師的眼睛在課上閃閃發亮，她說：「人類為愛情與革命降生於世，那是塵世間最美、最甜的東西。」

福靖沒偷吃過「禁果」，她只讀過康德關於愛情「強烈而狂喜」、「美好和甜蜜」的句子。

後來，露露繼續讀研，導師是麋洋老師。而福靖看著好友走在自己喜歡的文學道路上，除了羨慕，她也會心有不甘。於是，福靖也開始用購物補償自己，像大部分女孩子那樣，她開始關注外表、攀比虛榮。

福靖第一次化妝是露露教的，用的都是露露隨手丟在桌上的大牌子。後來，福靖學著露露，買她用的或推薦的化妝品。露露很大氣，有時自己買來不用的，也會送給福靖。

「不需要那麼多，口紅我有一支了。」福靖不好意思道。

「一支怎麼夠？對女人來說，口紅就是一切！」露露笑話道。

「啊？哦。」福靖感覺自己像個小偷，將三支口紅順手塞進抽屜。

同一屋簷下，福靖第一次發現：人和人，也是物與物的較量。

3

福靖是在野治跟露露分手後才成為他的女朋友。然而，謠言不信那套。三人的關係跟所有的關係一樣，是說不清楚且把握不了的。

野治用性教化女人，像在馴養動物。「怎麼樣都無所謂」，這是野治的名言。他是名調劑生，本來讀的是生物學專業。從高中起，野治就對人體（尤其是女性的敏感區）產生過迷戀。

大二期間，野治在校外搞其她女人時，突然被一個問題襲倒：既然地球終將滅亡，為繁衍的折騰有何意義？想不通，他就一頓發洩，嘗試康德理性主義思維下「一系列無規則動作的組合」。完事後，野治提起褲子，向學院提交申請，轉去了「畢業不從政便失業」的哲學系。「怎麼樣都無所謂」，野治意淫在哲學的愛情觀中，純粹的動機被解讀為臨時起意。野治換了專業，追上了富家女上官露露，這也是不爭的事實。

反正怎麼樣都無所謂，野治是在無聊之際上校內網贈書才認識的露露。他迷戀這個女人純粹是因為對方的名字，那時兩人都沒見過面。野治只對特別的東西佔有慾極強，比如露露的複姓「上官」，令野治充滿幻想。沒上過的人跟煙癮一樣，野治的征服慾在作祟。戀情傳開後，他倆分手也成了場大戲。

「怎麼樣都無所謂」，野治不在乎他人看法。一開始野治就當招妓，他從不期待娶任何女人回家。野治不缺女人也不乏經驗，他甚至比女人還懂她們自己。野治搞定過的最快紀錄是兩小時，但睡過後他再不接對方電話。分手，野治也不交代聲，就去睡別的女人。睡覺嘛，他最擅長。

這些野史成了野治炫耀的資本。他從沒那麼驕傲過，在下一任女友面前，野治毫不收斂地談論他上一任的床技。除此

之外，他所謂的才華，一個字都無以證明。

露露跟野治談的時間算是最長的了。除身體外，金錢付出也是最多的。為此，福靖卑微心作怪，不計較獻出她所攢之錢，彷彿這樣，她就能取代露露在野治心中的位置了。野治熟諳女人那點愚蠢心，他看透不說透。跟露露分手後，不到一週他就成功俘獲福靖。野治擅長用憂鬱的眼睛盯進女人心裡，然後憋著委屈的雙唇，靠近他的獵物，「我好孤獨啊！女人都將棄我而去。」

語言和神情恰如其分。福靖的聖母心就這樣泛濫，一發不可收拾。

而事實是，露露在跟野治同居兩年後，以不用野治還欠她的十萬為由，搬回宿舍跟福靖住。當初吸引露露的那點「無所謂」，露露告訴福靖，不過是野治自私、懶惰、毫無責任心的伎倆。

「他床上說會娶我，下了床就不認帳。既然只想上我而不會對我負責，憑什麼讓他繼續享用我的身子？」露露翻開衣櫥，手在漂亮的衣服間來回挑選。

「你還愛他吧？」福靖聽出露露的失望，沒有人希望毫無結果地走下去。

「愛，但不喜歡了。」露露說，「給他太多次機會，他對我的愛不是要錢就是跟我做愛，甚至連一包菸、一張車票都要我買單。我爸早勸我了，問女人討錢的男人，再有才華也不能要，況且還有他這麼不知廉恥、借錢不還的！」

這些話福靖偏偏沒聽進去。她只嚮往一場愛情，哪怕到頭來是場空。

4

與露露分手後，野治大呼小叫著「無所謂」。酒興上來，他鞋也不脫爬上桌子，撕爛手邊的書。寫滿文字的書頁，雪花般在他眼皮下落個乾淨。然後他慷慨地敞開雙臂，稱自己快死了，因為詩人都死光了。

「可是我卑微得無法行動，我沒有自我！」野治說著推開要扶他的人，「文學的時代已經過去，你們都去坐一等車廂吧，世界快要完蛋了！」

「無所謂——」野治耷拉著肩，搖搖晃晃。裡頭沒塞進的綠衣角掛在紅大襟外，牛仔褲的褲襠都穿破了。野治像個偏執的異類，在一坨人糞中清醒得可憐又可惡。

「手心手背托住的是什麼？」野治一手指天，一手向地。

底下圍觀的，沒人答得出。

「下雪了！」野治突然蹲倒，抱頭痛哭道。

「不就失戀嘛！」有男同學吹口哨道：「至於嘛！手心手背間不就你那點不要臉的東西嘛，哈哈！」

野治兩眼從膝間猛然注視，他憤怒地擺擺手，臉上掛起僵硬的笑。臉皮吊著肉，顫顫巍巍，發出結實的聲音，「怎麼樣都無所謂！」

這就是野治的才華，沒人能聽懂他的話。醉酒的時候，真誠的表演遭人詬病。野治的浮誇也帕格尼尼式迷倒諸多女性。

清醒的時候，野治會在朋友圈打卡。他的閱讀手跡從卡夫卡到契訶夫，莎士比亞到屠格涅夫、波德萊爾、拜倫、紀德和亨利·詹姆斯，他專業的康德、黑格爾、卡繆與梅洛·龐蒂，還有他極力推崇的袁哲生、魯毅和略薩等。

野治讀得很雜也很仔細，字跡力透紙背。凡是他讀過的，他都要在紙上佔有文字，像他本人，女人就是他讀過的書。野治拿起筆，不管對方痛不痛，他一道道劃寫下去，那些睡過的女人串成野治無聊的日子，文學就是他巧言令色的資本。

轉哲學系後，野治見人就狂言，稱他是下一個卡繆、薩特，諾貝爾文學獎在向他招手。在寫作這條道上，野治始終停留在閱讀階段。這個階段不需要對文字負責。野治在這個階段經歷了三個女人。三個，足以談成一部中篇小說，跟于連一樣，野治後來方才明白，哪段情感與愛有關，他動過真情的最終被他辜負了。

野治牽起福靖的手，說婚姻就是左手牽右手，沒什麼感覺。福靖說她明明感受到十指緊扣的力量。野治抽出手掌，暗暗思忖：女人真傻，他不過是在練習掌力。野治喜歡拿女人的手做刻意練習，然後幻想自己如同希臘雕塑般強健。

福靖讀書期間太過刻苦，沒有閒情和心思談戀愛。結果在認識野治前，福靖沒有男人的經驗。她心裡只有家人，而野治成了她的初戀。福靖帶著「戀愛腦」問她的第一個男人：「你什麼時候愛上我的？」、「還記得我們第一次在一起時的樣子嗎？」、「在你經歷的所有女人中，誰讓你最刻骨銘心？」…………

不回答或是點根菸慢慢思考，野治習慣用沉默應對女人無聊的問題，並在心底鄙夷道：「女人犯起傻來，簡直無藥可救！」

福靖將鏡頭拉回到兩人互懟的日子。那時，他們談的是書，說的是情。曖昧之間，朋友關係本可以比戀人更長遠也更美好。

當野治看到福靖朋友圈分享菲茨傑拉德的文字，就譏諷「露露」是菲茨傑拉德筆下的「黛西」，《了不起的蓋茨比》

是露露的心頭愛，野治鄙視女人的文學審美。

論及作家和女人，野治擦亮根火柴，點上蠟燭。借火點菸，他把成見拋給福靖。福靖不認為野治的偏見多有說服力。他們的爭論從魏寧格、福柯到柏拉圖的《會飲篇》、弗羅姆《愛的藝術》和羅素的《婚姻與道德》。兩人在無法訴說的孤獨中將文學吃成無聊日子的解藥。在這點意義上，不著邊際的感情，火速升溫、燃燒。一切看似水到渠成，不過是時間點的趁虛而入，像伺機犯案的小偷和無處不在的病毒。一切早有預謀，福靖誤將此看作「緣份」。

愛到一塌糊塗的時候，福靖可以拋開工作、忘掉家人。野治也會在想要的烈火中滿口應承，說會娶她。

現實中，福靖和野治都嫉妒露露的命好。露露父親是福城市市長，母親在疾病預防控制中心當主任。露露從小就沒吃過錢的苦，她可以選擇自己想要的生活，換府城身份也不過爸媽一句話的事。

這樣的人生，也是野治想過的：不必計較下一頓和日子。福靖多麼討厭曾為一碗餛飩裡少下了兩隻就跟老闆斤斤計較那兩塊錢。可詩和遠方是對有條件的人；對另一些人來說，就像牛肉麵裡稀罕的牛肉，野治和福靖要靠想像臆造出他們的「詩意遠方」。

一個人時，野治喜歡在白牆上胡亂塗寫，「王傑」的名字在野治筆下反覆出現，又重複畫叉。另一頭，福靖跟野治在一起後，負擔更重了。她零錢袋上的餘額一天天減少。野治繼續問福靖要錢，福靖受不了卻還忍著不說。

校巴背海而下，那時他們還處在熱戀期。野治的新鮮勁早已過去，他皺著眉讀書。窗外遮蔽的大海要靠聽覺想像。福靖渴望找個可以陪她看海、看日落的枕邊人。在那以前，福靖習慣獨自到海邊散步，望著拖長的影子跟太陽一塊在黑夜前褪

去。

「年後吧，年前我還有很多書沒看完。」野治擰緊眉，貪婪得讀著手裡的書。他曾答應過福靖，陪她去看海、看日落，但似乎總有不去實現的理由。

聖誕過後就是元旦。新的一年，新的開始。年年歲歲如此，日子跟結婚儀式似的，自欺欺人。野治還沒看完新買的書，又購置了好幾本新書。讀書計劃一個月接一個月地延期著，野治似乎永遠有讀不完的書。

「像你這樣讀書有用嗎？」露露曾質疑過野治年復一年的讀書計劃。「你讀書又不動筆！讀來何用？對你寫作有什麼幫助？」

「什麼用！哼，有用？社會認可，它就有用！它就有用了？」野治摸著修不齊的鬍鬚，他只信仰書上的話，「畢業證有用嗎？那是社會說有用！我讀了那麼多書，社會會給我頒證嗎？讀書有沒有用，我不知道。反正那張文憑紙，對我來說，毫無用處！」

「那你來學校幹嘛？」露露嘲諷道。

「我來學校不是為了文憑，而是為了有時間讀書。」野治道：「那些用文憑找工作的是落入了平庸的陷阱。工作單位就是用文憑來固化平庸，因為上班要文憑，大家為文憑而上學，可是他們一個個都是沒怎麼讀書的文盲，而社會單位需要有文憑的平庸者去他們那裡平庸地上班。」

福靖站在野治這邊，她讀的書還不夠多。於是，福靖省錢滿足野治更狂妄的購書慾。至於戀人間的浪漫，到野治這裡就剩下在校園叢中經濟的接吻，到廉價的日租酒店完成不規則動作。如果要花錢上影院，或是去遊樂園等消費場所，那麼野治寧願掉頭躲進書店，等福靖自己玩好出來。野治就會捧著一疊書，找福靖買單。

而福靖自己要買什麼，野治不阻攔也不掏錢。他會機智地兩手插在口袋裡，假裝看不見。

　　「沒事，等你看完手頭的書吧！」福靖的脾氣比露露好。福靖聽話、懂事，在家是孝順的長女，從小幫忙照顧弟弟。這個角色福靖也帶到了她的初戀中。可是男人口頭說要女人聽話，他們卻並不欣賞一個聽話的女人。

5

街市的馬路，人、車、寵物，亂哄哄的。福靖搖響車鈴，野治合上手中的單行本《斜陽》，他有點想念上車前遇到的那個女人。一種說不清的慾望在騷動。野治讀過《安娜・卡列寧娜》，那個女子身上有安娜的影子。野治想著《斜陽》的似笑非笑，他被那種神秘的微笑牽引著，抬頭卻是福靖在拉他下車。

十二月下旬，府城的金桂滿街飄香，彼時福城在下第一場雪。太陽出來又躲起來的府城，沒人關心風雪中受凍的北方。

「若是在福城，這個時候要戴手套圍巾了。」福靖道：「我送你的帽子呢？」

「什麼？」野治心不在焉，說著南方比家鄉好的話。

氣候和地域決定了一些人跟一些事。府城面朝大海、四季無冬；福城靠山吃雪、四季分明。

在這座面積不大、人口密集的府城，每一站都是現代化的產物。商場穿商場，同樣的商鋪，隔幾步就有家連鎖，有些挨著，有些在翻新。街頭巷尾，差不多的廣告牌，密集的高樓，相似的馬路和外牆……福靖帶著野治，四條腿努力跑贏城市化的基建速度。

「快點！」人流量大的地方，福靖極易迷路。她曾在大三外出實習，見識過市區高峰段的交通，還有在醫院忙不停的「電腦打工人」。福靖喜歡人群，哪怕是面對病人。可她討厭擁堵的上班交通和整天對著電腦的機械化辦公。

「所以我說上班沒意思！」野治的解決辦法就是不去找工作，「我每天都在工作，讀書就是我的工作。我是不可能去

上班的！」

「什麼有意思呢？不工作也沒意義呀！」福靖疑惑道。

「意義是個幻想的東西，跟愛情一樣。人們骨子裡愛工作，憎恨上班，這好比自由，有誰不喜歡自由呢？」野治捏捏福靖的臉頰，用戲謔的口吻道，上帝也愛工作但不上班，而我每天都在思考人生，「你可以好好觀察下，研究哲學的人才去上班，真正的哲學家是在用生命思考。」

野治不愛走動，他討厭車多、人多。思考這份工作最好，就在學校散散步，無須擠到格子間，也不用跟電腦打交道，更不必與人合作。說到此，野治又抱怨福靖浪費了他一天時間。

福靖站在人頭攢動的街頭，她右手拽住野治，像媽媽看住小孩。福靖想起福城還是蝠村的時候，那會兒路上沒有交通燈，也很少見著汽車，連水泥路都沒修好，放眼盡是片松樹林和蘑菇帶。每天早晨，公雞「喔喔喔」從房樑上排隊跳下，隔壁的張阿姨和李大叔清個老早就來他們灶台蹲口飯吃。天剛亮，村民就出來串門，一路嗑瓜子到天黑。滿地的花生、瓜子殼，給屋裡頭的阿貓、阿兔玩。

要是蝙蝠偶爾飛進誰家，其他人就來幫忙驅趕，嘴上總唸叨著吉利話：「要有福嘍！福氣都進家門吶！」

日子是在牌桌上打發的，玩過的牌隨意丟在桌上，第二天再打過。土狗會自覺趴到門口守著，一有動靜就「汪汪」作態。再後來，「蝠村」的手寫牌子摘下來，換上塊新漆的「福城」大牌坊。要致富先修路，路通了，村民的日子也舒坦了。現在福城人手一部手機，電腦不再是什麼稀罕玩意兒。便捷是便捷了，可走動少了，問候也更像是對付。

大夥間哪家要吃特色蝙蝠的話，各自驅車開上山頭特色小餐館；回頭要捎些什麼藥材，也各自折往市區看了買。這就是城市化的蝠村，人們會糾正說它現在叫「福城」了。

福靖懷念逝去的村落，那也是她曾抱怨過的貧窮：出個門收不到信號，就一天都聯繫不上。那些說三道四、過於熱情的嘴巴，沒事兒來他們家問東探西的、嘮嘮家常；誰家蓋房子，挑水泥、鋪磚瓦的，一個個都過去幫忙；哪家死人或娶親了，送喪隊伍或鬧洞房的，吹吹嗩吶、敲鑼打鼓。

　　反觀現在的城裡生活，人們各自為營，不鹹不淡的鄰居，可能面都見不著，即使電梯上碰見，也不打招呼。不過，野治喜歡這種城市化的孤獨，陌生意味著自由。野治不關心他人，他人也對野治沒興趣。

　　從野治有記憶起，他父母就不斷吵架、冷戰。在野治交第一個女朋友的時候，他父母間已基本無交流；後來考上了大學，野治慶幸他的家終於散了。野治跟沒有經濟來源的母親過，手頭開始缺錢。野治的父親就是他頻繁畫叉的「王傑」。王傑有張刻板臉，幾乎沒對兒子笑過。他的職業是醫生，渾身散發著消毒水的乾淨味，聞上去難以親近。

　　王傑對兒子的失望是從野治早戀開始的，但他卻無條件給兒子買書。無節制的買書習慣，野治說是他父親慣養出來的。

　　「但他卻沒有負責到底！」野治狠狠地搧了自己一巴掌，為的是引起福靖關注。「不要驚訝，如果你怨我不負責的話，那是我那該死的父親都沒教過我的事！」

　　野治對父親的憎恨報復在換身份、改名字上。一張假身份證是野治從他父親皮夾裡偷錢辦的。「王漢」才是「野治」的本名。換名後，野治繼續向王傑要錢。

　　「父子關係說到底，就是錢的關係。」王傑對這個忘恩負義的兒子失望透頂。有了新家後，除了他的學費和生活費，王傑見都不願見自己兒子。

　　「血緣關係還不及一個外來的女子！」野治特地跑去偷

看他後媽，看完回來就嫌棄自己親媽，「王傑這貨真有眼光，以前那身正派都是裝逼！你也該好好照照鏡子！」

野治對後媽李佳阿姨的印象極好，甚至動了非分之想。他那時才發現自己喜歡年齡比自己大的女人，很奇怪，野治摸摸腦袋，懷疑這跟他早戀的女孩太幼稚、黏人有關。

明顯，野治父親也注意到了這點，他處處堤防著自己兒子，最終還是忍無可忍，趕走這個沒有道德底線的敗類。

「我是個危險的人嗎？」野治把頭歪向福靖，「你覺得我像嗎？」

不等福靖回答，野治就「哈哈」壞笑道，將整顆腦袋撞向福靖的胸脯，「記得在我毀滅你以前，趕緊滾遠點！像露露和我爸那樣，甩掉我！他們一個個都他媽的如出一轍！」

野治的父親王傑是福城二甲醫院的呼吸科大夫。他不大相信世上有所謂的特效藥和什麼統一確診標準。王傑看病一定要把脈，從病症和臨床經驗上因人而異。用懷疑的眼光，看待眼前的人和病。

「怎麼死和怎麼活，同樣重要！」王傑會告訴病人西藥與手術的副作用，比如腦袋開顱拯救成功後可能會傻掉或做出些瘋狂的舉動，挨一刀不僅是傷口位的問題，由此也可能引發後遺症，無法估量。

中西結合是醫生這個位置在做的事，「是藥三分毒」，王傑信仰上帝失敗後，便將所有的希望賭給「人的意志力」。

「如果說我們每個人都是我們自己生命的主宰者，」王傑相信，時之將至，醫生不該逆天而為，「醫生的職責也包括幫病人減輕走向死亡的痛苦。我們的恐懼往往由於陌生和誤解。怕不確定和不了解的東西，這是人的天性。」

野治向福靖提及自己父親，用的論調是「一個難以置信的尼采主義者，信仰過上帝」，「虛偽吧？男人都這樣！」

野治嘴角浮過一絲冷笑，有道癒合的疤痕從嘴角左半邊劃到喉結處。福靖曾以為那是野治愛露露的留念。

「為一個女人想不開？不至於！」野治把腦袋晃得像頭瘦駱駝、噴出些唾沫，「為女人，都是愚蠢至極的人！」

「這是我給我那個父親留的紀念。孝順吧？我提前給他戴孝！這樣他即便這世將我忘了，下輩子也休想不認我。瞧！生在臉上，自由而不負責，多麼像我父親啊！他對我不抱任何希望是明智的！」野治偏過臉去，拿福靖的手摸摸起皺的疤痕道：「醜吧？」

「你父親，他現在還好嗎？」福靖問得小心翼翼。她不是害怕，是心疼才問得收斂。

「你是說他和李佳？他總算背棄道德，幹了件令我欽佩的事。女人才愛計較那些愛不愛的⋯⋯」野治在女朋友面前毫不遮掩他對成熟女人的渴望，「那是斜陽般神秘的美，穿上白大褂是天使，換上黑長裙像個修女，誰會不愛？」

野治完全理解他父親對美好事物的追求，「男人愛女人，是審美問題。我跟他在這點上，倒像對父子！我母親的行為，簡直幼稚！女人，愚蠢起來無可救藥！」

「我可不想你以後浪費時間在毫無意義的家庭、育兒上。我是絕不可能結婚、生什麼小孩的，那不是提醒自己長大了嗎？那樣就跟平庸的人同流合污了！」野治瞧不起自己的父母。「結什麼婚呀？出軌才叫人生！」

「我幼稚嗎？」福靖在乎道：「你不喜歡幼稚的女人？」

「別打斷我！他嚮往愛情、大海、自由，跟你一樣，我說的是我父親，你沒聽錯。他也愛哲學、酒精和女人。基因遺傳，什麼都無所謂，他早戒菸了，早起得像個牧師——我們都是虛無主義者，但我不偽裝，不像他，愛負責任和講道德。我要錢就伸手，要性就張口。你們女人還說我虛偽，那是你們沒

見過我父親。或者女人都想嫁我父親那種積極的虛無主義者！審美問題，不怪你們⋯⋯」

「那你喜歡我什麼呢？」福靖把胳膊揣進野治腋窩，身體靠向他。

野治叼根香煙，在人群中吐白沫。

「幼稚的女人又開始了，別問愚蠢的問題！」野治斜翹起嘴，露出怪異的笑聲。煙嗆到氣管裡，他的黑牙咳個不停。

這次，野治沒迴避。他吐出血絲，捏捏心疼他的女人道：「虛榮、愛幻想。你感性的幼稚打破了我的規矩，你知道嗎？」

說著，他們親密地走了一段路。野治突然拉住福靖，思忖道：「或許是我幼稚，才會選你！不知道，或許吧！」

6

　　野治在父母離異後，花錢在煙和書上，沒有節度。他母親姓陳名美麗，是位下崗工人，在醫院接過清潔工的外包活兒，結果撞上前夫王傑，美麗面子下不來，乾脆辭工去掃大街。環衛工作早起辛苦，但碰不上什麼熟人。女人離婚後尤其需要安全感。野治有時放假回家，也要睡到個日曬三竿。而美麗一大早開工，下班時上班族都還沒出門。時間剛剛好錯開，不會有機會撞見熟人。

　　露露見過野治母親。那是張平庸、麻木的臉，雀斑在發牢騷，委屈佈滿眼絲，見到兒子帶女朋友回家，陳美麗又高興又難為情。她提起野治他爸，一口一個委屈，激動地流淚道：「漢漢會這樣，都因為他父親。我們家漢漢很乖，他爸爸對他不好，心思都在那女人身上，你要好好照顧漢漢，給他足夠的愛！」

　　後來，露露換成福靖。美麗又怪起兒子的前女友，「那個叫露露的一看就不是什麼正經人家孩子，跟野治他爸找的女人一樣，壞得精！專勾男人魂！我就說漂亮的不適合過日子吧，還是要找個像你這樣能做家務的，踏踏實實過日子……」

　　「媽！」野治拍桌吼道。福靖沉默不語，那時，露露已不在世間，這些是是非非，福靖更思念露露，也更明白為什麼王漢會變成野治了。

　　野治對露露上心過，他為了追到露露，最起碼付出過行動。為了給露露浪漫的感覺，野治向身邊的同學、前女友和老師們都借過錢，這件事福靖也知道。後來輪到福靖，野治只能像太宰治那樣，說些文學的修辭，他窮得沒錢給福靖買花。對此，福靖甘願為野治還清外債，她用掙來的工資和儲蓄給野治

還信用卡、買書和買菸。有時自己口袋所剩無幾，福靖乾脆省下吃飯錢。可野治那時並不打算跟福靖結婚。

　　福靖一直在等野治拿出行動證明，哪怕是地攤貨或兩元店的小東西，只要野治用心，福靖想留一樣野治送她的東西，證明他愛過，最起碼上過心吧。可是，野治偏偏不喜歡任何媚俗的形式。

　　漸漸地，福靖開始懷疑：野治口中的「物質」和「媚俗」是指她嗎？

　　「錢是媚俗的！」野治說得好像書不是花錢買的。

　　「那你買煙不算媚俗？」在野治的教化下，福靖也染上些詭辯氣。

　　「我從不自己花錢買煙，那是你們女人要買給我的！」野治推卸得輕巧。

　　福靖牽起野治的手，想起野治「左手牽右手」的話，趕緊換了隻手牽他。這時，商場裡的麵包味、香水味都在喚醒他們的飢餓感。

　　「等我下，」野治甩開福靖的手，「給我五十塊。」

　　福靖沒問「幹嘛」，她站在原地，餓著肚子等他。野治回來的時候，一手一袋麵包，一手一杯奶茶，找的十三塊，野治早塞進自己口袋。

　　他們走出商場，接著拐進巷子。福靖在尋市場裡的年貨攤，其中一個清倉結業的攤位，喇叭在喊「二十元年貨隨便挑」。野治啃完麵包喝光奶茶，在外圍點了支煙，嘀咕聲「有什麼好買的」，就任福靖一個人擠進去。野治則口袋裡摸錢，算著他還能買幾包菸。

　　「我想給爸買個『洪福齊天』，」福靖擠出來，對野治講，「這不是媚俗，我爸要動手術了。」

　　福靖看中那塊不起眼的「桃木蝙蝠」，「這個看上去吉利，

我爸說他夢見蝙蝠進我們家了。」

「這麼恐怖？」野治指間的菸險些抖掉，他看起來並不比福靖她爸健康。

「你就不能少抽點？我爸就是抽菸鬧的！現在好了，住院又花錢，我媽高血壓，還要照顧他。你們男人非要那麼自私嗎？」福靖一股腦兒說完。

「這就是女人的普遍邏輯！」野治心不在焉，笑福靖又拿個體概括全部了。

「這不是你的腔調嗎？我是潛移默化、受你影響！」氣不打一處來，「心疼」是種病，福靖看到母親的影子，一旦對某個男人犯病，女人這輩子就完蛋了。

野治搖搖菸盒、無動於衷，空盒子捏在手裡，「我不過去了，你自己去買吧。」

福靖早料到了。她又轉身擠回去，買下了「紅蝠」掛件，然後徑直繞過野治，朝另一頭走去。

野治以為福靖生氣了，他懶散地蹲在原地，瞅著空煙盒，等女人把氣撒完回來。

誰想到腦袋上竟丟來包「萬寶路」。有煙，野治的力氣回來了。他站起來追上前，用菸盒敲打福靖的頭道：「是誰叫我少抽兩支的？」

「那你得忍得住！」福靖擔心野治有天會像她父親一樣，「我想你陪我在這世上多活兩年。」

「放心，我抽幾口就扔掉的。」

「你那叫浪費！」

「可以這樣跟你爸說話嗎？」野治將福靖拿捏得恰到好處。

「我爸很節省，我小時候也省慣了！」福靖是個孝順的孩子，野治非要將她馴化成壞女人。

7

福靖找到藥店，她計劃買些冬蟲夏草和免疫球蛋白。

「你爸病得很嚴重？」野治第一次過問福靖父親的事。

「在動手術的節骨眼上了。咳不出聲，還想著抽菸！」

「那給你爸買條菸去！你們家獨特的存在，菸我掏錢，保護好他這點獨特的個性！」野治放肆大笑。他並沒拿錢，尖銳的嬉笑聲刺痛福靖神經。

「什麼意思，你？」

「能不為責任犧牲掉個性，這點我跟你爸談得來。」野治聲稱這才是真正的共情，他要福靖好好感受。

福靖肩負照顧父母和弟弟的責任。她笑不出來，尋進藥店，配好免疫球蛋白，福靖又給母親買足了降壓片。

這時，福靖弟弟福哲打電話來。他告訴姐姐，這兩天爸的生意都是他在跑，「你不用請假回了！」

「沒事，假我都請好了，你出車慢點！」福靖叮囑道。

福靖父親沒了正式工作後，靠幫熟人拉貨掙些散錢。菜市場按拉貨量結算。勤快的話，一天跑十幾趟，趕上好的月份，可以多賺幾筆。最好莫過於年前，忙都忙不過來。可這會兒身體垮了，錢躺著都賺不動。

福靖沒資格說她弟弟。福哲自念大學起，成天想著幫家裡掙錢。福靖瞥了眼悠閒的野治，他呼出的每口煙味都令福靖厭惡。福靖在台階上坐下，難過得胸悶。

人群在沒有雨的雲層下穿梭。這年農曆來得特別早，福靖買好票，提前回家陪家人跨年。野治繼續虛無地吐出飄渺的煙，那曾是福靖渴望的愛情。煙霧散盡在人潮中，個體本身微不足道。

「你不怕蝙蝠嗎？」野治問得莫名其妙，他思緒突然回到福靖先前的話上，「你爸做的蝙蝠夢真可怕！」

「什麼？」福靖渾身雞皮疙瘩，「害怕和噁心是一個反應嗎？」

福靖在餐桌上見過煮爛的蝙蝠：黑絨絨一團，如果不扯開翼膜，會被誤認作乖巧的幼鼠。

蝙蝠下湯，「蝠湯」一直是福城人心中英雄的味道。這是道過年必上的硬菜。

「這麼殘忍的方式，你喝得下去？」野治在福城出生、長大，卻對福城一無所知。

「你沒聽過嗎？我們對待英雄的方式，是希望他們的血能終身庇佑我們。」福靖像在跟一個異鄉人對話。

8

　　福靖、野治和露露都是福城人，但這些年，只有福靖回。露露不回是每年計劃外出旅行，野治不回則是滿口的讀書計劃。家鄉明明就在那裡，等了一年又一年，不回的人總有藉口。城市和家鄉一樣，在心裡是一回事，行動上又是另一回事。

　　福靖離校返鄉那天，露露媽媽來府城了。福靖見過露露母親，她看上去比自己母親年輕十多歲，站在露露身旁，更像是對姐妹。露露媽媽全名宇芳，是個精緻的女人。她來到露露寢室，頭上戴著頂黑色小禮帽，蕾絲金邊領口繫一條紫羅蘭巾，鬆垮的西服褲腿很顯氣質。

　　衣著打扮彰顯了宇芳的身價。人對人的印象，福靖發現都是從長相和服飾開始。詞語可以包裝，內涵可以打扮，露露媽媽手上的包絕對是貨真價實。

　　「媽媽，蝠疫的傳聞是真的嗎？」露露見到母親便問。

　　「你唸好書，管這些幹嘛！」露露母親跟自己女兒說話的樣子，也像個領導。對於不該討論的，宇芳態度明確。而同不相干的人，宇芳格外客套。

　　「靖靖又不是外人！」露露撇撇嘴。

　　「是要回家過年？看東西都收拾好了！」宇芳習慣對著鏡頭的說話方式。

　　福靖認真作答，「是的，等會就去火車站，我男朋友來送，估計他也快到了。」

　　「火車？」宇芳微笑著問：「要多長時間？」

　　「不長，也就十來個鐘！」福靖每年都如此這般回家，儘管飛機比火車快。

　　宇芳愣了下，又問：「你男朋友也是福城人？」

福靖的眼神有些猶豫。

露露毫不介意地替福靖答道：「是野治，媽！」

「哦。」宇芳想起那張她不看好的臉，若有所思道：「挺好的，蠻好的。」

宇芳回想起那張罪惡的臉，一身冷汗。從露露第一次帶那個男孩回來，露露母親就私底下打發過野治一筆錢。然而野治出爾反爾，甚至沒告訴露露她母親給過他錢的事。

宇芳怪自己女兒不爭氣。不過她後來也算明白了：時代不同，找人標準不一樣，感情也不純粹了。

「放心，只要我活著，他休想娶我們家露露！」露露父親雖管不了戀愛中的女兒，卻對妻子宇芳道：「何必跟這種貪心的痞子浪費心力！時間長了，露露自然會看清楚的！」

果不其然，宇芳佩服丈夫的遠見，看人算事都準得很。

「女人嘛，喜歡在感情上撞撞南牆，勸是沒用的。失望攢夠了，自然就醒了。傷心一陣是有的，過去就好了。」露露父親顧森是個有大局觀的男人，可是女兒並不崇拜他，甚至有些怨恨他。

福靖見氣氛有些尷尬，找話道：「我聽露露說，您這趟來是專門陪她過年旅行？」

「是呀！這個鬼精靈說過年端島人少、氣候好！」宇芳瞧著女兒道：「她每年都要去個地方旅行，今年說帶我去那島上轉轉。」

福靖聽著「端島」的名字，遙遠而陌生。她不好意思具體打聽那島在哪裡、怎麼過去。福靖的床頭夾著盞地球儀燈，她用馬克筆圈出一個個做夢也要去的地方。來日方長，福靖想著：有天她也要帶自己的家人去外頭的世界走走。

「哦，阿姨，我先下去了。你們玩得開心！」福靖的手機響了。臨走前，她表示床上的東西，阿姨不嫌棄的話可以隨

便用。

「他到了？」露露似乎不信。

「應該是。」

露露不屑地擺擺腦袋，她從沒見野治準時過。可那天他竟真的在樓下等了。露露伸回腦袋，宇芳責罵女兒，「人家的男朋友，要你多管閒事！」

「還好你們分了，前陣子福城不是出了新聞。你看，那張殺人藏屍的惡魔臉，跟那個叫什麼野治的一樣陰鬱，害得媽媽晚上都發惡夢！你不是說他偷用你信用卡嘛！這種有貪欲的大惡癖，將來不知道做出什麼事呢！錢小事，關鍵是命，媽媽把你養那麼大……」

露露覺得可笑，她舉手投降，摀住母親的嘴，她不想再聽到那個名字了。露露搬回學校住，純粹因為宿舍離圖書館近，身邊又有同學、室友作伴。可宇芳睡不慣小床，那晚她沒留在女兒寢室將就，而是帶女兒上周邊酒店住。

另一邊，野治戴著黑口罩和鴨舌帽，一到福靖寢室樓下，就打電話催她。

「你幹嘛？搞得跟做賊似的？」福靖摘掉野治的黑口罩，「你有什麼見不得人嗎？」

「廢話少說，快走！」野治生怕露露她媽來問他要錢，跑得比猴還快。

上了車，野治才安心地問道：「你看到了幾張臉？」

「跟你差不多！」福靖裝糊塗，畢竟那是她室友的媽媽，福靖才沒那麼壞心眼。

那會兒，路上暢通，開到車站不過四十多分鐘，福靖送了袋禮物給野治。那是隻綠色的袋子，繡著字母「K」，「這是麋洋老師幫我網上挑的，她說你喜歡的 K 應該就是卡夫卡。」

「她說？誰是麞洋？」野治接過禮物，從不言謝。他的手機和襪子都是女人送的。

袋子裡還有本書，野治毫不客氣地剝掉書膜，是《鼠疫》，卡繆的，裡面夾了張書籤，字寫得像小學生。

「幼稚！」野治的嘲笑病又犯了。忽然，他很認真地盯住福靖道：「麞洋？麞洋是誰？」

「不用管啦，你不知道的。」福靖覺得那不重要，她沒放心上。

在花壇邊，野治點了支煙，擺擺手叫福靖自己進去。福靖拿開野治手中的煙，想要吻他。

「胡鬧！」野治側過臉，福靖的嘴唇被煙燙到，她羞澀地跑進站門。

安檢口外，野治在研究書籤上的一排字：你說你喜歡《局外人》的狀態，什麼都無所謂；但我希望你種上《鼠疫》的精神，做個負責任的男人。人身上值得讚賞的總該多過蔑視的，新年快樂！

野治彎曲指關節，彈了彈書籤，扭扭脖子道：「這不是我父親嗎？他們應該見見，他們是同個世界的人！」

野治甩甩劉海，他三天沒洗頭了。野治丟掉半截煙，哼笑了聲，「負責的人從不將『負責』掛在嘴邊！她跟我爸，怎麼樣都無所謂了！」

9

回去的公車上，後排坐著的竟然是「斜陽」。野治一下子慌了神，他沒想到會再遇見她。野治抱著福靖送的那袋禮物，挪到「斜陽」座位旁，問她：「你眼睛上閃著的亮光是什麼？」

麋洋老師微笑著，她的眼影在閃閃發光。

「香死！」野治掏出捧桂花，那是他從學校偷折來的，本打算路上送給福靖，結果忘了也就忘了，沒想到能在「斜陽」身上發揮作用。於是，他們的交流從那句「香死」開始。

野治生得不大健康，臉上永遠是副要下雨的樣子，再加上劉海擋住額頭，油膩的笑聲噎著些咳嗽，讓人莫名心疼。

麋洋老師偷偷觀察過這個不同尋常的學生。她的臉頰不笑時也帶著梨窩，笑起來酒窩就更甜了。麋洋老師快四十了，美人尖下明澈的眼眸，看上去不過二十來歲。她坐姿端莊，談吐優雅。野治不敢輕舉妄動。

越難以征服的，野治越渴望佔有。他大多時候像個孩子，一段時間想要的東西，就霸道得不講道理。野治一路盯住「斜陽」的嘴角，像個門外漢在解一道費力的數學題：她這是在笑嗎？

「你剛送完小靖？」麋洋開口，聲音溫柔得讓人陶醉。麋洋聽說過他們的三人傳，但沒見過故事中的野治。《黑口罩下的笑聲》麋洋在見到野治本人以前，就已擬好這個題目，打算動筆寫部先鋒作品。結果，等他真的走進她的小說，麋洋竟愛上了她小說中的野治。筆下刻畫的並非現實中的存在，麋洋忘了，語言本身就具備欺騙性。

從車站駛回學校，一小時足夠聊一生，當然，方向對的

話。

　　可惜那時兩人各自身邊有人，又各自送走他們的身邊人，然後搭上同一輛公車回去。南方的城市不會下雪，他們不回去的理由都與自我有關。聊下去，一段路程暗示著關係的走近。

　　相似是一把斧，卡夫卡的書他們都讀過，兩顆冰封的心由此被劈開。

　　野治的打量毫無顧忌，對於他好奇的事物，他可以像個孩子，凝視許久，這跟禮不禮貌無關。他甚至肆無忌憚地評足。但麋洋不一樣，她是個禁慾克制的成年女人，已婚，還是赫赫有名的學校教授。

　　野治沒有包袱，他歪著腦袋，用鼻子嗅到麋洋身上的味道。

　　「是衰老的氣息嗎？」麋洋自嘲道，她害怕「一個人老了就再寫不出東西」的詛咒。

　　「不，是桂花香！」野治研究起他的斜陽，「你很像她！」

　　「誰？」麋洋詫異著，眼神落在野治的疤痕處，「你這裡……還疼嗎？」

　　野治伸手撸過那道口子，「你是說它？早忘了，不過留了疤，很難看吧？」

　　麋洋搖搖頭，「如果早好了，你怎麼會說忘了呢？」

　　「哈哈！」野治戴上口罩。如果不是因為露露母親，他今天不會戴口罩出門，「你沒見過大一、大二時的我。那時，我有一綑彩虹繫口罩，一天一個顏色。」

　　麋洋老師「噗嗤」笑出聲，心想這真是一個滑稽有趣的靈魂。

　　野治很得意，他繼續道：「你像我爸的女人！我喜歡，成熟，有那種古堡裡藏書的味道。」

　　交淺言深，麋洋怔住了。一時間她分不清這個男孩的話

裡幾句真、幾句是玩笑。麐洋繼續保持著不失禮貌的微笑。

「聲音也像。」野治的腦袋越界了，他把目光打在麐洋老師的手機屏保上。

「你結婚了！你怎麼會結婚？」野治的嘴角突然撇下來，聲音抽搐起來。

麐洋不作聲，世上向來沒有什麼「怎麼會」。

「你肯定不愛他！」野治武斷道，嫉妒地咳起來。

麐洋愣了下，「你怎麼能這麼說？我丈夫是個好人，一個喜歡孩子的好男人……」

「那你更不該跟他結婚！」野治像是比麐洋還了解她自己。

麐洋又驚訝又尷尬，在公眾場合，她極力克制，但也羨慕著野治身上的那份無法無天，或者說想說什麼就說什麼的無拘無束。

「我們才是應該在一起的人！」野治毫不猶豫，炙熱的目光不需要負責。

他們的對視是可怕的。在這肯定的試探中，他們找到了各自存在的理由。

10

　　人和人、人和城市、作家和讀者，都是因為彼此生活上的距離，才顯得美好。麋洋和野治之前只聽過彼此的名字，像份傳奇，帶著好奇擦肩而過。在幾站路的靠近中，本來這樣現世的距離最好不過，可偏逢蝠疫封城，成全了他們背德的愛。

　　當被問及為什麼結婚許久沒要小孩時，麋洋本可以不予理會，或像應付同事、家人那樣，說些「順其自然」的場面話。

　　可麋洋竟那樣信任一位陌生人，貼己的話像病魔附體般，麋洋竟無法對野治說出虛偽的話。而野治看出，他將成為超越她朋友和丈夫之上的「抽象存在」。

　　「生活不該只有家庭、孩子。女人光有幸福是不夠的！生活……不是單單活著的問題，不然寫幾個字便解決了，可如今頂多是場浪費……」麋洋的這些話一直壓抑在心底。

　　野治像看到了樹上不願下來的同類，他肯定地對自己說，「她應該屬於他！」

　　既然遇到了，野治不能任其停留在僅僅是「遇到」，他要佔有她。

　　不負責任的野治「負責」回應說，那不單單是語言，儘管說的時候足夠真誠，野治希望麋洋不會計較他能否做到。野治用孩子的堅決稱：「我不會放任你不管的！」

　　這回麋洋沒當玩笑，他們的處境相似，那些話是需要勇氣的。野治有過很多女人：可愛的、世俗的、純潔的或不乾淨的……野治將女人分門別類，但遇到麋洋這樣子的，野治暫時沒了頭緒。

　　野治衡量著目前的經濟狀況，他只渴望有個女人包養他，而且必須是他看得上的。為此，他不在乎結婚。野治也羨慕婚

姻生活裡自由的麋洋，可他沒那麼幸運。

　　長期以來，野治習慣了伸手要錢。在他是王漢的時候就這樣了，名字起不了作用。最終，王漢的父親失望道：「你這副德性，將來出去乞討也跟我無關！」

　　「聽小靖說你打算讀博？」麋洋忽然問道：「為什麼？」

　　「你就是麋洋？原來你就是麋洋！」野治興奮地拍打大腿，他意識到這種熟悉的因緣果然沒錯。他一直在尋找神秘的麋洋，他的斜陽，「我讀博，並不想在學術上走多遠。毛姆有本書叫《閱讀是一座隨身攜帶的避難所》，書名取得不錯。學校圖書館算得上這樣一處地方，起碼可以容納我。社會太大了，我不認為自己具備獨立的能力，我也不想到外頭去散步，像康德這樣，喜歡我的女人會來。我是行動的矮子，但你信嗎？我看了很多書，等我拿起筆寫作，捧回的是一部諾獎。杜斯妥也夫斯基，我像他，偷偷摸摸在思想上做個巨人！」

　　「可杜氏並沒拿過諾獎啊！」麋洋不想打擊一個年輕人的狂語。夢想是要有的，麋洋也曾有過同樣的抱負，而且還在努力。但她不年輕了。行動歸行動，麋洋認清了這個世界需要虛構文字的人越來越少，也許有天人們還需要小說，但不需要寫小說的人了。

　　可野治從來沒完整寫出部作品，而學校的圖書館早已無法滿足他了。從大二起，野治一箱箱買書回來。寢室滿地的書，疊到他腦袋都探不出來。這種佔據他人生存空間的行為，自私、遭人厭棄、遲早要被驅逐。宿管多次接到學生投訴，多次勸誡也無用。

　　野治的辯詞堅不可摧，他嚇唬宿管老師道：「你是想當《華氏 451》裡的消防員，那就來滅書吧！把我跟那老婦人一樣，同書一塊焚了吧！燒了我們，消滅異類，你們才睡得踏實！」

　　「神經病！」雖然沒看過《華氏 451》，不知道野治在胡

說些什麼，可學校怕出事。瘋子的威脅，沒人敢輕舉妄動。於是，大家都怕野治，不是怕他自焚，而是怕惹禍上身。就這樣，野治像個幽靈，不斷邊緣化自己與他人。到後來，室友、同學和宿管看見他就躲。

野治自覺被擠兌走後，他搬去了一家鮮花店住。女子的出租房在花店樓上，起初收留野治，是因為醉酒後兩人睡在了一起。醒來後，野治發現女人是有男朋友的，知道後他也不介意。再後來女人要結婚了，她就爽快丟下鑰匙和出租合同，將花店和房子都讓給了野治。

可是女人走後，一樓的花全枯死了，女人留下的插畫和貓，野治當作是他自己的。後來，故事裡有了露露。她給野治續租鮮花店那套房。不過，鮮花店的生意早不做了。野治有賞花的心思，卻從不打理也不澆水。野治觀察著它們死去，一株株就在他的注視中凋謝。

露露離開後，福靖接上續約租金。這中間，野治也睡過幾位年長或有家室的，不過都是在跟露露鬧彆扭時，順著空虛，野治劈腿帶幾個回來發洩。

花乾死後不久，貓也餓死了，只有花店的書還活著。房東早瞧不上這個吃軟飯的「男妓」，體諒他還是名學生，長著一臉有才華的樣子，怕強行驅趕，他會在出租房做出極端的事。

而野治也思考過「討厭」這個詞。愛過他的女人最終都離他而去，這是經得起考驗的結論。野治反思過「重複性」，但他從沒覺得那是自己的問題。野治渴望一個獨立的女人，像母親那樣供養、照顧而不干涉他。為此，野治用肉體換錢。反正身體可以循環利用，錢一次就花光了。

既然女人可以不工作，那為什麼男人不可以？野治有了充足的理由，如果有必要，結婚也無所謂。組建家庭對野治來

說，無非是不需交房租的搭伙，一日三餐，除了陪固定女人睡覺之外，其它時間都可以跟書待在一塊，還有人洗衣、做飯。野治覺得這椿生意划算，他突然有些懷念那個睡過後嫁人的花店女子。

「女人需要男人睡覺，男人需要女人照顧。這很公平。」野治暗自思忖，不確定地斜睨麋洋老師，想到上週無意闖進學校圖書館的那隻老鼠。

「你是男人理想的結婚對象。」野治在麋洋耳根軟語道：「在別人看不見的地方啃書，我是隻愛你的老鼠，斜陽。我以後就叫你斜陽，好嗎？」

後來，野治告訴斜陽，他活得比老鼠還卑微，他也只配這樣活著。有點風吹草動，他就神經衰弱。野治想當隻圖書館老鼠，白天鑽進書架後頭睡覺，晚上在無人的圖書館自由閱讀。

「那樣，你就快樂嗎？」

野治睡過的女人很多，可問他「快不快樂」，麋洋是第一個。在野治眼裡，麋洋老師鮮活、獨立，有她自己獨到的思考。她不嘲笑也不附和，只是輕輕戳中野治軟肋，「那樣你真的會快樂嗎？」

11

麋洋的工作經歷從回國講起。她先是在機關幹了兩年，後又去私企做了兩、三年，實在不喜歡與複雜的人打交道，麋洋突然轉行回學校教書。她是很晚才去讀的博，就是為了謀得教授一職。後來，她終於在大學取得教職，安頓下來，教她熱愛的比較文學。這樣的生活看上去挺不錯，卻也不過是錢鍾書筆下的另一座「圍城」。

工作上，麋洋對一切與教學活動無關的事項討厭至極，但她從不拒絕學校對她合同事務外的任何支配。

這樣的日子一晃又是五年。

「過慣了賺錢的平庸日子，就很難想像伸手要錢的生活了。其實怎麼樣都是活著。」麋洋的髮箍綁在手腕上，不上講台的時候，她就放下長髮，風能帶給頭皮一些自由。

野治比麋洋小十歲。時間暗藏著價值機會與成本。麋洋羨慕野治可以比她多十年時間讀書寫作。麋洋知道自己不可能比跟自己年齡小的男性發生些什麼。她的婚姻是場自我保護，用來糊弄雙方父母和外頭的壓力。

野治不知道麋洋的秘密。他喜歡麋洋不明所以的笑，像斜陽的影子，神秘而留不住，抬頭辨認，竟分不清是太陽的還是月亮的。麋洋是野治愛過後無法再忘卻的一段時光，這是時間的流動性，野治認清的時候，麋洋已不在了。

快四十的麋洋，身材依舊像個少女。刀鋒似的肩胛骨凹陷在看不出的胸脯上，平穩而冷靜。那張安分的處女臉上壓抑著蕩漾的光芒。櫻色唇際間流淌出漫不經心的妙語。麋洋在野治心中，是種幻想，比一幅畫還久遠。

野治是個沒有自控力的孩子。窗外的海風涼颼颼的，沒

有風景。公交已經開上海傍路，野治掏出福靖送的《鼠疫》，一個字也沒看進去。

「你拿反了。」麋洋用餘光念出野治手上倒立的那頁字：「分離是普遍現象，其餘都是偶然。婚姻是將偶然持續了一生。」

黑色的文字像小時候玩的俄羅斯方格，等著排列到位，一行又一行，直到疊完一頁。

野治擺正書本，細長的手指在書頁間敲動，對著讀過去的那頁，「啪」一聲落定。

野治的讀書是有力量的。

下車前，麋洋驚訝地回望那雙翻書的手。她似笑非笑著，加了野治。野治伸手，要了一次平凡的握手，而那次握別彷彿是種試探。

他們都希望將彼此種在自己身上。

第二章

12

　　十二月是注定要伴著倒計時過去。府城的中心眼——海廈摩天輪，這日難得通宵，亮燈是為了服務那轉瞬即逝的愛情。這是項商業模式，現代技術和資本運營的合作儀式。麋洋和野治租住的地方，都在南桂學校附近。若是爬得夠高，摩天輪就在眼底，一圈圈轉出幻想中的海上浪漫。

　　「膚淺的人是幸福的。」野治喜歡爬山，但不是為了看海。他帶著臉角的傷疤，從沒有花的鮮花店爬出來，嘴上記掛著他那個回家過年的傻女友。野治亂丟手中的煙蒂，看著窸窣的星火變作煙灰。頭頂是明亮的星星，夜空忽紫忽紅，照出麋洋的影子。

　　南桂學校地處山上，可以眺望大海。底下，偶爾傳來幾聲鳴響，是紅皮火車進站了。鐵軌鄰海而建，不遠處有座人行天橋，站在橋頭，可以遠眺隧道口，幽暗像動漫分鏡頭的古堡畫面。

　　吃過晚飯，麋洋有散步的習慣。她沿著山坡道靠欄杆上行。這條路，曾有客座作家來過、寫過。麋洋走在文字的風景裡，一半現實一半虛恍。山腳新起的酒店參差不齊。乳黃色的外牆融不進碧綠的海岸，在古老教堂的鐘聲裡顯得突兀。

　　山路下有條鐵軌分岔而至，白痕是歲月摩擦餘留的痕跡。電網攔截在矮樹叢後，有兩個破口子，彷彿有人闖過、踏過或剪過。前段時間學生鬧事，把天橋當作堡壘，從上邊發射塑膠子彈、石頭和傳單。每當紅皮火車經過時，汽鳴聲拖得格外響，生怕前方有埋伏或意外。

　　好在又要放假了，學生沒心思再鬧。火車司機也就放鬆了警惕。而破損的就留在那頭，快過年的，沒人來修。

麋洋習慣在寫到一半時被遠處的鳴笛聲打斷，有時筆停在那裡，靈感刻意在等那聲到來。麋洋會在課上跟學生開玩笑說，她的寫作思路是被打斷出來的。

漫步中，山和水魔幻似的，由海上摩天輪決定出現或消失。麋洋反對一切破壞自然的建築，可府城就建在海上。學校地處山上，視野避開城區的高房子。走到觀景台，腳下就是整片海。圍欄圍住峭壁，安全起見，陡峭的壁崖山路封了。在學校裡只能觀海，出了校門坐小巴往下，才能走到海邊。

那日，露露和她母親搭乘的「皇后號」郵輪趁夜出發，豪華的巨輪駛離海岸，船上悠揚的古琴聲飄向岱墨色的山巒。晚上，海風大得嚇人。船努力做出抵抗的姿態。露露站到甲板上，向自己的學校眺望。船身仍在顛簸，大船在迎浪前行。

野治突然收到露露的消息，她說她又重新出發了。故地重游，野治並不吃女人這套話裡有話。端島上的事，離開了，對野治來說，就留在那裡。野治安安靜靜待在學校，回憶對他來說，簡直浪費時間，人生本就沒意義。野治不明白，女人為什麼總在計較一些沒意義的事。

露露跟她母親住的船艙比學校宿舍還大，帶間陽台，可以直接走到甲板上。

「大海夠放浪！」露露羨慕道。海水勾打著船身，露露想起野治口中的文學詞彙，「海豚的索吻」。

露露敷上面膜，她曾帶野治出過海，在特定空間中構建過她心中的愛情，像一弧漸行漸遠的摩天輪，跨完年，閃過的名字也就閃過了。

「嬌氣的小姐！」露露想起野治戀愛時這樣稱呼她。在嚮往已久的海邊，露露把二十幾年的嬌氣都揮灑給一個頹廢自私的男人，現在她重做回她的乖乖女。曾去過的端島，只有「端島」這個名字沒有變。

當初露露為了那點「獨特的個性」不惜與家人鬧翻。現在露露終於明白「怎麼樣都無所謂」，她要再去那座島上看看，究竟獨特的是那個地方還是那個人。

「我不會娶你的！如果有天我結婚了，那不是世界瘋了，就是我想要毀滅。我不希望你成為那個倒霉的人！」野治黑色的牙齒暴露在微光的海上，那是野治對露露最坦誠的時刻。

露露清醒地迷信一個男人的話。但野治的行為讓露露難以置信。他會在跟露露發生關係時，從露露的包臀裙裡掏走一把錢，數著一張張力氣活兒換來的等價交換。野治想得透徹：這個年代，女人可以像男人，為什麼男人不可以像女人？

露露寵著野治的壞，她欣賞他摸錢、數錢的手指。露露從沒見過一個人的手可以伸得那麼不要臉。

再後來，野治隨便拿露露的東西，又打她朋友主意，終於野治冒犯到女人嫉妒的底線。

「人都渴望唯一，你既然背叛了忠誠，那麼人也有權甩掉傷害自己的人。」露露有點想家了，她決定回到那個被保護的世界裡，雖說無聊、受拘束，但起碼純粹、無害。在跟野治交往以前，露露就跟她父親產生了隔閡，可她一直聽從媽媽的話，是個上進、努力的好女孩，凡事找母親商量。

可這次她爸爸又沒來，露露埋怨了兩句。

宇芳要女兒理解，「你爸哪有時間？他的職務，出國也不容易！」

露露不再出聲。她就知道，爸爸總沒時間陪她。露露一直忍在心裡，沒勇氣頂撞父親。教養告訴她，女孩子要有禮貌。

露露關上陽台門，坐在母親身邊。那個老是錯過她重要時刻的父親，不是在開會就是出差，飯很少回家吃，她的學校表演和家長會一次也沒來過。如果可以，露露希望她父親做回大學教授，像麋洋老師那樣，能說話，也有耐心聽她說話。

在這方面，露露甚是羨慕普通家庭出生的福靖。每次放假，福靖都高高興興回去幫父親送貨、替母親摘菜。露露嚮往一家人熱呼呼的日子。福靖只要返校，就會帶些自家種的蕃薯和板栗。這對從沒下地勞作過的露露來說，福靖體驗的，那才叫生活。

福城的大日子趕在辭舊迎新的元旦前夕，多數村里人會提前趕回來參加這一傳統盛宴。露露只聽福靖描述過，她在福城從沒參加過。野治也是。他們的母親都告訴他們，福宴是一幫瘋子在胡鬧。

可福靖不這麼說。傳統需要儀式，福靖懷念人與人之間古老的聯繫：自然的走動，不涉及金錢利益。

13

　一張張桌子拼一塊，九十九張連成一條街，從一座亭子擺到另一座。這場面就叫「福宴」。

　工作後，福靖有兩年沒回去參加了。這一年，福靖足歲二十六，算當地晚婚的年歲了。媒婆們早已踏破他們家門，看中福靖的阿姨常去他們家走動。其實，福靖母親早已借「福宴」給福靖安排了「相親」。福城人都知道還單著的適婚男女來福宴的目的，而過去閉塞的「福宴」確實促成了許多對男男女女。坐下來吃飯就算了解的開始，福靖並不知道母親的用意。

　那時，福靖的愛仍處在高峰，她還沒來得及告知家人，因為她自己也不確定野治是否會娶她。他們交往不到一年，一直是福靖在妥協。付出越多，福靖越害怕失去。

　人餓的時候，除了食物什麼也不想，意志力太薄弱，就跟冬夜容易偷走一個孤寡病人一般，福靖在餐桌上一遍遍起身餵食前來敬酒的男士。這是福宴的規矩，女子抿一小口，夾菜給對方，直到敬酒輪散去，女人方可坐下進食或離席方便。

　可福靖這頭，敬酒的隊伍排得老長。福靖一個個善意婉拒，看著食物從自己筷子上短暫停留，然後送入別人口中。福靖肚子餓得「咕咕」叫，心裡只想野治來個電話。

　福靖的父親這日沒去。他剛動過手術，抵抗力差，人多的活動吃不消。於是，福靖父親一人躺在女兒房間，福靖媽媽將飯菜備好，熱在灶上。

　那晚，「福宴」搞到很遲。福靖找著各種藉口，實在推脫不了，只好招認她已有男友的事。

　「呦，原來是大城市的碩士呀！」大家都以為福靖找了個了不得的靠山，接著關心起「啥時結婚」的話題。福靖說她

男友還要繼續唸博。

「讀博也不妨礙結婚啊！」有人起哄道。

福靖一下子答不上來。她母親這時說想回去了。他們便提前離席，福靖瞄了眼手機，野治的頭像一動不動。跨年之夜，福靖沒收到男友的任何消息。而她母親口中的「身體不適」，也並非福靖以為的「謊稱離席藉口」。

後來的事情，發生得太快，就像她和野治的感情，不受掌控。

福靖母親起初推說年紀大了，才會跑一趟就犯睏。可到家了，福靖母親咳嗽的頻率越來越高，幾次想嘔又吐不出東西來。福靖母親摀上被子，說睡一覺就好。可是眼睛闔上了，咳嗽沒斷過。福靖和弟弟聽著都難受。

那會兒，每個頻道都在播歌舞、小品、煙花等跨年節目。福靖家兩室一廳，餐桌和椅子擺在客廳。三面白牆，福靖回來前簡單刷了下，客廳沒有多餘的家具。一口大鐘掛在進門的對位處，晃著日子，整點就發出「咣噹」聲。

「年紀大了就這樣，走幾步身體就吃不消。」福靖母親見子女進來關心她，便擺擺手，「不用去看，我自己的身體，我頂曉得！」

福靖信了母親的話，倒了杯溫水，又叫弟弟去翻體溫計。結果，水銀針沒測完，母親一聲咳嗽，淚花和疙瘩疹子都泛出來。福靖這下慌了，她勸母親上醫院看看。

而隔壁父親一直在有氣無力地問：「怎麼了？怎麼了？你們媽怎麼了？」

福靖父親出院不足一週，走路都不利索。福哲告訴姐姐，說父親可能廢了，以後都做不了力氣活兒了。福靖從進門父親想幫她提行李箱、用力拎起又放下的動作中，她深刻感受到父親老了。家中的錢供完一個大學生，看病要花銷，已是捉襟見

肘。而弟弟福哲還在唸大二。家裡值錢的就剩這套房，要是有個意外，抵押下就什麼都沒了。

福靖自從有了賺錢的本事，總叫她父母別操心，說往後弟弟的學雜費她全包了。父母對這個女兒也確實不擔心，就怕她工作太努力，耽誤了談朋友。福城人二十歲就恨嫁了，二十四怕是嫁不出了。而福靖都二十六、七了，這次回來，她父母緊張得要命，早早托當地媒婆子徐阿姨物色了個有文化的對象，據說人家姓王，也是個研究生，可後來說是學業忙，趕不回來。

「閨女長本事了，撒謊這麼溜！」福靖母親虛弱地生氣道。

「沒，是真的。」福靖解釋說：「本來打算明年帶他回來再講。」

「什麼時候談的？哪裡人？搞那麼神秘？」弟弟福哲湊熱鬧道。

姐姐福靖吱唔了幾句。

「你可不要糊弄我們，到底有沒有？」福靖母親說不動了，指指自己腦袋，「至少這裡還不糊塗呢！」

「媽，咱去醫院看吧！回來我給你跟我男朋友視頻，好不好？」眼下，福靖更擔心母親的身子。兩年沒回來了，福靖才意識到父母老了。他們走路的樣子和說話的音量都大不如從前了：牙齒少了，頭髮掉得多了，皮膚摸上去也是乾癟的。人的一生如同葉子，枯萎是一夜之間的，福靖對此諱莫如深。

「去啥西子醫院，抽血拍片的，花木牢牢錢，給我買兩粒藥食得了！」福靖母親喘著重氣，乏力地拍著床板道。

過來人的話，年輕人不愛聽，可也照做。福靖摸摸口袋裡的錢，跨出門檻。舊鐘報時的聲音砸下來，福靖著實嚇了跳。

明天就是新的日子了。元旦跨年夜，藥店說不定早關了，

福靖心裡沒底。

夜裡，雨一針一針下，外頭黑得瘆人。福靖父親喊不出聲，還在用嗓子喚，「打車去！不要開車！打車去！」

斷斷續續的氣泡音，福靖跑遠了。

路燈下，雨一時半會兒停不下來。福靖站在公交站台外攔的士。這時，一位男子「嗯哼」一聲走過，衝著福靖身旁的一堆積水吐痰。前方，一輛公交和三輛私家車呼嘯而過，刷起一盤水。緊接著，一輛改裝過的引擎跑車飛速駛來，濺起一潭水花。

福靖的裙擺全濕了，污穢的黑點染在白裙子上。站台上有人躲不過就飆髒話。憤怒是無能者唯一的武器。拳頭在空中沒有迴響，車子早過去了，弱者只配跟天氣作對。燈罩下，暗處的雨哭個沒完沒了。

公車還沒有來，剛發火的男人抹了把髒兮兮的臉，對老天吼道：「都快過年了，你們還欺負我！來呀，你們就知道欺負窮人！」

公交車還沒來。福靖攔了輛的士。那會兒，福城地鐵通了三條，但是福靖不記得哪站附近有藥店。

福靖說不清具體位置，她導了家最近的藥店給司機看。車開過橋，到了惶民巷口，司機將福靖放在積水處就匆匆開走了。福靖的鞋子和襪子都灌滿了污水，好在藥店的燈還亮著。

福靖奔著希望，推開門道：「有退燒藥賣嗎？」

「我們下班了。」一位戴白帽的女藥劑師機械地動動嘴道。

福靖找了兩盒藥，走到櫃檯前，「布洛芬膠囊和幸福止咳素，就給我買這兩盒吧！」

那位女藥劑師不說話，白了眼福靖。不一會兒，櫃檯後走來一位換下白大褂的，「我們不收帳了，你沒聽見嗎？」

「就這兩盒，拜託！」福靖掏出一把現金，零零碎碎的，有五塊、十塊和二十的。

　　「我們電腦都關了——」話音一落，關機聲才響起。音量在最大位，靜音切換得突兀。這場惡作劇似的嘲弄，竟還有人笑得出來。福靖快哭了。

　　「不能再開下嗎？」福靖不知所措，咬咬嘴唇道：「我媽發燒了，可以……可以幫我下嗎？」

　　「你去其他藥店吧！」冷冷的話跟那夜的雨一樣。淋濕的福靖開始流鼻水。而白大褂毫不同情地從櫃檯擋板後跳出來，步步轟退福靖道：「快！快！走了！我們要拉閘門，回家跨年了！」

　　福靖倒退著，門在她衣服前抖了兩聲，拉下三分之二。亮光還在，門背後的聲音也在。福靖身後又是一灘疾馳甩來的災水。福靖背脊透涼透涼的，她終於忍不住飆出句髒話，「他媽的憑什麼？憑什麼欺負我！」

　　「醫院 24 小時不打烊！」一位陌生人路過，對福靖說出了那晚最仁慈的話。

14

福靖兩手空空站在街頭，雨一巴掌一巴掌搧下來。

「姐……」福哲在電話裡沒由頭地大哭起來，「媽好像不行了！」

「胡說什麼？我馬上回來！」福哲從小遇事兒就小題大作，福靖以為這次也是，她想：發熱而已，能壞到哪裡去？

福靖攔到車，拼回去。進門時，客廳的鐘歪了，福靖沒顧著扶正，就來到母親床榻邊。鐘在這時倒了，砸落聲嚇壞一屋子人。

「沒事兒，碎了就換。早該換了，鐘都老了。」福靖扶父親回房躺下。

床頭的光線很暗，被單上投下一道道黑影。福靖安頓好父親，就去勸母親。她媽媽那時連說話都很吃力，手腳軟綿綿的。

「你留下來照顧爸！什麼也別跟他說！」

「可你也喝酒了。」

「我只是抿了幾口，你連喝了幾杯，要出事的！我送媽上醫院，你家裡守著爸！」

福靖將車倒進家門，福哲把母親扶上車、繫好安全帶。

油門下，「福華急診室」離福靖家最近。福靖暗自唏噓：緊急狀況下，家裡確實得備輛車。

車子救急，可福靖忘了救急不救命。

出診的是位四、五十歲的男醫生。牌子上掛著「王醫生」。那醫生看上去刻板、不好說話，眉毛豎得跟腰板一樣嚴肅，外科口罩外還架副護目罩。

「除了發燒、乾咳，有噴嚏和鼻涕嗎？」男醫生把了把

脈，又照照福靖母親的眼睛和喉嚨。

他從氣色與症狀上判斷這不像普通流感。職業的敏銳性讓他翻回病例本查看，「你們住在……」

封面上的地址完整、清晰。這位醫生迅速從抽屜裡掏出兩片口罩，「戴上！都戴上，你們兩個！」

福靖很生氣，但她必須忍下來。

「發燒有幾天了？」、「這幾天去過哪裡？」、「是不是都上西南菜市場買的菜？」

福靖母親右手抵著就診檯，左手撐在女兒身上。她虛弱地大口呼吸，口罩進一步削弱了她的聲音。男醫生邊寫邊皺眉。神情間，福靖想起了野治。他們一聲不吭的樣子都叫人討厭。

「這樣子。」醫生的目光終於落向了一旁的福靖，他對病人家屬要求道：「先去做個 CT 吧！」

「沒必要！」福靖媽媽架起半邊肩，撐足底氣道：「我們不花冤枉錢。」

「CT 要多少？」福靖問。

「兩三百吧。」醫生點著鼠標，面無表情，「CT 一定要做！」

「別聽他的！」福靖母親轉向女兒，「我自己的身子我最清楚！就是累的。」

說完福靖母親要起身，福靖按住她媽媽，「要不做個血常規？媽，你這樣子我不放心呀！」

男醫生忙自己的，讓她們自行決定。他的經驗就擺在那裡，然而信任，上面沒有、下面也沒有。

「給我們開些流感和退燒藥就好。」福靖母親反過來教醫生該怎麼做。她這把年紀，什麼季節犯什麼病，說是心裡有把握。

「你本身有高血壓？」醫生落筆下藥前，翻看病歷本。「要不這樣，藥我可以配給你們，但如果後半夜還覺得不舒服，直接去三院，好吧？轉院條子，我現在開給你們！」

「好的，麻煩您了！」福靖欠腰致謝，扶母親出去。

福靖母親拿到藥後，就乾吞下肚。

後來，車子還沒開到家。福靖母親已經冷得縮成一團，猶如溺水嬰兒。福靖見狀，果斷踩下煞車，掉頭直奔三院。急診室裡，護士在派表，福靖填了基本信息，護士又補充了幾個數字上去。然後，福靖母親就被抬上單架，從一道門推入另一個帘區。

迎面趕來的是位女醫師。這醫生看上去面善多了，年輕、漂亮，讓福靖感到專業、可信，像極了她認識的麋洋老師。女醫師頗有耐心，也會哄老人家，近距離檢查過後，她戴著聽診器，溫柔地詢問，並吩咐護士插上呼吸機。

「老人家，住在這裡，我陪您說話好嗎？我在，好讓您子女放心！明天好了就可以回家，再說現在那麼晚了，雨又這麼大……」

福靖母親終於同意了留院觀治，可是福靖有些慌神。

「那是李主任，你放心好了！」護士領著福靖去辦住院手續。

福靖挪動著腳步，她擔心卡上數字不夠。大半夜的，上哪兒湊錢，問誰都不合適。工作兩年多了，福靖認識的人不少，但好到開口借錢的，她一個都想不起來。

福靖見識過家裡人借錢，那是她考上大學那會兒。錢是借到了，人情似乎還不清了。一旦鈔票和感情掛鉤，就跟男女發生關係一樣，無法純粹。

福靖想到能打的第一通電話，除了她父親以外，就是跟她發生過關係的男友。野治是福靖親近到可以赤裸相待的人。

這世上除了她父母，沒有人見過她的身子。福靖以為，不用開口，她對他的信賴，對方一定會不顧一切幫她。可福靖忘了，她會不代表對方也會。沒人教過福靖這個道理，付出過不一定就有回報。

15

打給野治的電話一直沒人接，空音拖長了福靖的焦慮。一遍不通，福靖再打。這個點，野治應該還在看書。他是個夜貓子，晚上不睡。

人在難處時，特別渴望獲得愛人支持。電話在第五遍終於通了。野治一接起就說他自己的事，什麼最近頭疼得厲害，時間過得太快，「一年過去了，我還有好多書沒看。頭發脹，怎麼辦？煩得很！」

「我媽住院了⋯⋯」福靖打斷道。她仰起臉，聲音在顫抖，「要⋯⋯要住院治療，那個，我錢⋯⋯」

「我又能做什麼呢？」野治憋了會兒，反問空氣，重複道：「怎麼樣都無所謂，怎麼樣都無所謂了⋯⋯你好好感受下！」

安慰到此結束，通話在野治聽到「福靖要他還錢時」嘎然而止。「嘟嘟」的掛斷聲叫福靖更難過了。

第一次開口，福靖賭上她的自尊和信任。野治一如既往的「無所謂」。一句「好好感受」，那麼輕巧，野治可真是福靖成長路上的訓導者。福靖在繳費處急得跺腳破罵，罵自己瞎了狗眼，攢下來那點錢全給愛情花光了，愛情也跟信用一樣，借出去要不回了。

有好幾次，還錢日子到了，野治隻字不提。福靖想問，可話到嘴邊，於心不忍。野治卻要得出口，他可以在沒還的情況下繼續借一千，說什麼寫作要買「精裝版全集」。

「可你爸不是每個月給你打三千生活費嗎？」福靖本想拒絕。

而野治毫不在意地點根菸，話輕飄飄的跟煙霧一同散去，還是那句「下個月他給我生活費了，就還你！」

可即便福靖處理獎學金名單時有野治的名字，野治也沒還過她一分錢。

借出去的還真像野治說過的話，就等著有天不了了之。

野治拿著福靖的錢開過房，這在野治看來便是償還了，不過是用另一種形式，並非福靖想要的，也是她事先不知道的。

在下午2點至4點間，野治要走了一個女孩的第一次。這已經不是野治的首次了，他不知道這對一個農村長大的姑娘意味著什麼。那天，福靖身上剛來大姨媽，血在沒有經驗的疼痛中染透床墊。福靖旋著腿下床，翻著八字艱難爬起來。過了一週，她的走路姿勢才稍有緩解。

野治對此毫無憐惜，他命令福靖為他點菸，又嫌棄福靖笨手笨腳。野治對沒經驗的女人，下完手便後悔。抱怨完，野治又嬉笑著安慰說下次她就是有經驗的人了。

福靖噙著羞辱。她屬於半被迫的，只要野治想要的，她都能忍下來。事後，福靖擦拭身子，來回好幾遍，像要沖刷掉受過凌辱的罪行。

「別太把身子當回事！多用用就好了！」野治提上褲子，走到福靖面前，托起她的臉，問她是不是很享受。

福靖明白了，她是罪有應得。一長串眼淚排隊落下。當初不聽露露的勸，現在福靖只好向露露開口。

這回，電話一下子就撥通了。福靖咬住手背，她說不清楚，感受和語言加在一起，「對不起，我媽媽，我是說，我現在……」

露露從沒怪過福靖，野治是她幻想成為的樣子，露露現在已經回到真實的自我。離開野治後，露露認清了自己身上的缺失。於是，她答應福靖就爬到母親床上，試圖搖醒她的母親。

宇芳是個過來人。她提醒女兒，借錢給熟人，風險太大，

「不是錢的事兒。有時候，你好心借了，她反過來不認帳；或者兩人以後因這筆錢，關係會變。總之，好朋友之間不適合借錢，那一定會生疏起來⋯⋯」

宇芳打著哈欠道，她不希望女兒在學校失去一個可以講話的室友。露露沒做反駁，她也不打算向她父親開口，手指在手機電話簿上徘徊，露露不小心撥給了麋洋老師。

電話一響就通，露露實在抱歉。她躡手躡腳走到陽台上，跟麋洋老師直說了這事兒，但並不打算問麋洋老師借錢。

可是很快，錢過帳到露露手機上，「替我給小靖，不要提起我，她自尊心強。」

露露應承下來，急忙將錢轉給福靖。

為此，福靖跟上天較勁，「等我媽的病好了，我就跟野治分道揚鑣！」

16

福靖母親虛弱地指望著女兒。

福靖似乎聽懂了，她回應道：「爸爸就來！爸很快就來！」

然後，福靖被叫出去，醫生讓她在同意書上簽字。

福靖沒有猶豫，她飛速寫下自己的名字，就打電話通知弟弟，「媽送去搶救了，快想辦法帶爸爸來！快！」

搶救室裡，第一次放電，除顫，又上了兩百焦耳。李醫生緊盯著脈搏線，可顯示屏沒有奇蹟。

手術室外，福哲跑來，見姐姐在走廊發呆。他抬頭一看，搶救室的燈已經變綠。

「媽人呢？」福哲問：「手術怎麼樣？」

福靖摀住臉，說不出話。

這時，福靖爸爸不知從哪裡摘來的紅梅。花的顏色喜慶，他捏在手上，像銀婚紀念日那天，福靖爸爸帶著紅梅出現。

「爸！」福靖失控地抱住父親，她父親看上去比昨晚精神。

「不會的，姐！給媽用最好的藥！我不唸大學了，媽沒事的，她肯定沒事！你說話呀！別騙我！」福哲不信，他拼命搖晃姐姐，轉身捶牆大哭。

福靖咬住手背，她不能放肆地哭，父親還活著，福靖叫福哲冷靜。「爸的病還沒好，不許崩潰！」

人推出來就送太平間了，殯儀館的車已在路上。護士長過來，說了好幾個「節哀順變」。

「可我給她摘紅梅來了！她最愛戴紅梅了！」福靖父親的聲音鮮活，「她肯定想再見我一面……」

「道別的方式有很多種。」護士長道：「我想她能理解。」

臘月，我們送走了二十二個人，沒有告別、沒有儀式。可我相信，另一個世界不再有痛苦，他們會在那裡幸福⋯⋯」

「少來！死的又不是你家人！」福哲吼出賭氣的話。

「醫生盡力了⋯⋯」福靖認領的屍體。她處理好手續，勸弟弟道。

這時，李醫生難過地走來，說了好幾聲「抱歉」。福靖父親卻突然著了魔似的，腿腳利索地撲到李醫生跟前，捏住她胳膊問：「你把她藏哪裡了？你告訴我！她明明好孤獨、好痛苦⋯⋯」

混亂中，保安上前阻攔。李醫生不得不承認「福靖母親得的可能是傳染病」。這句話僵在空氣中，福靖父親緩過神來，腿腳抽動了聲，癱軟在地上。

人死了，事後的道歉、爭論，乃至真相，都成了無濟於事。最終，該隔離的隔離，該治療的治療。

李醫生從悲傷的腳步中抽離，趕下一場搶救。在醫院，醫生的工作就是和病患與死亡打交道。那些天，手術台上接二連三的打擊過於沉重，李佳由此更信她丈夫的預感，「這絕不是簡單的肺病！」

17

　　李佳醫生是王傑的第二任妻子，也就是野治的後媽。據說，李佳因為開車差點撞到路人王傑而認識彼此，後來發現大家都是醫生，便加了好友聊天，就這樣在李佳不知道王傑已有妻室的情況下，他們偷偷戀愛了。

　　本有大好前程的外科大夫李佳，莫名其妙在三院挨了王傑老婆的兩記耳光。當時，李佳並不認識打她的女人陳美麗。當聽到對方罵她「小三」，並報出王傑的名字後，李佳頓時無地自容。自那以後，李佳刪除了王傑的一切聯繫方式。戒斷後的無數個白天與夜晚，李佳一個人默默承受著回憶的痛苦。

　　「小三」的罵名險些毀掉李佳。本該晉升的她被迫停職，復職後又被調去了急診科耗著。那段時光，李佳除了工作就是一個人吃飯和沒日沒夜地埋頭搞科研。

　　最後，李佳還是憑藉個人努力拼到了副主任醫師的位置，可這中間的辛酸和冷語，李佳至今抗拒那段回憶。

　　沒想到的是，快熬到第三個年頭時，王傑突然出現。這一回，他帶著一紙離婚書，誠懇地來向李佳求婚。他們沒辦酒席，低調領了證，約定等兩人都不忙的時候去冰島蜜月看極光。

　　再婚後，王傑依然回絕所有大醫院的邀請。妻子李佳支持丈夫這點「小而美」的理念。他們曾計劃過要個自己的孩子，男孩、女孩都好，可李佳見過王漢後改變了主意。善良的李佳認為，他們的婚姻已經傷害到這對母子，她實在無法再要更多了。李佳打算將王傑的兒子視作自己的親生兒子對待，但王漢對李佳產生了非分之想。他渴望佔有並破壞父親的「美好」，尤其是作為兒子應該分享的那部分。

王傑忍無可忍，他彪悍地趕走了那個不是東西的兔崽子，並跟李佳說，至此以後，權當他沒生過這個兒子。

　　「王漢」如今早不姓王了，野治的笑聲比哭聲還難聽。王傑曾給兒子取名，希望兒子活得像條漢子。

　　可野治偏要活成個吃軟飯的無賴。他喜歡太宰治，便改名「野治」，做了張假身份證，後來他又遇上了「斜陽」，野治想過和「斜陽」一塊去死，但他沒勇氣，好端端地跟別人結了婚，有了自己的孩子和平庸的日子，儘管野治希望毀掉的是他自己。

　　悲劇從遇上的那一眼開始在所難免，有點《紅樓夢》，可野治不是賈寶玉，麋洋也不是林黛玉。那時，福城三院陸續接收到一批不尋常患者，他們的病情都跟福靖母親類似，有些乾咳但沒熱度，也有高燒不退死在急診室的，還有拉肚子的患者，拉著拉著，人就走了。

　　這讓王傑想起了「南方蝠疫」，那是太久以前的事了，只有南方人有印象。當時，感受大過害怕，經歷過的人大多數選擇遺忘或美化它。時間彷彿能沖淡和扭曲所有真相。可失去過獨活下來的那批人，記憶狠狠地扎根在缺失的土壤上。

　　早在高中，王傑就對傳染病有奇特的警覺力。那時，福城是片村落，村民接二連三地出現發燒、嘔吐等症狀，可沒人重視。大家只當上呼吸道感染的普通感冒來處理。村裡衛生所除了開藥、打吊針外，別無他法。拖延和誤診荒涼了近三座村落。王傑一夜間成了名孤兒，好在「赤腳大夫」收留了他，並醫好了王傑的病。於是，王傑就留在那位大夫的衛生所裡幫忙抓藥。赤腳大夫走後，王傑也長大了，本可以擁有更好的出路，但王傑偏要固守在那窮困的衛生所，為村民看病。再後來，衛生所擴建成一家小醫院，也就是王傑現在待的「福華診所」。

　　蝠村在經歷過不明死因的夏日後，屍體都一把火燒乾淨

了。那個瘟疫的夏天，樹上的知了也叫不動了。蜜蜂、蝙蝠扎堆繁衍，烏壓壓地繞在燒過死人的荒涼土地上。一切似乎在又一個春天來的時候恢復了正常，毫無預兆地，一場惡疾過去了，沒有人講得清它具體什麼時候潛入的。

後來，當地政府搞起「廁所革命」，將糞坑、旱茅建成現代化的沖水公廁。「蝙村」在一系列現代化改造中，正式升級為一座三線城市，而當年誤診的流感也有了蓋棺論定，說是叫「流行性出血熱」。

那件事對王傑造成巨大衝擊，甚至重要過他成年後志願參與的那場「南方蝙疫」。也正是當初種在他身上的瘟疫，王傑才會在值班接到一位自稱是「菜市場幾個攤販接連發燒」的病患後，腦子閃現出一夜間從茅屋抬出七、八具屍體的過往畫面。當年的男孩似乎就在埋屍坑裡張望三十年後坐在門診辦公室裡的自己。王傑跟老婆李佳提起這奇怪的生理反應，「人的應激反應都不會平白無故而起，身體比語言誠實，那個凝視的眼神似乎是種提醒，它又回來了！」

可惜，王傑沒有證據。大部分病人也不肯配合做 CT，他們甚至咒罵醫生黑心。王傑出診數十年，這些事早不算什麼了。他只是放心不下，提醒圈內的同事和老同學，「一場不尋常的瘟疫可能已經來了，暫時判斷不了它是什麼，但絕不可以懈怠。」

群裡有人猜測可能是「南方蝙疫重出江湖」，但從臨床和病徵上看，這次蹊蹺得令人琢磨不透。王傑私下跟妻子聊過，不排除這幾年病毒變異的可能性，相似度和隱匿性也要考慮。

李佳接手過幾例丈夫門診部轉來的病患，共同點是肺部有病變、表徵似普通的感冒發熱。有的病人甚至不發燒只咳嗽或嘔吐；有些送來就晚了，像福靖母親，從呼吸困難到症狀併

發，器官衰竭的速度分明在挑釁醫生搶人的手速。李佳心疼這個沒了母親的姑娘，她當初學醫也是因為曾目睹母親進了搶救室就沒活著出來，可如今她看著悲劇在另一個姑娘身上上演，而自己只能在術後說「盡力了」。

18

儀錶盤上波動的數字就是生命跡象，李佳愣在那裡，聽著空洞的「嗶嗶」聲，感覺自身就如風雨中的路燈，微渺的光芒僅能照亮路過的有限個體。大部分死亡就在她眼皮底下不遠的黑暗中競爭著。什麼時候得的，來路不明，終點都是死亡，CT 也只能照到表象。

命運有它的偶發性，偶然促成必然。那段時期，福城台正在熱播電視劇《捲土重來》，改編自小說《蝠疫重生》。而年底的《國際醫學期刊》剛好也刊登了「蝠疫可能正以別的形式蓄勢待發」的預言。

「疾病控制中心」早在十二月中就收到過醫院上報的不明病例。其中，三院作為福城市中心唯一一家三甲傳染病院，從十二月起，類似病患陸續出現。以此情形下去，李佳擔心未來醫院床位都難以負荷。

「必須申請增加隔離床位，還要分流到其他醫院，前提是收治條件要跟上。」在市政委和衛健委均未拉響任何警報前，李佳的這些建議被視作過分緊張。

「就該小題大作！」王傑的話只能守護他所在的小診所，再有類似求診者，不做 CT，一律安排轉院。王傑的態度遭病患家屬投訴，但他板著臉孔，不肯讓步。

「但凡真相都需要點耐心。」在領導面前，王傑泡上壺茶，以茶論道。茶葉來自福山本地，熱水沖泡下去，受不了的鵝黃嫩葉紛紛浮上來，然而耐心的品茶人，是要等到茶葉重新沉下去後，方才端起杯子，小抿聞香。

沉默寡言和不苟言笑是王傑的一貫作風。那段時間，他不跟周圍同事辯解，從醫護到後勤，他自掏腰包，派發 N95 口

罩。

　　李佳口袋裡也備著丈夫放的 N95，這個口罩一直在她口袋裡。福靖母親送來危殆時，李佳顧不上換 N95 口罩與防護衣，她冒著受感染的風險，在放上聽筒時，腦袋像抽風似的。李佳權當缺乏休息，凡事有跡可循，病毒和愛情都一樣，身體不會毫無知覺。

　　福靖的母親走後不久，院外飄起了福城的第一場雪。隔離玻璃不吵不鬧，福靖的眼淚沒停過。她弟弟摸著手機，屏幕上是他們母親的照片，一旁的父親在笑，對著母親像個孩子一樣咧嘴。雖然福靖和福哲從沒聽過爸媽之間講「愛」，可感情在天人永隔後無法掩飾。相片上福靖母親偏過腦袋，坐在她爸床尾，隔著層被單，給他捏腳。那是福哲偷拍的，母親低垂的眼眸是自足的幸福。

　　「媽是怎麼走的？」福哲忍不住問姐姐。

　　福靖咬著嘴唇、無言以對。她曾跟母親嘔氣，因為媽總偏袒弟弟。可那壇「女兒紅」還藏在廚房櫃子裡，銀手鐲就在她枕頭櫃裡。這些都是一位母親早早給女兒備好的嫁妝。福靖回去整理時，差點哭暈過去。

　　「是我送晚了！」福靖自責道，她的愧疚不會好了，「都怪我！沒聽你的，如果是你送媽，或許媽就不會走了……」

　　野治破天荒地主動給福靖撥了電話。聽筒裡，他的手指敲擊著書頁，無言的聽著女友哭泣。野治彎著手指，不耐煩地打響節奏。他的耳朵和嘴巴對於女友母親的離世無動於衷，眼睛保持著一行行的閱讀進度。

　　福靖的喪母之痛，野治在字裡行間找麋洋老師朋友圈分享過的內容。

　　「不說話，你打來幹嘛？你在聽嗎？」福靖的脆弱因為在乎而發火。

「我在看書，準確地說，也在聽你哭。」野治拿起福靖送的筆，劃下要回麋洋老師的話，「反正人最後不過一死。」

　　「什麼？我媽媽走了，你竟然還有心思讀書？」福靖咆哮起來，發瘋似地摔掉電話。

　　「神經病！我的聽覺都給你了，你還管我視覺的自由！女人講點道理好不好！」野治摸著自己的五官，一樣都不能少。

19

一月的頭幾天，福靖在不可思議的悲傷中度過：不真實的愛情、不真切的分離。

雪化了，雨沒有停，斷斷續續又哭了幾晚。陽光在十點短暫露了下臉，沒因死亡而放棄問候，但也只巡視了一圈便消失了。

福靖一家少了一口人，剩下的被隔離在兩間病房裡。福靖爸爸和弟弟隔著兩米床，各自戴著口罩相望。福靖則獨自一人，拿著母親的死亡證明，隔離在另一間病房。

「人得送殯儀館燒了！」護士長來看福靖，希望她在悲痛中堅強起來。

福靖不肯。無論如何，她要讓媽再見上爸一面。這是她答應母親的。

「不行，都說了極有可能是傳染病！」護士長找來李醫生。

可福靖雙膝下跪，不答應她就不起了。

惻隱之心，醫生最不該有。李佳竟然鬆口了，責任她全擔，但有條件，「不許靠近屍體！不能摘掉口罩！送完馬上回來隔離！」

醫院的車帶上福靖一家去殯儀館，沿途很冷。送行的最後一程誰都不讓進。

「有什麼好看的！」殯葬場的管理人員不耐煩道：「你是想看她從頭到腳變成灰？等著領骨灰盒就好啦！很快！」

一副身子跟寄一份快遞一樣，打包好就上路了。大家什麼也沒看見，人頭都在排隊等。最後，福靖只好在「遺體處理承諾書」上簽收。

「裡面早已人滿為患了！送來的屍體，燒都燒不完！」殯儀館的面孔個個年輕。其中，一位看上去比福靖小的工作人員隔著防感染罩嘴，沉悶地怨道：「你們要我們體諒！那誰來體諒、體諒我們呢，請問？」

　　福靖弟弟聽不下去，撸起拳頭就要動手。福靖攔下，收下最後一張紙——「逝者死於呼吸衰竭，疑似或患有肺部感染」。

　　福靖爸爸看了眼紙上的字，自言自語道：「只能送到這裡，時間不會太長，我不會讓你等太久……」

　　家裡只剩福靖一女的，兩大老爺們兒都聽她的。

　　天上又作雨了。地上的水濺起更深的死水。姐弟的悲痛跟福城那兩日的雨一樣收不住。福靖發現，父親不再愛說話。福靖想：或許是聽他嘮叨的人走了……

　　「走！我們剩下的，一個也不許哭！」福靖單薄的胳膊夾緊兩邊的親人，左一個、右一個，她一路向前，要脅死亡簿上的掌管者，「我不可以再失去他們任何一個了，聽到沒有！」

20

中文裡有個詞「天災人禍」，「人禍」躲在「天災」後面。瞧，人是習慣推卸責任的。

福靖母親燒掉的第二天，福靖父親的咳嗽加重了。他的體溫升到四十度邊緣。醫護將其轉入重症病房。有日，福靖父親抓扯床單，笑得像個壞小孩，迷戀地對護士道：「你真好，有你真好！」

福靖父親有基礎病，術後沒來得及恢復，就出現乏力、呼吸急促等症狀。肺照出來的時候，已經四分之三看不清了。床下紅盆子積滿了屎尿，臭哄哄的等實習醫護來倒。

在病榻上，人無尊嚴可言。福靖父親還是要護士幫忙回子女兩句：「放心，我被照料得很好，應該快好了！」

「快好了……」福靖一直在等父親好轉的消息，可等來的又是張「病危通知書」。那是她父親沒再回消息的午後，醫院窗玻璃上，雨黏住又垂落。新的雨打濕上去，拖下不肯走的雨。雲壓得低沉，沒有藍天。灰濛濛的牆角，蜘蛛警惕地蹲點靜候。

「你是怕打雷嗎？」福靖問蜘蛛，「放心，冬天不打雷。」

父親的肺在 X 光下像被雪覆蓋的蛛網，罩住了就無力呼吸，雪花繼續輕盈地落下。

一位男醫生用「白肺」來形容那「白茫茫的一片」，它不是雪，偽裝得很像而已。情形不樂觀，醫生卻安慰到「捱過落雪的冬天就好了」，「目前醫學界仍有康復的案例，只要能挺過這場寒冬！」

可不到兩小時，護士就喊福靖去繳費。隔著條連廊，福靖看到父親被三名醫護推向搶救室，像不久前她母親上路那樣

匆忙。福靖父親探頭在咬齧什麼，手指刮在床板側欄上，樣子不像個人。

麻醉科的插管進展順利。男醫生走出那扇緊閉的手術門，問福靖道：「你們家養蝙蝠嗎？你爸麻醉前一直說要趕走那該死的蝙蝠。」

男醫生擦擦額頭的汗，說那是他救過最猙獰的病人，滿嘴黑牙，模仿蝙蝠的吃相。

「怎麼會？」福靖沒放心上，爸爸的命好歹保住了，接下來的時間福靖終於可以睡下。插管後，福靖隔著窗玻璃瞧過她父親一眼，那時他滿臉酣睡，虛弱得像被筷子插中的食物。

晚上，福靖的夢並不香甜。受寒中，迷迷糊糊聽到父親在求救，「蝙蝠攪得你媽媽不得安寧，我要去趕走牠！你好生照顧弟弟，我去幫你媽吃掉蝙蝠！」

口罩下是有回音的，福靖嚇出身冷汗。時鐘驚醒在凌晨三點，那時室溫很低。醫生查房時問福靖「還好嗎」，福靖說她做惡夢了。

親人間存在神秘的感應。福靖父親那時正微微伸出手指，勾住他的主治醫生。微光在振奮中平熄，生命盡頭的那個眼神，搶救過垂死病患的醫生都能覺察到。

「臟器功能不行了！」

「心率跳得好快！」

「除顫儀，快！」

「腎上腺素！」

……

這些話跟手腳一塊慌亂起來。

男醫生最終躲到消防通道裡，病人在他手上救起又沒了。醫院不準抽菸，男醫生需要一點時間去面對病人家屬。

畢竟福靖他們才沒了媽。

男醫生嘆了口氣，他全名錢文波，是王傑的老同學，也是李佳的同事。他想不明白的時候會打電話給王傑，「如果李佳沒倒下，或許不是這個結果……」

「成年人不做假設！除下白大褂，我們什麼也不是，也可能躺在病床上，需要人照顧。」王傑告訴老同學，命在「生死簿」上都寫好了。十字架知道，除了盡力，我們別無選擇。

不需要開口，再見到男醫生時，福靖已經靠在牆根，眼淚流乾了。福靖發現野治強行讓她成為女人後，她的直覺就特別準，尤其是對內心的判斷，面部表情說明了一切，語言不過是外在的修飾。

「你可以到停車場送你爸一程。」男醫生抱歉地表示。

「李主任呢？她不是很厲害的嗎？」福靖冷笑句。

「她病了，」男醫生垂下雙臂，說完背過身去，「救你母親時感染的……」

福靖想到「因果報應」這類的話，終究說不出口。福靖母親生來最怕連累他人，家裡人她都不願麻煩。福靖想她母親要是活過來，一定內疚死了。

「我走的時候決不連累任何人！」福靖扶住牆，重新挺直腰板。

停車場一輛白色麵包車先啟動，拉走的不知道是什麼人。一個小女孩突然從電梯口追出來。

「媽媽、媽媽……」純淨的哭嗓劃破潮濕的寒流。天朦朦睜眼，憂鬱的紫光旋在頭頂。原來天使也會掉眼淚，在太陽出來前，福靖看著跑動的紅絲帶掉了一根，半邊麻花辮散落開。身後追來幾個大人。小女孩倔強地追著車跑。上坡的時候，小女孩撲空摔倒，手還在往前爬。

「媽媽，等等我，媽媽！」哭聲更兇了。女孩上半身想抓住什麼，磕傷的膝蓋卻爬不起來。

「媽媽！我要媽媽……我要媽媽！」最後的力氣被那些大人抱走。

　　福哲瞬間崩潰。那一聲聲「媽媽」，福靖知道，他們沒有媽媽可以喊了。

　　「送完媽媽，送爸爸，很好！」福靖哭不出來，「這就叫償還吧！父親生前欠母親太多，活該以命作陪……」

21

　　福靖的父親若是不駝背，個頭會再高些。他禿頂厲害，兩鬢斑白，臉頰動過手術後瘦削了一圈，而小眼睛依然黑得炯炯有神，啃起蝙蝠來，蠟黃發黑的牙齒毫不輸給年輕人。

　　福靖父親常年抽煙，養成「慢性支氣管炎」。福靖母親不知從哪裡搞來的秘方，說是蝙蝠治這病。術後那陣子，福靖媽媽更是隔三差五就去市場打聽「私貨」。

　　福哲告訴姐姐，「媽每次回來都要抱怨，快過年了，長壽湯都端上有錢人的餐桌，搞得蝙蝠身價金貴！」

　　說歸說，福靖媽媽還是想方設法變出幾碗來。她叮囑福哲道：「你爸剛出院，要補身子，全給他一人喝，以後再給你弄。」

　　這些事想來難以自控，福哲告訴姐姐，「太不真實了，好像媽還活著。」

　　「蝙蝠長壽」這一聲名早在福城傳開，當地的小學課本也將其選入背誦篇目。口口相傳，最好還是從學生這代下手。「蝙蝠長壽城」的廣告打在地產樓盤上，一路打向南方，甚至遠銷國外。廣告牌上，老人長著對蝠翼，笑得詭異。

　　「蝙蝠選擇了一座城，福氣就在那裡繁衍。」這句廣告語是福城人的信仰，他們把它立在收費站旁，掛在地鐵站頭，包裝在商場、超市裡。

　　很小，福靖就聽奶奶講過「蝙蝠醫百病」的古老傳說。外省人不信這些，走出去的福城人則當神話來聽。

　　「術後服用蝙蝠製品，免疫力倍增。」這在福城人口中，是有西方權威作證的。如果有人質疑，他們會反問：「難道你不信科學？」

偏方是禁不斷的，尤其對上了年紀的人來說，他們剩下的僅是經驗和對長壽的嚮往。若被貼上「無稽之談」的笑話，這些被時代拋棄的老人們可能連活下去的信仰也將坍塌。

　　福靖和弟弟這代人早沒了信仰，可他們改變不了自己父母這代人。老人和小孩都是固執的，只要不出事，有事搗騰，福靖以為那都無所謂。

　　「家裡有個性的存在……」父親的過世令福靖想起野治對她父親的評價。魔鬼的話，或許是人間清醒。

　　「放心，我有的是力氣。等你過完年回來，我跟你海市蜃樓，每天幹活！」這是交往以來，野治為數不多的浪漫。他從不對福靖說「想她」或「愛她」。

　　野治喜歡用最赤裸的方式，在讀圖時代效仿藝術。一張畢加索與女友交歡的畫像，野治以同樣的姿勢壓在枕頭上表現猥瑣。

　　這是福靖父親死後，野治給的一句安慰。

22

「喪服很適合你，」野治夾著菸，擺弄他微捲的髮鬚。「下次做愛時穿這件來，聽到沒有？」

煙和話在空氣中散盡，福靖沒有父親了。

「你死的時候，我保證穿給你看！」福靖報復道。

「哈哈！」野治夾著煙，鼓出沉悶的掌聲。半截菸丟進咖啡杯裡，野治又點上根新的，「什麼時候回來？我快沒錢了……來看你，要路費的。」

野治抽了兩口，對著屏幕噘嘴——「難以啟齒」——野治動了動嘴型，像個棄嬰，垂下了腦袋。

「這種時候你還來問我討錢！」福靖受夠了，「我爸的送葬費，我都是問人借的。你欠我的不還就算了，還來問我要，你有沒有臉！」

「那你很厲害，能問人借到錢！」野治的讚許從眼睛到嘴角都那麼真誠。他以前瞧不起福靖，嫌她書讀得少，寫不出好東西來。但那以後，因為福靖能借到錢，野治對她刮目相看。

「掙錢的辛苦和借錢的難處，你怎麼會懂！」福靖冷冷地哼了聲。

「怎麼不懂？我最羞於開這種口！我知道有些人明明有錢，就是不肯借！」野治拉黑那些不借他錢的人。但凡他開口，一定要借到。

福靖覺得可笑，沒有人有義務幫助誰。野治索取慣了，福靖的成長環境跟野治不同。

「你怎麼會還活著？」福靖詛咒道，唯有野治死掉，她才會為他掉眼淚，說不定天天燒錢給他。

野治笑出了淚花，笑聲越大，咳嗽聲越尖銳，「我也巴

不得早點死掉，他媽日子活著跟死了一樣！」

　　福靖分不清是恨是愛了，她如鐘擺，搖晃在付出的不值得與放棄的不甘心之間。

　　「那你怎麼還活著？」話不是那個意思，可福靖就說在氣頭上。

　　「沒辦法，死也沒機會死在你父親前頭嘍！」這點幽默，野治可憐自己，倒說出句狠話。

　　「分手吧……」對這樣冷漠的人，福靖早該放手了。恨他的時候，福靖也討厭她自己。她並不比他有用，但是他拿走了她珍貴的第一次。「你跟我在一起不就為了上我嗎？好，你做到了。錢，你要錢，我把剩下的全給你！你他媽給老子滾！」

　　「錢、錢、錢！你就這麼看我？」野治像頭怪獸，他們之間的誤會隔著手機屏。

　　「至少比先前認識多了，也不想再認識了……」福靖尖酸刻薄起來，也一樣無情。

　　「很好，你跟我爸一路貨！你以為我呢？祝你找個像我爸那樣的，有工作，有住處，會跟女人結婚！蠢貨，庸俗的胚子！」野治癲笑著摔斷電話，摸出抱枕下的塔羅牌，抽到「皇帝」的逆位。他用預言家的眼光審視著牌面，突然，野治撒光手中的牌，雀躍著新的自由，順手在朋友圈上發了張「下雪的圖」。

　　「南方的雪很美！」野治撇著嘴，煞費苦心地配文道：「怎麼樣都無所謂，下雪吧！怎麼樣都無所謂！」

　　兩行淚珠掛下來，野治的嘴角蕩起笑容。

　　快靠岸的露露看到野治新發的動態，她沒有評論也沒有提問，而是點開福靖的頭像，打語音關心道：「你媽媽後來怎麼樣了？」

　　「抱歉，錢我可能要過個一兩年才夠還你。」福靖看著

病房茶几上的飯盒，她沒有胃口。床頭櫃抽屜空敞著，什麼也沒有，福靖懶得動手關上。她凝視著空抽屜，若有所思道：「他們都走了。」

「他們？」露露不明白，「怎麼了？又出什麼事了？」

福靖無聲地掉眼淚，她已經不能正常去愛了。悲涼是大海的底色，也是醫院清晨的模樣。

露露從沒想過父母會走在子女前頭，雖然這是大多數正常情況。

露露怔住了，她望著母親從甲板的一端走來，清楚聽懂福靖的意思後，露露感覺像一個人在海上漂了幾天幾夜。現在，她和媽媽終於要靠岸了，露露慶幸，她母親就在身邊。

「怎麼了？」宇芳走近，捏捏女兒無精打采的胳膊，用眼神關心道。

電話那端是另一個女孩的抽泣聲。這時，船上廣播在通知靠岸時間和溫度。

宇芳小聲提醒女兒，「我先去拿行李，你們慢慢聊。」

聲音很弱，但靠近電話，福靖聽得一清二楚。

「好好陪你媽過年吧！別受我影響，過去的，也終將過去。還有，我跟他分了，早該聽你的，與這種人割裂……」

露露望著身旁一張張幸福的臉，她恍然間覺得這個世界很不公平也好不真實。「感同身受」四個字太過沉重，「置身事外」才是生活的真相。

露露掛掉電話後，去找母親。宇芳那時已戴上墨鏡和遮陽帽，她提醒女兒也防護好，「太陽大，小心曬著！」

露露的胳膊和腳背已經曬出一節一節的黑塊，但她無所謂道：「今天是個陰天。」

宇芳把自己的帽子罩在女兒頭上，露露並沒抗拒。船身錨在岸邊，左右晃動，暈船的感覺加上大海的味道，「常年在

船上的人，日子是怎麼過來的？」

「人的適應能力很強的，生活不是選擇就是別無選擇。」宇芳拉緊女兒，頭有些暈，「兩難問題總還有選擇，棘手問題就真看老天爺了。」

「是的。」露露嚥下酸水，「福靖爸媽都走了，生死沒得選。」

「等會放下行李，塗個防曬霜，走走散下心。」宇芳付了小費，又塞了筆錢給前來吆喝的人，於是自然有人扛上行李，服侍周到。

宇芳搭搭女兒的肩，她沒問原因也沒講什麼安慰的話，只是用手指引開女兒的情緒道：「這K形沙灘，你不是說是世上最美的淨土嗎？確實純粹！」

第三章

23

　　福靖拿到診斷結果，醫院連廊的消毒水味蓋過廁所的臭味。走廊上新擱置的病人，家屬陪著守了一夜。福靖走過那些張望她的臉，一種不好的預兆，像是病毒盯上的不止他們一家。

　　「洪福齊天」的掛件還吊在父親車上，一切徵兆才剛剛開始。福靖耳邊時不時冒出些莫名其妙的話，她討厭成為女人後充滿疑慮的神經質。

　　弟弟的結果還沒出來。福靖想最好他們都是，這樣就好團聚了。福靖不要獨活，也不希望弟弟一個人被留下。

　　醫生辦公室的大門半開著。窗台上，兩株掉粉的百合，顏色黏在斑駁的白牆上。四周掛著五面道謝的錦旗。福靖叩門，男醫生迎上來，將她引薦給另一位穿便裝的男士。

　　「這是王醫生！」男醫生說罷，夾著疊資料先行離開。

　　王醫生沒穿白大褂，運動服看上去休閒、舒適。

　　福靖捏著手上的報告，遞出去又縮回道：「李醫生怎麼樣了？」

　　王醫生沒有回答，要過福靖的 CT 和化驗單。兩個人都不說話，辦公室裡死氣沉沉。王傑帶著目的而來，他想不通福靖的病例，福靖卻突然認出了他。接下來，王醫生像審犯人一樣發問，關於福靖父母去過的地方、接觸過的人，王傑都問得一清二楚。福靖只在被問到她不想回答的地方，稍作停頓。

　　當問題問得差不多了，福靖的眼神突然回到掉粉的百合上，她好奇地問：「為什麼不給它摘蕊呢？」

　　「它？」王傑覺得可笑，這個問題他從不考慮。「這是自然現象，你不覺得摘蕊跟拿掉女人子宮一樣殘忍嗎？」

福靖難為情起來，她接不上話，害羞地直喝水。王傑喝了口茶，在醫生眼裡，人體沒有什麼需要害臊的地方。兩人繼續對視著。

　　「一個好消息和一個壞消息，你想先聽哪個？」王傑問。

　　「這兩天都是壞消息，那就先說好的吧！」福靖準備好了。

　　「你沒事，放心吧。你自由了……」王傑說到一半，護士長喘著粗氣闖進來。王傑站起時，碰翻了水杯。茶葉水灑到他鞋子上，王傑來不及收拾，他眼神慌張，拔腿就跑。

　　福靖不知所措地坐在原地，彷彿沒人意識到她的存在。空蕩蕩的辦公室，門敞開著。幾葉茶梗橫在杯沿上，豌豆色的水一滴一滴，緩緩匯成一股力量，沿著桌緣「啪嗒、啪嗒」往下流。

　　窗子沒關嚴，夾著雨的冷風吹進來。福靖瞅著玻璃窗上發紅的臉頰，她以為下一個就是她自己。福靖摸摸額頭，她在發熱，不是發燒。

24

自由是焦慮的。喬治·奧維爾在《1984》中寫道：「自由即奴役。」這本書福靖在麋洋老師課上讀過。

現在她被告知沒事了，她突然被放逐出來，成為自由的人，不用上班，可以回家，想在醫院徘徊也行。可是自由並沒令福靖快樂，福靖希望有人告訴她，出錯了，她渴望繼續不確定地陪弟弟被不確定性困住。

從走廊的一端到另一頭，福靖走明白了一趟道理：爸爸媽媽不忍心丟下弟弟一個人，所以留她下來照顧。

福靖推開一扇門，又是道連廊。屋簷在滴水，另一棟玻璃門內消毒藥水的味道撲鼻而來。腳下是分道的顏色線，沿著磚瓦通往住院部、繳費處、拍片室和門診部等不同分岔路。

有時平行的兩條線中忽然插進一條新的，三線並行會兒，在下一個拐角處，說不定後插進來的繼續陪著走，先前那條卻被阻隔在拐彎的分叉口上，獨自通向停屍間的方向。

福靖記得那天的顏色線，她走過一遍，為了母親，然後又來一遍，因為父親。福靖站在第三條線停下的位置，那道門進不去。空間看似自由，也框限自由。醫院成了福靖爸媽的歸宿，福靖不想一個人回家。

一隻蝙蝠在窗框邊觀察福靖，福靖猛回頭，黑色的翅膀跳到吊燈上。燈影急速晃動，四周是不穩定的光源。福靖聽到淒涼的叫聲，窗外樹叢深處什麼也望不到。

急診室的燈照不遠。福靖又見到擾人的蝙蝠，它飛過福靖的髮間。福靖頭皮發麻，蜷縮在原地，回想起醫院外面的陽光，那是送母親的晨曉。天光光亮，雨一下子晴了。而回來時，天又下起雨，人世間凍得發紫。後來她父親走的時候，滂沱大

雨就是不打雷，蝙蝠依舊盤旋著亂飛。福靖想著自由的含義，眼前豁然明朗，原來蝙蝠是存在在她最脆弱的渾渾噩噩之間。

福靖重新站起來，她繞過樓層，走去庭院呼吸新鮮空氣。在那裡，覆蓋著冰霜的紅梅正翹首枝頭。

坊間流傳著這樣一個嚇人的故事：若是三更半夜在紅梅底下看見飄雪，那便是蝙蝠精來索取負心漢的命了。這則古老的傳說，野治聽過記下、分手必用。「下雪了」這張圖，野治在前女友身上用爛了。露露和福靖都不再理會，只有第一次聽說的麋洋，覺得故事淒美、畫面亦美。

「你是在想念小靖還是家鄉福城？」麋洋在野治的「下雪圖」下留言道。

「為什麼南方不下雪？」野治喝多了，與麋洋的私聊也多了。

福靖欣賞著紅梅，她記得奶奶講過，「人跟紅梅一樣，要長大、戀愛，然後結婚、生子」。福靖想知道那位紅梅姑娘在給負心漢生下一孩子後，負心漢改過自新了沒。於是長大後，福靖總要纏著她母親問。

「嗯，負心漢回到了紅梅身邊，兩人都修成了蝙蝠精，就像白娘子和許仙那樣，結局總要給人一些好的期許。」福靖媽媽敷衍道：「其實婚姻就是找個能聊一輩子天的朋友。」

「那多無聊，我喜歡聽悲劇！」福靖道：「悲劇的本質是浪漫的，找個聊天的還不容易？」

「哪有那麼多折騰？我每天做不完的家務，什麼浪不浪漫，生活已經夠心煩的了，要照顧你們，人越大可以說話的人越少，有天你會發現，能找到個聊天的都是件奢侈的事。」福靖想起母親曾說過的話。

可那時福靖太愛幻想，她總要媽媽抽時間去讀些浪漫的書。因為在福靖眼裡，爸媽的生活太過平淡，他們生前活得庸

俗計較，一輩子耗在洗碗池邊和孩子身上。孩子大了，他們也老了，但好像家務活兒永遠幹不完。

福靖工作後不再試圖改變母親，她母親也開始理解女兒。她們一個走向對方的年紀，一個羨慕自己有過的青春。結婚育兒是一個大分岔口。福靖開始像她母親，不再將浪漫當飯吃。

這時，玻璃門傳出動靜。進門的人一言不發地摘下枝紅梅；接著又進來一位護士，類似的行為。

門推開又闔上，福靖看著，醫護和病人陸續進來，又往同一個方向走，福靖好奇地跟出去，「怎麼了？」

沒人回答她。口罩標識著方向，在不期而遇中鋪墊成將來。

幾小時前還在跟自己對話的王醫生，福靖再見到他時，意外發現他竟和自己弟弟隔離在同一間負壓病房。

從醫生到患者，時間的變化說快不快，如果以生死計速，有些嬰兒出世幾小時就沒了哭聲。

王傑的年紀看上去跟福靖已逝的父親差不多大：皺裂的臉佈滿國家版圖，乾涸的地方邊界分明。他的紘二頭肌是長期運動的獎勵，骨架看上去比年輕人健碩，只是整張臉缺乏陽光與水分的生機。

事實是，那張極具理性的臉在手術台上做出過最不理性的行為。

25

　　沒人會料到，各項指標都在恢復的李醫生，睡去不到半小時，指脈氧跌至87%。等護士發現時，搶救成了徒勞的拖延。

　　死神要帶走的，沒人留得下。這條硬道理，王傑曾奉為圭臬。可事情發生在自己妻子身上，王傑終究過不去。人到底失敗在人性上。

　　「插管是藥物無用的證明，電擊只會徒增垂死者的痛楚。」對現代技術的不敬，王傑眼睜睜看著妻子受苦。他曾戲稱妻子手上握的外科刀是死神的幫凶。結果，妻子瀕臨死亡，握刀的人是他。

　　「身為醫生，難道你見死不救？」李佳曾質疑過丈夫對現代醫學的蔑視態度。

　　直到雪花落到自己愛人身上，王傑頑固的態度才有了轉變。他竟說：「要相信現代醫學技術！」

　　這不像王傑的話，插著管子的李佳流出虛弱的眼淚。

　　人們應該相信愛還是科技，眼睛在用力管控淚水，收不回就釋放出來。面對妻子，王傑難以冷靜。痛苦多過思考。

　　換作以前，他會希望病人在直線聲中睡去，認為這好過捶醒肋骨的疼痛攪擾。可手術台上都是醫生，大家非常清楚病毒攻陷器官後的唯一出路，留給醫生的就是拎起現代機械武器，放手一捶。

　　該上的都上了，心肺復甦ECMO也救不活李佳。王傑可以丟掉信仰，對現代技術俯首稱臣。可惜晚了，再多技術也保不住妻子的命，這簡直是最惡毒的報復。

　　三點四十九分，心搏驟停，自動體外除顫器（AED）成了最後的希望。

「充電兩百焦！」

「完畢！」

「全部後退，準備放電！」

王傑木在妻子身邊，他老同學手上蹦起的是他妻子瘦弱的骨架。

垂死的身體還在經歷折騰：充電、放電、胸外按壓。

「再來一次！」錢文波沖無法回話的操作儀怒吼道。心電圖沒有放過在場的每一雙眼睛，現代科技用最精準的數字和直觀圖表展示了最後的結果。

「直了！怎麼辦？平了……」什麼都沒了，生命跡象走完了。

王傑搶過電擊板，大家以為他要親自上。然而下一秒，王傑丟掉手上那玩意兒，扯掉口罩，嘴對嘴，他用最溫柔的愛溫存沒有呼吸的雙唇。大顆大顆的淚珠從滾燙的臉龐流向一動不動的臉上。

「她哭了！她還有意識！」王傑瘋了。

「把他拉開！」錢文波喊道。身旁的醫生都呆住了，一塊上的時候為時已晚。

「還有心跳！」王傑抱住妻子，不肯鬆手，「有餘溫！她還活著！你們幹嘛呀？」

沒人理他。王傑被拽倒在地，眼睜睜看著妻子被、裹好推走。

白布遮住李佳的臉，一切好像沒發生過，留下來的事與死人無關。

王傑的聲音染上魔性，他活在不真實的世界裡，「她明明活過來了！你們看到的！為什麼要帶走她？」

「她走了，永遠不可能回來！」這是不爭的現實，「她死了！聽到嗎？先走的或許比較不痛苦，但她確實活不過來

了！」

　　傍晚下過冰雹的雲透著朦朧的青色，再暗些時辰，外頭的風跟著不客氣。

　　藍色條狀病服在醫院裡遊蕩，像一個個幽靈，放風出沒，獻上哀悼，又各自飄回病房。

　　科室間互借蠟燭，滿地的紀念物，儀式是自發的。李佳的肖像是她生前救治過的一位漫畫家送的，相片從她辦公桌上取下，成了事先備好的遺像。畫中的女子，明眸清澈見光，像個大活人。炭筆排出的神韻，堅定地聚焦遠方。唇邊掛著淡定的淺笑，走近就散了；站遠了，神秘的似笑非笑著。

　　「好像麋洋老師……」福靖恍惚道。

26

哭是會傳染的，福靖怎麼也沒想到，死亡也會。

從李醫生開始，三天內，三院陸續有十三名醫護告假，病因都類似感冒，伴有呼吸急促等症狀。CT 照出來，肺部像兩片雪花，已呈現纖維狀。王傑在三院治療期間，從群裡統計數據，發現近一週發熱門診部接待的病人體量是平日的十倍之多。

「這太不正常了！」王傑親身感受著與病毒作戰的滋味，常常忙到一半，肺跟大腦都跟不上節奏。那時，王傑不得不躺下休息。厲害時，王傑連上個廁所都感到頭暈。除此之外，口乾舌燥是常態，睡覺也無法踏實。

西藥的反應讓王傑備感不適，他跟老同學提議拿自己配的中藥實驗，並在病床上完成研究報告，由院長上報至疾控中心。

這次，回應第二天便下來了。衛生健康委員會首次向公眾披露「福城出現不明病毒」一事，並官方通報了 29 例確診病例，其中並未提及醫護受感染的情況。

隨後，各院落實「上報標準」。根據統一標準，「有西南菜市場接觸史」是其中的「必須項」，而王傑的報告中有顯示沒去過該菜市場而受感染的病例。

「看來文字的傳達不夠到位，語言天生具有欺騙性和混淆性。」王傑直言道。

「讓子彈飛會兒吧，過濾需要時間。」來看王傑的錢文波調侃道：「現在什麼年代？生活怎麼可能一點濾鏡不帶？」

拿科學來鎮壓標準，上報數字要求嚴格遵照「統一標準」：1、發燒；2、CT 異常；3、西南菜市場接觸史。三樣，缺一不可。

這些話，醫院熟悉。

王傑也因此成了「不科學」的反面教材，儘管他的「臨床分析報告」獲得衛健委嘉許。可三十是道坎，對女人是，對衛健委也是。

另外，王傑在報告中提到的「極大可能人傳人」，寫進正式文件，改成了「可能存在人傳人的風險」，再到院內文件，又備註上「醫護做好防護就不會受感染」的貼士。

文件發放到每個醫護和官員手中，防疫措施卻只字未提。院長和護士長不想搞得醫院人心惶惶。對此，他們避而不談。事態並未因沉默平息或好轉。

「我們平時人手就緊，年關更缺，冬季送來最多的就是流感病人。發燒、咳嗽、乏力、頭暈，症狀上根本難以區分……」太多日常要處理，護士長的語速和動作一樣快捷。她來不及思考就必須行動，邊說邊扶起隊伍中跌倒的大伯。大伯的兩道眉毛，濃白如聖誕老人。護士長將大伯交給男醫生，便帶福靖到護士站。桌上飯菜的水蒸汽都涼了一圈。

「該死的水蒸汽，回溫到飯上，軟綿綿一點也不香了。」這世上最難防的就是「趁虛而入」，護士長嚥下口飯，嗓子有些乾澀，「誰都有倒下的時候。」

福靖說想加入他們。

護士長兩三口吞下飯，嚼不出菜的味道，「什麼意思？」

福靖說她想進隔離病房照顧弟弟。

「這不可能！你又不是護士！」

「所以我希望加入你們！」福靖堅持道。

「可醫院不是我開的，這你得去問院長。」護士長快人快語，熬夜也不影響她的反應速度。

「那拜託您帶我去見院長，可以嗎？」福靖腋窩下夾著袋文件，這次她有備而來。是的，福靖特地回家取材料，又燉

好雞湯、小米粥和中藥材。她來就做好進去看弟弟的準備。

27

　　院長辦公室在另一棟樓，那頭沒安排臨時病床，過道的窗戶敞亮，窗台上的綠植格外茂盛。

　　護士長按下最高層的數字。院長在頂樓，連廊掛滿書畫。護士長帶福靖敲門，茶几上開著半餅普洱，香氣溢滿房間。

　　「進來！」院長從黑色皮椅上起身。手中把玩著荷葉邊的白玉墨池，底色凹凸的紅綠光影美輪美奐。福靖見過這硯台，在麋洋老師開設的書法選修課上。文房四寶，麋老師給他們把玩過。

　　桌上是幅攤開的書帖，臨了幾行字。

　　「米芾的？」福靖猜道。

　　「好眼力！現在年輕人都認不出了。用我兒子的話說，電腦打出來都一個樣。」院長饒有興致道：「你也寫書法字？」

　　「現在沒了，以前在大學一位老師的課上寫過。」福靖謙虛道：「她讓我們臨摹自己喜歡的書帖，尋找自己的風格。我正好喜歡米芾的穩不俗、文奇險。」

　　「太好了，要是我兒子能遇上你講的這位老師就好了，估計他現在也不會厭棄書法。」院長微微側身，面向福靖這邊。「你在哪所學校讀書？」

　　「南桂。」福靖說：「早畢業了，不過留校任職。」

　　「哦，我知道，好像王醫生家兒子也是……那你很優秀哦！」院長誇讚道。

　　「沒，我只是個做行政的。」福靖低下頭，她認為自己不配。

　　野治說她既沒個性也不漂亮，就是脾氣還不錯。福靖在野治的訓導下，不厭其煩地讀野治提到過的書，但她讀過的那

些書並沒幫到她，也沒解決她的實際問題。

「那又怎樣！」露露不以為然，「你信他？讀那麼多書，你看看他自己，還不照舊過不好自己的人生！這其實看人的，跟書無關！」

「什麼味道？」院長見福靖害羞了，便切了話題問。

「哦，我熬的中藥，想給弟弟送進去……」福靖緊張地解釋道，趁機將胳膊肘下的黃袋子遞上去。

「我的——」福靖扯開拉鏈，兩、三張證書飄出來，她慌忙蹲下去撿。

院長掏出折疊眼鏡，意思意思看了兩眼，就將材料遞給了護士長。

院長姓田，看上去年富力強，不像五十歲的老頭。整個人不顯山露水，講話周全，舉止有領導風範，總愛把「情懷」掛在嘴邊：什麼「醫者情懷」、「救治情懷」、「志願情懷」……這種大局觀，符合人們對領導的期盼。

「你就是太瘦了！」田院長的笑完整到位，毫不拖沓，「女孩子不要因為男朋友想你減肥就不顧健康！」

福靖聽到「男朋友」，脖子又縮了回去，滿臉漲紅。

護士長對文憑沒太大感覺，能幹活兒就行。福靖拿捏不準院長的意思。

「那還沒家庭沒孩子，以後總要考慮的。」田院長笑盈盈地打趣道：「看看你身邊的護士長，把自己養胖點，跟著護士長好好學！」

事就這樣成了。護士長碰碰福靖手肘，意思是可以走了。

「那……」福靖愣在原地，還想爭取留下來。

「最美的逆行姐姐，這個標題怎麼樣？現在姐姐這個詞很火。」田院長撥了公關小劉的分機號，「正能量的東西，一定能火！你帶她去填下表、拍張照，到時人家還是要回學校上

班的嘛！」

　　福靖感激地同院長握握手。

　　「快去吧，其他病人會羨慕死你弟弟的！」田院長風趣地笑道。

28

　　護士長將福靖交到一位叫「霞姐」的護士手中。霞姐說話嗓門大，左眉上有粒米飯大小的黑痣，痣上還生著三吊毛。

　　護士長影印了福靖的文憑和身份證。只要不出事，全是廢紙。學歷、證書積壓在資料堆中，若是人走了，費事還要抄出來銷毀。有時太忙，醫院的人離職好幾年，那些沒用的資料都還壓在箱底。

　　霞姐很高興新來了個幫手，她先帶福靖走了遍消毒流程。三院的傳染病房設有三道卡：清潔區、緩衝區和污染區。

　　進第一道玻璃門前，霞姐的聲音自帶藍牙音響。「戴上第一層帽子、口罩、手套和鞋套，前兩天護士們剛分類貼好，抽出來比以前亂翻省事多了。」

　　「飯要一口口吃，防護裝備得一層層上。」霞姐沙啞的大嗓門迴盪在狹長的玻璃門間，「防護服搞定了，要再戴一層口罩、帽子，手套也要加一雙。N95 進危重病區戴，我們最近緊缺，省點用！每完成一個動作，一定、一定要做手部消毒！一個步驟都不能省，知道嗎？」

　　霞姐說話不打彎，福靖想起自己的母親。她們都喜歡為他人考慮。福靖母親一生勞苦，沒有活到享福的年紀。

　　「別害怕，要相信你是專業的！尤其在病人面前，絕對不許哭！」

　　福靖用力點頭，危險在她身後。她一門心思想見弟弟。穿戴嚴實後，霞姐細心教導福靖在護目鏡上塗一層洗手液，「這樣不容易起霧！你眼鏡上也是！」

　　霞姐站起蹲下，為福靖貼好膠帶，不放心地在她胳膊前後來回檢查貼合處。「目前我們在無菌區，準備好的話就要進

入紅區了。」

福靖提上保溫盒，整個人沉悶得透不過氣來，「好重！」

她露出桑椹大的眼睛，望著包成餃子的霞姐道：「好悶，感覺要上太空了。」

「這不，你弟弟在宇宙等你呢！」俏皮歸俏皮，霞姐清清嗓子，嚴肅道：「後面就是感染區，再悶也得忍著，絕不可以掉以輕心！」

福靖點頭，繁瑣的流程，第一次走了近五十分鐘。

「以後最好提前半小時到崗，我帶你熟悉幾次，你自己來就順了。本科生反應快，但不要有僥倖心理。任何一遍，每個動作都不能偷懶！」霞姐帶福靖上電梯，叮嚀如何給病人換藥，又示範打針細節和其他注意事項。「以後這些再慢慢教你。你是打算長期做，還是來志願體驗下？我倒是樂意帶新人，不過大多數帶完就走了。」

福靖沒有回答，她並沒想那麼長遠。她在府城有工作，像院長說的，之後也要回去。

福靖想著回去再見野治一面。野治身上有種文學性，福靖讀過就上癮。野治常掛在嘴邊的話便是要給福靖寫詩，就像他曾經買完三本黑色盤口軟殼本後，只寫了《野露詩集》四個字，那便是野治為露露寫過的空白詩集。現在，詩集名沒變，第一頁，字一直躺在首頁第一行，寫的是「我讀到你的時候，我已寫不出一個字」，其餘頁都是空白，野治怪福靖名字沒取好，怎麼搭都不好聽。

分手後，野治興沖沖尋找下一位繆斯，就像當初被露露用掉後，野治親吻福靖的手道：「你現在握緊的是未來要去拿諾獎的手！你嗅到文學獎盃的味道了嗎？」

野治的床頭掛著莎士比亞肖像。床尾是太宰治的畫像——那個軟弱的男人用手托住半張臉，以最懦弱的方式和情人結束

了生命。怎麼樣都無所謂了，野治慢慢感受，他接受所有現狀，沒有目標也無法行動。

福靖跟著霞姐認識病房門牌，顏色標識不同。霞姐表示：「這些標識是用來區分輕、重病房的。記好它們的顏色，別搞混了。」

護士站的姑娘大多為女性，她們年紀不大，見到霞姐，會不客氣地喊她「大嗓門」。福靖對名字記性不好，聲音她可以記一輩子。野治正是憑藉獨特的聲音叫福靖就範。那句「怎麼樣都無所謂」，只有野治說得出不裝的味道。

「這是才來幾個月的秦榕，我們醫院的院花。」霞姐指指在電腦前錄資料的女孩。

「她還會跳民族舞哩！」後頭傳來的聲音像是個北方女漢子。

「那是徐婷！」霞姐從筆筒取出馬克筆，在福靖身後塗畫，「寫上名字，進去好認。」

福靖好奇地望著剛開口的徐婷，她看上去跟自己差不多大，眼角笑的時候有魚尾紋，骨架寬闊，看上去像女中豪傑。

福靖放下保溫盒，詢問她弟弟在幾號病房。

「9號。」秦榕告訴福靖，又叮囑霞姐別忘了給自己寫名字。

「我來！」徐婷寫上「護士」，「在這裡，就霞姐和護士長是概念，我們都是具體的人。」

「一旦病人響鈴，要馬上趕去，生命爭分奪秒，護士必須有叫必應、隨叫隨到！」霞姐交代完，又叫秦榕查幾個病人當天的情況。

「已經穩定了。」秦榕小聲道：「護士長是回家看兒子了嗎？」

「想多了。你以為來了新人，護士長就能放假？」霞姐

的音量很大，福靖不想聽到都難，「防護服不環保，少喝點水，免得上完廁所重走一遍！不習慣的話，跟我去領紙尿褲！那玩意兒我用不慣，憋著舒服！」

福靖站在一邊。霞姐像在跟耳背的兒女對話。

「老人不通便就喊我！」霞姐習慣了，常常摳完親自去倒。那味兒福靖完全適應不了。她後來看著霞姐摳屎倒尿，臉上沒有半點嫌棄，反倒病床上的人一直在說「不好意思、不好意思」。

福靖跟霞姐熟悉醫院的工作，有時幫忙翻下病人，取個藥，對下名字什麼的。病人見有新面孔就拉住她，要福靖幫忙給家裡人回下消息。

「小姑娘，幫我給兒子打幾個字，好嗎？」

……

戴著兩層手套，福靖的手指難以靈活，與屏幕的觸感大打折扣，但她必須學會適應。

「忙完，你先去看你弟弟吧。」霞姐道。

福靖「哎」了聲，走出病房，徐婷正在門口幫另一位老人扣屎，味道特別大。福靖瞧見老人滿臉漲紅，叫得烏鴉一樣可憐，兩片皺巴巴的屁股耷拉在徐婷手上。

「你們那麼投入，一定很熱愛這份工作吧？」回到護士站，福靖提起保溫盒，佩服道：「真敬業！」

「什麼熱不熱愛的，都是做！」秦榕很現實，「你喜歡給人把屎把尿？我才不信。都是爸媽生的，今天我們穿這身，學歷所迫。你要說意義吧，使命感確實有。畢竟除了生死，活著有什麼意義？」

福靖答不上來，她從沒思考過這些。以前，福靖盡幻想嫁給一個有文學性的人。

「你有想過你弟弟好了，你幹嘛嗎？」秦榕隨口一問。

福靖愣住了，她沒想過，如果秦榕不問，生活無非照舊。福靖以為病毒過去，她的生活就回到原來的樣子。

　　「沒事，說不定那時你就知道了。」秦榕見福靖不支聲，圓了句道。

　　「應該——」福靖不自然地答道：「應該還是會回去繼續當行政，或者可能的話，離文學更近些，做個自由撰稿人什麼的。不知道，也許跟文學相關的，不知道有沒有適合我的工作——我也不知道……」

　　「那很好啊！」秦榕鼓勵道，投去崇拜的目光，「有學歷就是不一樣，有的選，選擇也多。可惜我文化程度低，沒什麼可挑的。」

　　「做事！」霞姐打斷道。

　　她們的對話，飄進霞姐耳朵。霞姐淡淡地回了句，「意義是在做中找到的，姑娘們！」

29

見到姐姐，福哲揚起身道：「你怎麼進來的？這裡不乾淨，姐！」

隔著塊簾布，王傑也吃了一驚。

福靖什麼也沒說，她放下保溫罐，給了弟弟一個大大的擁抱。福哲在姐姐懷裡哭了，不知是為了自己的病，還是他們相依為命的處境。

好一會兒，福哲才意識道：「我身上帶病毒，離我遠點！別再來了！到時把我跟爸媽葬一塊吧！」

「我可沒錢給你買墳，你給我好好活著，聽到沒！這些不吉利的話，全都『呸、呸、呸』！」

弟弟一頭倒回枕上，像個聽訓的孩子，由姐姐叫張嘴就張嘴。

「再來兩口。」簾子半掩著。王傑跟福靖不熟，卻同福哲打過遊戲。

雞湯在勺子上晃動，福哲要姐姐分點給王醫生。福靖扭過脖子，用平常的話應道。

王傑吞吞吐吐，完全不像福靖先前認識的樣子。

福靖一口氣將剩下的雞湯打進王醫生碗裡，「趁熱喝吧！」

醫患關係，不是皆大歡喜就是抱憾終身。王傑也曾像李佳那樣，試圖與病人建立起恆久友誼，細水長流的那種，可惜到頭來都跟第一段婚姻一樣失敗：不是日漸沒了感覺就是撕破臉彼此憎惡。

福靖和王傑，誰也不敢提李佳的名字。王傑接過碗，一咳，抖出幾滴雞湯油，染在床單上。王傑咽下去兩口，又隨咳

嗽噴出，搞得鬍子、衣服上都是。

福靖拿起床頭巾，沒有抱怨。她先幫王傑擦拭下巴，再沾水抹去床單上的污漬。

王傑手足無措，不敢吱聲。福靖也不說話，像照顧病人那樣慣常。

「對不起。」王傑說。

「什麼對不起，這就是我現在的工作。」福靖道：「好了，再張嘴喝兩口，從今天起，這也是我的工作。」

王傑尷尬地配合道。

「怎麼，不好喝？」

「不是，太好喝了！」王傑懷念這熟悉的味道，「你加胡椒和筍了？」

「嗯，不習慣？」福靖放下勺子問道。

「不是，」王傑搖搖頭，想起李佳燉的雞湯，也帶胡椒和筍味，「以後做了，也能分我一瓢嗎？」

「當然！」福哲替姐姐作主道，「不過抵三盤哦！」

「福哲！」福靖擺下面孔，「生病了還打什麼遊戲！帶壞別人！」

「王醫生又不是別人！」福哲委屈道。

「別裝，中藥先喝了！」福靖說著又端出家長的姿態。

福哲最受不了中藥味，「太苦了，我不想喝！」

「喝！身體好了才能出院，乖！」

「怎麼可能？」福哲不信，「能喝好嗎？」

「那你就想想，等病好了要上哪裡？」福靖硬生生把碗遞到弟弟嘴邊，沒有拒絕的餘地。「想的時候，一口氣喝完它！來！」

福哲「咕嚕咕嚕」硬想，又是皺眉又是擠眼。

「去海邊！」弟弟喝完告訴姐姐，父母生前曾驕傲地告

訴左鄰右舍，說他們女兒讀書的地方在海邊，以後要接他們一家子過去住。

「好，去海邊！」福靖盯著碗底，中藥的殘渣跟記憶一樣苦澀。

「那是姐姐現在上班的地方，對嗎？爸媽說你辦公室能望見大海！」

「嗯，但那片海不純粹。它被填埋成陸地、高樓、黃金商鋪和高爾夫球場，不算自然的海。我到時帶你去看真正的海，在端島，據說那裡有世上最乾淨的海，遠離城市和苦難！」

王傑突然咳出聲，不好意思地擺擺手，他沒有取笑的意思。在王傑心中，但凡有人的地方都不可能純粹。大海只不過是人類美好的嚮往。到了那裡，同樣存在生物鏈。島上的階層分化不比城市弱：歧視、垃圾、犯罪、強姦、病毒……所有城市有的毛病，島嶼和大海一樣都不會少。

王傑摸著自己不再年輕的心，不去打碎年輕人的夢，「中藥你自己抓的？黃芪、金銀花、麥冬……還有什麼？」

「柴胡、蒼術、北沙蔘、蟬衣、甘草……」福靖扳著手指回憶道。

30

　　護士的工作要求二十四小時有人，採用的是倒班制。為了多陪弟弟，輪值時間到了，福靖還會留晚些，接班護士因此開玩笑說，福靖是想跟他們搶飯碗。

　　「去，大學生才不要幹這苦差事呢！」秦榕摘掉眼罩。嫩白的肌膚不顯毛孔，壓出幾道深紋，好了又破，紅腫的地方磨出泡來。她拿的是大專文憑，白天上護士班，晚上趕夜校課。「大學文憑」在秦榕嘴上，比她這張臉更重要。

　　「現在大學生遍地開花，研究生都不稀罕，博士還找不著工作呢！」徐婷實事求是道：「我最後悔的就是花家裡錢讀了所大學，沒學到什麼本事，若是有一項手藝傍身或嫁一個有錢的老公，豈不更香？」

　　「你是羨慕她吧？」查房出來的女醫生下巴翹得老高，眼睛盯在公屏上。

　　屏幕裡，露露母親宇芳說話自信、得體，穿戴有氣質，令人印象深刻。她說話都像打扮過似的，很有鏡頭感，「從目前每家醫院上報的新增不明病毒患者數量來看，每日增量在可控範圍內，大家不必驚慌。這種病毒目前還未有確鑿證據顯示說會人傳人。」

　　宇芳落落大方地答記者提問，她表情從容淡定，是許多女性雜誌熱捧的封面人物。每個字從她唇間蹦出，總有股叫人信服的魅力。鏡頭將宇芳的形象設定為完美妻子和母親的樣子。私底下，宇芳也會跟女兒拌嘴，與丈夫大吵。

　　「世上哪有什麼獨立女性？女人自己都不信！」女醫生撂下這句話，轉身去忙了。

　　秦榕還木木盯著，她關注宇芳近四年了。秦榕渴望獲得

學歷加持，嫁個能幫自己「飛上枝頭變鳳凰」的男人。

「你們誰，去給 7 號床測個血糖、量下血壓！」男醫生吩咐道，他沒時間看公屏。

「我去吧！」福靖希望自己有用。

「秦榕，你去！」霞姐隔著三米遠喊道。秦榕不甘心地盯了眼屏幕，步子勉強在動。

「那我可以做些什麼呢？」福靖向霞姐討活幹。

「這樣，你去發下口服藥。等會我們要做消毒，願意的話可以一塊。」

「當然，非常樂意！」福靖拿藥回來的時候，宇芳還在講話，不緊不慢的非常有耐心，她在鏡頭前總戴著無懈可擊的笑容，「我想說沒事盡量少去西南菜市場附近吧！那一帶疑似源頭區，目前政府已查封。如果有必要的話，建議大家出門戴好口罩，盡量少去人多之處。若是有雙黃連口服液，也可備著預防。」

禍從口出。疫情爆發後，這則視頻也被挖出來詬病。網友查到採訪背景是在國外的端島。雙黃連口服液製藥廠商被指與宇芳存在不正當交易。

而不想出鏡的福靖因一篇「逆行姐姐」的報導，她日常的生活和工作連遭媒體打擾。再後來，福靖嚴詞拒絕任何採訪或拍攝。

「逆行姐姐，你是真當起護士了？」男醫生難以置信地問了三遍。

福靖懶得搭理，她專注於手頭的工作。

「你弟弟可真幸福！」男醫生說著，跟福靖一同轉進 9 號病房。

那時，福哲已能自己坐起來，下床走兩步也不那麼吃力了。「我感覺我在恢復，沒什麼可怕的，之前下床喘得要命，

看，現在活力多得沒地兒使！」

男醫生故意打量著福哲道：「你姐給你吃什麼靈丹妙藥了？」

「還不是每天逼我喝雞湯跟中藥！」福哲叫苦連天，「王醫生，是不是？你也有份！」

男醫生跟王傑相視而笑，他們之間沒有隔夜仇。王傑心裡透亮，李佳走的時候，錢文波不比他好受。

「你們認識？」福靖察覺道，將體溫計遞給王傑，「你是醫生，不用教吧？」

「這護士，要不得！」王傑的毒舌又開始了，他好久沒那麼放鬆了，「你就是這麼對待病人的？」

福靖壞笑著，她走到弟弟床邊，查看他這日的身體指標。冰冷的病房除了呻吟聲，終於多了些歡聲笑語。

「我是不是可以出院了？」福哲雙手合十，求道：「真的，我感覺跟正常人沒什麼兩樣！」

「病情基本穩定了，我想——」男醫生的話說到一半，打住，「再拍個片吧，然後叫這位不專業的護士領走！」

一旁的王傑悄聲問老同學道：「文波，我想去趟西南菜市場，你覺得呢？」

「我就知道！瞧，又想一塊了。」男醫生在查房記錄中，給王傑安排上檢查，「照過再放你出去，免得你害人……」

「那個菜市場不是封了嗎？」福靖偷聽到，湊上去問。

「誰說的？」王傑驚訝道。

「哦，我在外頭電視上聽到的。」福靖解釋道：「疾控中心主任講的！」

男醫生不屑地哼了聲，「那女人的話，你也信？」

「男人的話，就值得信了？」福靖反駁道，她並沒有聽懂男醫生的意思。

「至少專業的醫生不一樣。」男醫生強調道，出病房前反鎖好門。

「你們去的話，帶上我，可以嗎？」走到弟弟聽不見的門外，福靖的聲音依舊不大。

男醫生看著福靖，有些猶豫。

「我想去害死我爸媽的源頭處瞧瞧。」福靖加了句，「會是蝠疫嗎？我倒要見識下是什麼鬼！」

男醫生思考了幾秒，跳過福靖的問題道：「那你得請假，去的話戴好口罩，穿著別太誇張，免得引起人家戒備。」

31

不跟福靖聯繫後，野治發現他的世界都沒能說話的人。好像除了福靖，沒有人有興趣聽他講話。露露是過去式。分手後，朋友間因為社交網絡的方便，打電話反倒成了種打擾。

而福靖也跟露露一樣，正在成為過去時。野治孤獨的時候害怕孤獨，他的指間釋放出某種衝動。他需要一個能長久聽他訓導的人，野治思考著，這跟愛不愛、在不在一起都沒關係。

「我看福城那邊的天，難得出太陽。」電話通了，福靖不作聲。

野治爬到窗台上，有隻野貓正盯著他，「學校這邊天氣也不錯，我等會打算去散步。」

「不看書嗎？」福靖終於開口了。她現在跟野治說話，力氣都花在譏諷上。

「你那邊太陽可好？」野治學會關心人了，「這幾天在幹嘛？」

「出門。」福靖戴上口罩，野治聽到鑰匙從鎖孔拔出的聲響。

福靖走下樓，他們生活在各自城市的氣候中，「太陽還在，風有些歪斜。」

野治問福靖最近在讀什麼書。

「我不像你，我沒時間看書。我現在在醫院當護士，晚點就接弟弟出院。」父母的離世讓福靖更加珍惜身邊的親人，而不是書上虛無飄渺的文字。

「什麼？你在幹嘛呀！去醫院還不如多讀讀書！要多讀書啊！我要是一天不看書，就感覺是被人嫖了！」

「你說什麼？」福靖沒聽清楚。

「就是被你們女人上了！」野治提高嗓門，怪異聲刺穿

福靖耳膜。

福靖屏住呼吸，她很難過，但不想開口。

「那你現在還寫東西嗎？不要告訴我你每天都在醫院浪費時間！」野治開啟他的訓導模式。

「是的，你說對了！」福靖自己也不明白自己是怎麼了，她索性學野治「哈哈」大笑，「讀書寫作能救命嗎？你看一本書的時間，一台手術完了，或者一條命就變成一個數字了。我猜你一定不會關注最近不明病毒的新聞吧？」

「別看新聞，那是膚淺、庸俗！好的文字不追熱點、不會過時！」除了書籍，野治偏執地將其它都歸為「不值一提的垃圾」。野治討厭女人被社會裏挾著碎片化，他要一個完整的女人，完完整整只屬於他閱讀中幻想的形象，書本上的樣子。但凡有一點支離破碎，他都無法容忍。

現在這個被野治定義為「分手不徹底的女友」正在瀕臨碎片化，野治頓然冒起一種牧師般的崇高使命，他要拯救她，再次以她男朋友的光輝形象。

「我的小兔兔福靖！」野治鄭重其事地喚她名字道：「什麼病毒不病毒，管讀書屁事！你要記住，讀書、寫作才是這輩子唯一該關心的事！寫不出好作品，活著有意義嗎？還不如成為數字，最起碼數字還有差別。你別太把自己的工作當回事，數據上，你頂多碎成個沒人記得的工具人。這次你醫好他，下次呢？下次那幫庸人又得其它病呢？病人就是病人，除非他清醒的時候自殺！病死也好，死了乾淨，庸庸碌碌活著，大多數都是不清醒的病人……」

「算了，我們無法說通彼此。」福靖放下手機，拉開車門。

「你聽我說……」野治繼續他格格不入的思想教化。

福靖沒心思聽，也不想聽。手機丟進凹槽，福靖搖出些免洗搓手液，在指縫間來回搓擦。這個習慣是當醫護後養成

的。福靖竭力將自己的聲音調整到一個朋友的位置上，雙手摸穩方向盤道：「那你動筆了嗎？不行動，靠詭辯，思想上的深刻解決不了任何實際問題。」

「還沒，不過快了。寫作的愉悅在於沒完成，完成意義就消失了，好像哲學性死亡，我不想發生得太快，我太痛苦了。」野治興奮地找出《重複》中的一段話，「安靜的女神，我厭倦人群，厭倦自己，太厭倦了，我需要永恆以安歇，我太憂鬱了，我需要永恆以遺忘」。他告訴福靖，一部偉大的作品將要誕生。「思想上的知識用出來，它就沒用了；不用的時候，那才是大用，這種悖論，你懂我的意思嗎？」

「不懂，但什麼主題？」對話勉強繼續著，愛在隱隱作痛，福靖以一種不甘的形式殘存著。

「沒有主題。」野治毫不掩飾。他一直在為自己的獨特存在存在著，紀德在《偽幣製造者》中為他註解過。這樣有個性的存在，缺失會像生活一樣黯然無趣。「我要把這些年我享受過和拋棄過我的女人統統寫進去。它會成為一種風格，比完美的作品更不近情誼。你不知道這些年我睡過多少無趣的身體，她們匯成了我有趣的日子。在那些女人離開後，我活生生地無聊著，我借那些回憶打發無聊的日子，和抽菸一樣，無聊會上癮……」

福靖實在聽不下去，她要掛電話了。自取其辱，福靖不想再被羞辱。「好吧，祝你在沒有人群的書裡成功，在沒有生活的地方寫出生活。」

收線後，福靖把打擊的話留在駕駛座上，說給自己聽。「那是詩人的生活，躲避生活本身，可你不是啊！哪怕劇作家，也該正視生活，可你也不是啊！那我是誰？我是沒了爸媽，想和弟弟好好生活的平凡人。而現在，我才真正生活著！」

福靖的目的地在離家三公里不到的西南菜市場，停車位不好找。福靖掉頭，側方鑽進空位，然後擺正車頭。

32

　　南桂海風也就冷了一個寒假，那會兒學生都放了，學校假期不對外開放。山頂沒有太陽，人就會發抖；路上碰不到什麼人，心裡便特踏實。麋洋散著步，教堂照點敲鐘。群山後頭，懸崖峭壁。不明朗的雙乳峰在遠處遮遮掩掩。海上，有人撐起船帆，像畫中的一滴水，順著鳴笛聲在海上散開。傍晚的斜陽下，沿岸擱淺著一排歸來的漁船，碼頭豎起一根根釣竿，探向海面，不問結果。

　　麋洋站在山坡上，那裡沒有走向海岸的路。觀望，麋洋像個修女，學校一到放假，就成了座修道院。唯有火車經過，會發出些動靜。幾條小蛇在樹叢中窺探。自由小徑開闢出一條聽海之路，意志隨海浪神遊。麋洋渴望安寧，又不甘於平淡的日子。

　　「人們總是無法談論『禁忌之愛』。」野治從沒想過黑夜來臨前，他會遇見誰。當夢幻的眼神就在眼前，而不是書上的文字。他們聽見了山與海的合奏。

　　麋洋總在克制，雖然她課上講「愛情需要革命」。一個不被時代判定為偉大的信念，麋洋知道，那會跟文學眼下的處境一致，追隨它就得耐得住不被理解的孤寂。為此，麋洋必須警惕，對於一切叫她沉淪的事物。她本該克制、遠離，況且時代正在拋棄她這個年紀的女人。

　　「真是荒謬透頂！人的本質是動物，你丈夫也是，說不定他明天就會出軌，或者早已出軌了。」野治說起胡話來，也有些道理，「這對正常男女來說，再正常不過！你何必違背意願，活得那麼不自在？世間娼妓，都要好過正經八百的貴婦，文學作品你沒少讀，何苦藏起慾望的情緒？」

眼前這個猖狂的學生令麋洋恐懼，她從未遇到過這樣一個異類：醜膁的容貌下，滿口無恥的坦誠。麋洋想不到拿什麼詞來定義他，野治只能是他自己，任何一個詞都不足以概括他的獨特性。

　　「內心不羈而無法行動的野獸？不屬於人類的範疇？」野治幫麋洋形容道。

　　麋洋的裙子背風團起。她用手搗住裙襬，腳步在逃。這座城市什麼都有，除了盡頭，看到海，是出路還是末路？

　　「人和人，一場遊戲……」野治漫不經心地踹著石子，他暗笑自己幹了兩件大事，激怒福靖和嚇跑麋洋，這兩件事同時刺痛著他。野治摸到心臟的位置，問自己「是不是快死了」。

　　另一片海域上，露露和她母親正在度假。福城不明病毒的消息愈演愈烈。端島的外文報上頻繁出現「蝠疫」的詞彙，而當地人的生活毫不受影響：曬陽光浴、玩遊艇、騎水上摩托……美好就跟「純粹」框定的範圍一般，大海與白沙互相追逐，在這片海鷗出沒的白沙灣上，露露架起一根直播桿，直播間裡沒有她父母，也沒有她前男友。背景是端島的白沙灣，看不見的眼睛正在打賞也在窺探這位女主播的生活，他們一個個以「粉絲」自稱，給露露刷捧愛心、禮物，只要她在鏡頭前滿足他們的要求，唱首歌跳支舞，就有人送上「浪漫花車」、點上「燈牌」，這是怎樣荒誕而現實的世界！

　　露露唱著歌想起舊日的那段情，「寶貝，人和人一場遊戲；我願意為你死去，如果我還愛你的話……」

第四章

33

福靖搖上車窗，在喧鬧的地鐵口，眼前走過一對對牽手的男女。這些平常的畫面泛起曾經並不美好的回憶。談戀愛那會兒，他們最常去的地方就是書店，再後來就是酒店。福靖想野治陪她逛街，野治就會咬她耳朵，稱「那是庸俗女孩才幹的蠢事」。

福靖的手在拔下車鑰匙前恍神了，擋風玻璃前是一對熱戀中的情侶，福靖從後視鏡中照見自己的眼淚，「刷」一下掉下來，像是情感脫落的排泄物。福靖移開思緒，發現車屁股停歪了，她沒有及時糾正，走下車，琢磨著放不下的究竟是什麼。

紅綠燈口子處，福靖向王傑和男醫生招手，穿過馬路，就是人流量密集的福華地鐵站 A 出口，一圈兜攬乘客的摩托車等在口子上。再往前一百來米，就是西南菜場的正門，右手邊立著塊菜市場的大招牌。

「你開車來的？」男醫生問。

福靖點點頭，「你們呢？坐地鐵來的？」

王傑不響，他不高興就擺一副面孔。

「呶，陪他走來的。他老人家，只愛走路，說地鐵是沒有風景的地獄。」

「不是嗎？地鐵有風險，沒風景。」王傑背著手，走在最前頭，永遠固守著自己那套生活方式。

男醫生偷偷告訴福靖，「別理他，他怕你危險，是在生我的氣！」

福靖望著那個失去愛妻的背影。世上除了弟弟，還有人擔心她的生死。福靖忍不住多望了眼那個偏瘦的背影。

菜場攤位擺開似兩條蛇，中間過道相隔不到三米。門口

兩個鐵鍋在翻炒瓜子、板栗，鐵架上轉烤著蕃薯。有個老奶奶夾著長筷子，翻動油鍋裡黑皮白汁的臭豆腐。男醫生撇過臉、拼命躲開，王醫生卻湊鼻子上去聞。

「味道很奇怪的，有些一開始就喜歡，」福靖問：「你也愛吃臭豆腐？」

王醫生沒想過，「嗯——聞習慣了，習慣很有意思，有的人聞不得海鮮味，有的人生來討厭煮雞蛋味……」

「還有榴蓮，我也受不了！」男醫生跑到最前頭道。

「這是吸引還是習慣？」福靖思考道：「吸引之後能戒掉？習慣呢？就會一直喜歡？或許只是依賴？」

「都有吧，熟悉了就會上癮。但凡要動用意志去戒除的，多少違背本心，除非厭倦了。」王傑想不出什麼更好的說法，但他感覺福靖能懂。

電線桿下，電瓶車和摩的穿來穿去，行人也不講秩序，插空亂闖。水果、蔬菜攤擺在進門的位置上，偶爾插幾個海鮮盆子，設一兩處禽鳥屠宰位。

什麼秩序，菜場兩年前整頓過，還是沒什麼固定不固定的，什麼賺錢就擺什麼出來賣。對此，男醫生一點也不驚訝，「生活雜亂無章，總有意外，菜場就是就是最鮮活的樣貌。」

福靖很不滿意。蔬菜攤捎些涼粉、活雞備著，小老闆站在攤位前，使著眼色，意思更生猛的在裡頭，一籠箱一籠箱，好像什麼都有……

「跟醫院似的，你們聞聞：無序的味道——這大概就是鮮活的命，你口中的『生活』。」王傑許久不逛菜市場，跟李佳結婚後，家裡飯菜沒有他插手的份兒。廚藝的退步是被寵出來的，等到照顧的人意外離開，習慣被照顧的那個，很難再過回一個人的日子。

「我聞了，這比醫院強多了！」福靖不相信，她不再像

初來時那麼怕王傑了，「反正我沒聞到雙氧水、紫外線、死屍的味道；這裡都是果蔬味和魚蝦味。你看前面，那女人沒換高跟就來了，還有，還有穿西裝的那個男士，他們來逛菜場，無非回家有等著他們做飯的人在！菜場不止是生活，它是夠得到的信仰，我也渴望找個能為我逛菜場做飯的人。」

「那還不簡單！」男醫生壞笑著戳戳王傑。

「別胡鬧！」王傑一臉嚴肅。

他們繼續走著。一位挑菜的老伯不小心踩到身後的男醫生。男醫生扶住老人，好心提醒句：「您出來買菜不戴口罩嗎？據說這裡好幾起不明病例，感染了怎麼辦？」

老伯站在一塊塑料泡沫前，泡沫上用馬克筆標著菜價，竹籤一頭插在泡沫上，一頭立在菜籃子上。老伯挑了幾片菜葉，不上心地應道：「能怎麼辦？這有什麼？我又不買蝙蝠。」

老伯買完小白菜，又拿了兩支冬筍，然後悄悄問秤桿的，「那幾家野味開著嗎？」

秤砣晃了下，幾斤幾兩隨便鉤了個數。攤位上的女人將紅塑料袋扎個結，直接丟回菜籃子上。

「開著的，九號到十三號！」女攤主用筷子撈起披肩長髮，嫻熟地繞了圈插上，然後擱起一條大腿，倚在籮筐上嗑瓜子，「嗑」一聲、「呸」一下，耳鬢幾縷髮絲掉下來，女人抱怨了聲，「最近不知咋了，盯得緊，生意也少，要命的，過年了，運氣還那麼差！」

男醫生多嘴提醒道：「你每天在這頭賣菜，最好也戴個口罩！裡頭那麼多人進進出出，風險很大！」

「戴啥口罩，得不得都是命！反正我們賣菜的，命就菜的價，不圖他們那些殺生的。活著哪那麼容易，活著也受罪！」女人瞟了男醫生一眼，一粒瓜子殼掉頭髮上，她伸舌舔進去，再吐出來，然後兇巴巴地瞪著男醫生他們，「不買就走開啊！

擋住做生意的道，盡說些不吉利的，煩死了！」

橘子皮、玉米葉、魚鱗……掛著的塑料袋黑紅藍白，扯一下，掉地上的沒人撿。幾隻小蝦小魚蹦出池子，拍幾下就一命嗚呼了。

中間垃圾桶比人還高大，但垃圾似乎永遠都滿的。滿了就塌溢出來，人們假裝看不見，繼續沖高點投籃。幾個白領，捏著鼻子快步小跑。年輕人怕死，戴口罩也要來菜場買廉價食物。

福靖記得海鮮攤按區域在側門才能看到。規矩是人定的。一排六、七家，有的關門了，有的虛掩著鐵閘。交易小聲進行著。

「病例中最先來看的，就這幾家……」王傑整理報告時記過他們的攤位號。

「為什麼沒休市？」福靖的問題在防控層面。

男醫生叫福靖考慮考慮老百姓的溫飽便知。「菜場一年到頭就過年多賺些。關了，那些賣菜的明年估計沒法活。政府不知道嗎？查封，電視上意思下，你還信了？」

「走，去看看！」王傑提議道。

他們來到一塊移動招牌下，攤位面積不大，四、五隻閒置的鐵籠斜靠在牆根，生鏽的鐵絲網上掛著幾吊羽毛，有明顯扯過的血跡。一隻野兔子毛色灰白、睜眼躺在牆角；旁邊蹲著條眼鏡蛇，一動不動盤坐著，盯緊那布滿血絲的兔眼。

福靖嚇得兩腿發軟，抓住王傑衣角躲在他後頭。眼鏡蛇聽到動靜，立馬回頭，頸部瞬間撐開，疲軟的紅舌鞭撻出「嘶嘶」聲。福靖嚇得閉上眼，拽住王傑不肯動。王傑只好被拖在店門口。

這時，男醫生瞥見一隻漏小口的黃麻袋，裡面是坨貝克似的玩意兒。他悄悄跟王傑打賭道：「他們賣穿山甲。」

「啊？」福靖聽到，睜開眼。她的胃曾消化過一碗咖啡色炒飯，夾著幾丁肉末，母親說那是穿山甲炒飯，補血養氣的。福靖的舌頭失憶了，她吃的時候並不知道，味覺對野味沒留下任何印象，罪惡感時常發夢時回來。

「老闆！穿山甲怎麼賣？」王傑喊店主道。福靖被丟在外頭，蛇饒有興趣地衝她伸伸剪刀舌。

「這位大哥，開什麼玩笑！穿山甲唉，保護動物，我們怎麼敢賣那玩意兒？」老闆是位中年男子，嘴唇都笑乾了，但咳嗽瞞不住。

「那這是什麼？」男醫生不服地指著那袋子道。

「那……那就是我們家小朋友玩的貝殼。」老闆說著將露出的口子紮實，然後整袋拖進裡屋。

男醫生和王傑跟進去，福靖躲到對面攤位等他們。他們跟老闆邁進中庭，見到一隻比人還高的籠子。

「這……我朋友養我這兒觀賞的，不要誤會！」老闆咳道。籠子裡的孔雀忽然尖叫一聲，抖抖身子，開屏似乎是種求救信號。

價目表藏在牆角，標註出「果子狸、竹鼠、鼬獾、小靈貓、五步蛇、刺蝟、孔雀」等的身價。老闆僵在原地，他來不及收拾。

「所以觀賞也明碼標價？你朋友養的保護動物可真豐富啊！」男醫生逮住標價的粉筆字道。

「你們真會說笑……」老闆收起下巴，兇惡地拿棍子趕：「我要關門了！市政府要求的！快走、快走！」

老闆說著把外頭的眼鏡蛇、死兔子統統拎進去。閘門沒禮貌地拉下，這一聲驚動了旁邊幾家。大家都戒備地盯著，紛紛轉身回去收攤。

對面福靖站的攤位上，一位卡車司機用帶口音的府城話

跟客戶溝通，福靖聽得明明白白。拉貨司機在電話裡應道：「好啲，剝佐鱗，清曬內臟，冇問題，幾十來隻都得！」

34

蝙蝠有專門的市場，不在這家；在，也是中間商。這個秘密福靖弟弟知道。

「媽在爸動刀子後，常去菜市場要路子，給爸補身子。」福靖聽弟弟說起過。

「一般情況下，蝙蝠攜帶的病毒不會直接傳給人，而要借助中間宿主。」王傑證實了這點，「之前的蝠疫，就是中間宿主變異，進而對人易感。」

二十三年前，那場「無國界醫援行動」中，王傑曾做出過突出貢獻。回鄉後，上官市長邀他出山就任「疾控中心主任」一職。但王傑有「三不」原則：一不做官、二不賭錢、三不說違心話。於是，疾控中心主任一職落到上官妻子頭上。「舉賢不避親、舉親不避嫌」，夫妻檔的履歷曾熱搜、頗受民眾喜愛。

王傑並不在乎仕途，他更關心疾病本身。根據臨床病徵，這一次同之前的蝠疫很相似，但來勢更兇也更快。而比這更可怕的是，春運大遷徙已經開始，農曆新年正在倒計時。那時，沒人想到會「封城」。

一月的農曆迎新，二月的換屆選舉，三月的全國馬拉松。新年伊始，大事排滿，誰都不想給一場不確定的病毒耽擱了。

男醫生默不作聲，他不想牽連任何人。那時，錢文波已暗下決心，幹一件出格的正經事。

蝙蝠行蹤神秘，中間宿主也是個謎。於是，輪迴似的重蹈覆轍，在行為上，人是健忘的。

「任何中間宿主都可能，任何錯怪也都可能發生。」王傑思忖著，「懷疑一旦說出口，就會和竹鼠當年同一個下場。可十年後呢？餐桌上，人們對野味並無敬畏！」

二十多年前，王傑曾在一次採訪中用不確定的字眼表達過可能與竹鼠有關的猜測，結果第二天各大媒體的標題都寫得千真萬確。於是一場地毯似的竹鼠獵殺行動在南方展開。地溝裡的統統挖出來，集體淹死，活活燙死。當天燒不完的就一籠子就地毒死，手法堪比大屠殺。

更令人毛骨悚然的是，有鏡頭架在自拍桿上，全程錄製滅鼠教學環節，引來大批流量和贊助，於是效仿者愈來愈多，點贊量和轉發量不斷創新記錄。人類難得有了一個共敵，沒人再願意聽王傑事後的解釋。

集體是優越的、可怕的，也是最不理智的。

法律是人類的遊戲。公開教授食鼠或滅鼠的視頻不會成為制裁人類的一項罪證。至今網路上還流傳著當年的視頻，其中有個從內卷大都市回到農村烤鼠的年輕人，他靠嫻熟的「徒手剝鼠」一技紅遍全網，被人尊稱為「教授」。

視頻中，他身著西裝，撸起襯衣袖口，空手逮住一隻肥鼠，三下五除二扒乾外皮，掏空內臟，用鬍鬚刀一下子切掉鼠頭，接著麻利地削平鼠爪。那一刻，竹鼠還在掙扎。

「教授」沒有手軟，他捏住鼠尾巴，將無頭的肥鼠懸空倒立，對著鏡頭承諾點贊過十萬，他就講授「何謂竹鼠」。

數字達標後，「教授」從西褲口袋掏出事先削好的竹籤子，毫不客氣地用尖頭那端穿透鼠身，又從一旁的袋子裡倒出生薑、鹽和料酒，灑滿竹籤，那會兒，竹鼠已奄奄一息，腳仍在發抖。「教授」笑著將它架到火上烤，對著鏡頭反覆強調「要吃就吃新鮮的，鹽巴醃過肉就緊緻」。

鼠身晃了兩下，自動翻了個身，再無反應。「教授」撕下炭黑的大腿肉，又撕開整塊胸脯，對著鏡頭後的百萬加觀眾炫耀說：「那比雞腿肉還香！」

王傑看過這段視頻。他倒掉盤子裡的雞肉，往後兩年都

無法進食肉類。

「所有失去，都會以另一種曲折的方式回來。」王傑不記得他在哪裡讀到過這句話。「任何可能性都會成為中間宿主的犧牲品，沒人知道蝙蝠將病毒帶向何方帶到哪個寄主身上，或許蝙蝠自己也不清楚。人類的自大與殘忍就在不明就里的自以為是中！」

男醫生理解，「人們能做的就是趕盡殺絕。這個時代早沒信任可言，與其焦慮、痛苦，不如毀滅任何可疑者。自古以來，科學和醫學的偉大與殘忍也都在此。」

從菜場出來，天轉陰了。雲一憂鬱，就離下雨不遠了。雨點說來就來，迅速攻陷整座城。三人躲進車裡，發動機在運作，擋風玻璃像極了槍林彈雨下的盔甲。

福靖在暴雨中緩慢行駛，再拐兩個交通燈，就到三院了。福靖不明白：福城人吃了那麼多年的蝙蝠都沒事，為何報復現在才來？又偏偏要她的父母遭殃？福靖心有不甘，父母的痛苦她沒經歷過。弟弟算熬過來了，可為何病毒偏偏放過她。福靖想不明白。

「對於有基礎病或免疫力低下的，病毒攻陷後，容易誘發多項器官衰竭。」王傑娶李佳後就戒煙了。精神疲憊的時候，王傑會犯菸癮，為此他必須高度警惕。「這麼說吧，是種行為，就我所知的 41 起病例中，37 位患者害有基礎病，其中 33 人抽煙。」

「所以人要對自己的行為負責！」福靖真想把這句話送給野治，那時福靖並不知道王傑正是野治的父親。

「或者病毒也與我的身體交鋒過，不適合便趁沒發現時抽離。」福靖想起野治，好像是侵入過她的病毒。而福靖不知道，那一刻王傑也在記掛野治。到底父子一場，不管怎樣，兒子改了名終究是他兒子，做父親的就希望兒子平安健康。

男醫生斷言，「不管怎樣，病毒和人一樣，本能繁衍，渴望生存。『可防可控』的說法，太不負責！」

　　「現在我最擔心的是——大面積感染會從小醫院爆發。」王傑憂慮道：「大醫院有環境和設備，患者大多先從附近小醫院看起，轉到三甲可能都晚了，已經感染了一波又一波，我沒猜錯的話，估計已經失控了……」

　　「我也這麼想，但沒人聽！」男醫生無奈道：「這世上話語權好像永遠掌握在有權力的少數人手中。時代看似給每一個人發聲的機會，實際上也進一步選擇和削弱了個體的聲音。」

35

　　福靖在三院門口搖下車窗，她跟保安說就停半小時。那時，門簷下的雨落成張網。福靖幫弟弟辦好出院手續，又撞上王傑談好事出來。王傑沒帶傘的習慣。撐傘的人已走。福靖說送他，王傑恍惚了下，擺手婉拒。

　　「裝啥！上車吧！」福哲開門請道。王傑一腳邁上車，身子自然跟進後座。

　　福哲坐在副駕駛位上，手閒得慌。他從抽屜裡翻出本《醫界》。

　　「你新訂的？」福哲翻了幾頁，隨手放回去道：「家裡攢了一大堆呢！媽都捨不得賣，按年份給你綁好，夠你讀了！」

　　福靖的呼吸起伏著，「洪福齊天」纏繞在後視鏡上打轉。

　　弟弟意識到他說錯話了，嘴皮摩出微弱的聲響，無心的話說出便收不回了。

　　「這本雜誌我也訂了，以後帶給你吧。你再訂，那就是浪費了！」王傑靠向前座椅背，問：「有想過考醫生嗎？」

　　「怎麼可能？我什麼都不會，大學就學了護理。這次就想著親自照顧弟弟，但，我喜歡那種被人需要的感覺，所以想自我提升，讓自己變得更強大，真正被人需要。」福靖轉動方向盤，瞅了眼弟弟，「最近老產生一種錯覺，我們都活下來了，像有人是替我們而死。不知道，反正我沒那麼偉大！我自己都不信，可就是莫名有股力量在敦促，跟看小說似的，我渴望多了解些醫學知識，說不定以後能派上用場。」

　　同樣的話，福靖也跟露露講過。露露的反應就是提醒福靖小心，最好別再去醫院，「我看國外報導稱，這場病毒來源

於南方的一類什麼拇指蝠，好像從海上的島嶼傳播到內陸。醫院已經淪陷，你弟弟出院了，你就別去了。顧著別人，可能自己會中招，何必呢？保護全好自身！」

「哦。」福靖想，露露是她最要好的朋友，可是露露並不理解她的意思。

王醫生住的小區到了，是個老小區，在雨中舊得真實。車子不講規矩地停在門口，福靖的車開不進去。最後幾步路，王醫生堅持不要福靖的傘。

「他人就那樣，固執！」福哲叫姐姐開車。

回到家後，消毒水的味道還沒散盡。那一籬筐封在紙板箱裡的《醫界》，整整齊齊，按時間遠近疊好。福靖伸手摸了摸，一點灰也沒有。福靖心裡「咯噔」了下：母親生前對於她不要的東西，都像寶貝似的打掃乾淨。

在暈暗的儲藏室裡，手機響了兩下。福靖借著光，牆壁上照出半格影子，有隻蜘蛛停在明暗交界處，半個身子發著光，半邊腿藏匿在陰影中。

電話響了兩聲就掛斷了。福靖被眼前的蜘蛛迷住了，彷彿牠在向她訓導人性的秘密：一半活在光明下，一半處在黑影中。

這些日子，太多事接二連三，欺負一個快要三十的女人：父母的頭七要她操持，病中的弟弟要她照顧，剛分了手的男朋友還有一絲牽掛。

福靖的世界跟露露與野治拉開距離：露露在父母的保護傘下，活在與痛苦絕緣的陽光下；而野治待在與現實絕緣的書本中。可世界並非真空，生存的魔爪不會放過任何一個成年人。畢竟過了孩子的年紀，不長大也必須獨立。

36

　　成年人要為自己的選擇負責，這世上沒什麼自由可言，都是個人選擇、被迫選擇和別無選擇。

　　晚飯後，麋洋出來散步。幽暗的樹蔭下，伏案一天的麋洋閉眼傾聽海浪與晚風。

　　野治的闖入目中無人，他生來與世界對抗。他們走進同一片叢林，裡面只有一把長椅。他們默契地同時坐下，樹葉遮住大半光線，陰影投在他們臉上。人的一生，總要有些時候逾越理性，過後才值得回味代價。

　　野治跪突然跪下，將尖尖的腦袋匍匐於麋洋小腿間，貼吻她的膝蓋，呼喚他想要的東西：錢？成熟？獨立？清單上列滿的品質。

　　麋洋一個字也沒聽進去。她放下思考，樹葉懸在頭頂。

　　「你幹嘛呀？起來再說！」麋洋小聲反抗，野治喜歡聽她溫柔地求他。這樣的拒絕太有禮貌。他們身後是株桂花樹，心思在黑影裡顫慄。

　　「放開！」麋洋要求道。

　　野治固執地握住麋洋的手，心疼她乾瘦而粗糙的皮膚，「這不像翻書寫字的手，全是幹活的繭子。你的手跟你臉蛋兒差太遠了。你怎麼可以生得這麼標誌，手卻如此蒼老？」

　　野治的大膽獲得麋洋的默許。他將手指試探下去，摸到麋洋的肚臍、肋骨……麋洋像一夜遇水綻放的花樹，感受身體被動的敏感在肆意生長的枝杈間，釋放掉壓抑了整個青春的狂野。

　　「放肆！」麋洋驚嚇地跳起來，裙子被撩到不可言說的高度。

「你是愛我的，身體能感覺到！斜陽，為什麼要壓抑自己？」野治討厭女人的正經。他說麇洋口是心非，要人猜，「那是最不正經的正經，你應該放開！愛是阻擋不了的！跟我一起墮落吧！」

野治將手劃向火車道旁的電網，他告訴麇洋沒事他喜歡去那頭遊蕩，「那裡留有些詩人的野魂，我可以拖住他們，送他們上路，跟我一起墮落不好嗎？我們在一起才完整！」

野治說著，再次伸手，攔住麇洋的腰，指尖輕輕玩弄著她。

「不要！」麇洋抗拒著，反應過激。那種五臟六腑一起醒來的躁動，麇洋事後一遍遍回味。

「我二十六了，從來沒有真正認識過一個人。但我在你身上理解了我自己，這是身體告訴我的。我從沒有過如此強烈的想與某個人融為一體！」野治的聲音跟淚水一樣激動，「如果我告訴你，我是個害羞的人，讀著卡夫卡，像太宰治一樣軟弱，常在夢裡見到你……」

「別這樣，小靖需要你。」麇洋的指縫被野治一個空隙、一個空隙趁機而入，「我不可能喜歡比自己小的，還是……還是我們學校學生。那是罪惡！你在誘導我犯罪！」

「可我需要你！去他媽的道德、罪惡感，那才是最無恥的！」野治的指尖停在麇洋唇上，像托著朵蝴蝶，輕拭她的言不由衷。「我很肯定，你也需要我！別管其它的，我們相愛就應該在一起！」

野治像在對台詞，神秘、認真地吻下去，「我留級過十年，所以我比你大三歲。」

「看上去倒像。」麇洋笑了。黑暗中她伸手回應，仔細摸清那張可憐兮兮、有稜有角的臉，「你的臉跟猴子似的，那麼瘦。」

「那是為了嚇退敵人！」野治道。他用憂鬱的眼神吻著麋洋，傷疤從嘴角往下拉扯。野治慵懶地哭笑著說「無所謂」。麋洋接受了野治的洗禮。野治的索取也變得更加放肆，他動手解開麋洋的領鈕，強行伸手摸她內衣。

麋洋警惕地推開道：「別這樣！」

「乖，張開嘴、放下手。」野治掰開麋洋的兩片唇，像剝橙子那樣嫻熟，「我要勾出你的靈魂，所以你最好別動！」

野治迷戀任何神秘而不可侵犯的事物。在他的表述中，露露、福靖都是等待被佔有的俗物，「人們都說錢沒了，緣分就盡了。至少我在證明一件事：女人將因我而原形畢露。這可真是我爸都辦不到的大事！」

「只可以親一下。」麋洋堅持道。

「真甜！」親完，野治拙劣的笑聲打破夜眠的樹蟲。

「答應我，你不是她們，你不會拋下我！」野治狠狠抱住麋洋，瘋狂咬她耳根，「我和福靖分了，你會離婚嗎！」

天旋地轉，麋洋試圖尋找大地。但野治將她抱倒在躺椅上，他要將所有的重量發洩給麋洋。

在長椅上，麋洋回味著：之前追求她的都太過正經，那些紳士的溫柔不值一提。麋洋老師沉悶的生活需要小說式的浪漫，令她看到軀殼以外的。生命需要激情，對愛的探索流動在小徑長椅上的那個夜晚。

37

那幾日，廣播、電視、朋友圈和短視頻上都在傳福城的消息。麋洋照著鏡子，凝視臉上的皺紋。數字如細紋，一夜爬出好幾例，麋洋邪惡地希望病毒將福靖永遠困在兩千公里之外。

福靖要是回來，野治再見到她，麋洋覺得自己一定輸掉野治。從年齡和婚姻上，麋洋患得患失。她對著鏡子刮掉腿毛、用蜜蠟搓嫩手背。跟野治一晚上的進展，麋洋既享受又愧疚。她期待再次見到野治，但又竭力想起丈夫的好，「至少他不會嫌棄我手老……」

教堂鐘聲響起，有火車駛過。麋洋在鏡子中看到「包法利夫人」的形象，她自覺應該立馬跑去教堂、跪倒在神父面前懺悔，然後回到一無所知的丈夫身邊，拼命親吻他的腳底板贖罪。至此，她應該為他生兒育女，乞求內心的安寧。

麋洋撥通丈夫的手機。險些，她就要坦白精神上的罪孽。她不想成為「生活在夾縫中的女人」。麋洋摸摸肚子，他們的事實婚姻裡只差一個孩子。

麋洋自我解釋說，在長椅上發生的一切都不是她麋洋，而是一個荒謬透頂、被母親詛咒壞了的女人。她不認識她，以後也請她離她遠些，因為她馬上要跟丈夫懷一個孩子，過幸福的小日子了。

麋洋左手小臂上有三道燙傷的抓痕。傷疤佔據空間，就像不好的記憶。為此，她夏天也穿長袖遮掩。

「我絕不會成為母親那樣的人！」這是麋洋一輩子的教訓，她要活得比母親體面，擁有幸福的家庭和愛自己的丈夫。

麋洋想起母親，就不願面對鏡中的自己。麋洋有著母親

鴿子般純亮的大眼睛和麋鹿似的好身材，抿起嘴來似笑非笑的，容易招人愛慕。

麋洋懺悔的時候，福靖正在給麋洋編輯文字。麋洋看到自己的臉在手機屏幕上，回著福靖的消息，敲的都是些鼓勵的話。其實打什麼字無所謂，重要的是接收信息的人。麋洋笑自己虛偽，福靖竟然還想成為她這樣的人。

是的，麋洋老師一直是福靖嚮往成為的樣子，她精神內守、思想成熟。福靖向麋洋袒露她的近況，是一個面臨困惑的年輕人在乞求年長者給予人生經驗上的一些指點。

關於工作價值，麋洋一半私心一半成全福靖離職的決定。

於是，福靖打好辭職信，感謝麋洋老師道：「謝謝您！我缺的就是那份勇氣，現在您給了我離開和重新開始的勇氣，這決不是一時的任性或衝動，而是成長後關於人應該怎樣活著的價值選擇。」

福靖分享道：「我認識一位了不起的女醫生，像您一樣有自己的堅守。你們都篤定自己在做的事。我也想看到自身的價值，哪怕很平凡，我無法表達。可惜那女醫生因救治我母親而感染走了，她丈夫本是個理性的人，卻在搶救妻子的手術台上，摘掉口罩，擁抱死亡……我這些天在病房見了很多生命的大場面和小點滴，我覺得……至少我希望我能做些什麼，為這場病也好，為那點希望也罷。我就想不再渾渾噩噩，我想做個對社會有用的人！麋洋老師，野治是個犀利的評論家，您說得沒錯，他總有藉口不行動，可他能看穿人類的虛偽。我確實活得不夠真誠，我確實如他所言喜歡文學不過愛慕那點知識分子的虛榮。我從沒搞清自己要什麼，就盲目追逐他人的文學夢，甚至以為離文學的世界近了，我的精神世界就有價值了，那是因為我父母還活著，我不必背負人生的大問題。可現在爸媽都走了，對我來說什麼有意義。生命，不是那些虛幻的文字，我

希望在這世上我有用過，至少離開前，我對他人有用過！」

　　福靖成熟了，麇洋流著淚聽完她的故事。再次抬頭看到鏡中的自己，麇洋罵自己是隻老鼠，卑賤！下流！出軌的基因在她身上，麇洋用指甲猛掐那三道疤，尖銳的快感爬上頭皮。卑鄙的經驗有過一次，沒被發現，僥倖就偷偷惦記著再試一次。出軌會上癮，麇洋看到了母親的影子。野治教會了她舌吻，麇洋再也無法對接吻不做回應。

38

　　福哲出院後，福靖沒再去醫院的必要了。早晨起來，她會煎雙份太陽蛋。喝牛奶的時候，報紙攤在手邊。不明病毒的報導放在內頁第三版，豆腐乾大小的一塊，福靖還看到有關她的報導，照片未徵得她允許就登了。事實上，福靖並未接受過哪家媒體採訪，也沒說過報導中引述的話。「逆行姐姐」是媒體給她的加冕，福靖並不想跟三院一塊出名。

　　福哲沒看報的習慣，早上醒來第一件事，就是打三盤遊戲再起床。姐姐的消息在手機上時不時彈出，那些文字福哲懶得讀。

　　弟弟跋上拖鞋，洗漱後胳膊向上，欠了個懶腰，問姐姐早。福哲看上去比病前沉穩了些，福靖想是爸媽離世的緣故。

　　「快！多吃點，早上營養很重要！」福靖給弟弟熱了杯牛奶。

　　福哲點點頭，咀嚼兩口雞蛋，盯著手機喝光牛奶。空杯舉在手中，福靖叫福哲放下手機。

　　「等等，錢文波？」福哲給姐姐看。這個名字，福靖沒反應過來。但相片她和弟弟都認得，「是男醫生，他被指控造謠！」

　　男醫生消失的事情，王傑是在老同學失聯後才曉得，田院長果然沉得住氣，被通知了也不動聲色。他協商將王傑調到三院，暫頂男醫生的位置，這也是錢文波消失前的囑託，王傑義不容辭。

　　造謠者的身份在人肉搜索後「水落石出」，名單上都是些不知名的醫護和疾控中心內部的實習生。

　　這下，衛健委坐不住了，第一個跳出來闢謠。疾控中心歸衛健委管。一艘大船誰出了事兒，都不好撇清。很快，疾控中心主任也向媒體發聲，稱網上謠言不可輕信。事出突然，宇

芳連忙搭乘私人飛機趕回福城。上官顧森派人去接，兩人大吵一架。可到鏡頭前，他們依然並肩作戰，共同譴責「製造社會恐慌的謠言者」。

福靖待在家裡，沒人喚鈴喊她。弟弟在房間上網，家裡比醫院清淨。福靖嗅著被子上的潮氣，懶得疊。這要是母親還活著，又該嘮叨她懶了。陽光一點點鋪開在被褥上，放晴的工夫，剛夠福靖沏一壺茶。

冬天，陽光難得溫暖，想留也留不住。光線退去，陰冷又上來。福靖收進陽台上的衣物。媽媽生前養的那盆蘆薈有些枯萎，腐爛的傷口拖累向上的葉子。福靖拔出爛根，切掉發黑的部分。她自己跟自己玩，說這台手術進展順利，肺葉癌變目前已得到控制，只要把爛葉子清掉，這病就不容易復發，等風乾後，福靖又小心翼翼將其栽回。

「植物和人一樣，不會主動捨棄組織以求新生？」福靖像個專業的醫護，耐心地對盆栽解釋道：「脫離壞死的組織就能活得更長久，你瞧瞧海膽！」

福靖欣賞著在自己照料中一點點活過來的蘆薈，突然，霞姐的話冒上腦袋，「意義是在做中找到的」。這話，那一刻，異常清晰。在醫院忙碌的那兩週，日子不長，福靖卻學會了丟掉「小我」，找到「大我」。她在照顧弟弟和其他病人的路上，感到前所未有的滿足。福靖見證了生命的脆弱和努力，並以自己的價值參與其中。生命的意義，秦榕說得對，福靖在照顧病人間看到了生命的光。

每天有新的病人進來，也有治癒出院的。病情與期待有時息息相關、有時毫無關聯。日子猝不及防，福靖看到自己在「被需要」中有所期待，她喜歡自己對別人有用後的日子，感覺一株枯萎的植物重新活過來。福靖不再羞於承認內心的變故，她坦蕩堅定地肯定這個每天在世俗中照料他人的自己。以

前，文學的幻象告訴福靖彷彿有用的都太過世俗，而野治也是給她灌輸一些不切實際的思維：文學的偉大就在於沒用，不要想著有用，有用的人俗不可耐！

「不應該是這樣的！」福靖聽到反抗聲。以前，福靖從沒覺得自己活著有意義，學生時沒有，畢業打工後也沒有，談了男朋友後更沒有……福靖現在終於看見了她自己。福靖曾想勸野治戒菸，以此證明她至少對男朋友有用。可她的「有用」對野治無用，從一開始就是錯的選擇，走下去怎麼可能正確？

福靖清醒了，她有自己的思考和判斷，至少她對病人有用，這是明擺著的，不需要野治的否定或肯定。醫生需要她，護士們也需要她。那份從沒有過的確信，在陰冷的環境裡，福靖也能感受到星辰大海。

如果說文學曾帶給福靖現實以外的快樂，那麼照顧病人是徜徉在使命中的自足。神秘的指引也好，所有的驅動不必要有理由，就像愛和死神。福靖拎起電話，她告訴霞姐，她找到了自己的價值，活著或許本沒有意義，但照顧病人讓她對日子和生活有所期待。

「我要向你們奔赴，」福靖下定決心，「因為和你們並肩作戰，我看到了自身的價值！我終於看見我自己了！」

「太好了！我跟護士長求之不得呢！只要是你想清楚的，我們都支持，可這份工並不輕鬆！」霞姐毫不隱瞞道：「現在年輕人，但凡長得好看或學歷好點的，大多不愛入這行。你真的要長遠考慮，不要一時感動而後悔就好。」

福靖淺淺一笑，肯定道：「我首先不漂亮，學歷本科也不佔優勢。我渴望的是看見自己，找到自身價值。我曾自欺欺人、努力夠向別人的標準和目光，現在我明白自己想要成為什麼樣的人了。在你們這裡，我看到了那個真正有用的自己，我不該再卑賤地藏起真實的自己！」

39

　　福靖正式入職後的一個休息日，外頭的雨不大，護士長突然打電話來，說是霞姐和兩名護士身體不適，問福靖可否早點來頂班，中飯在食堂解決。福靖答應下來，給弟弟留了張字條便出門。那會兒房間裡的福哲已經醒了，他毫無目的地刷著手機。出院後，整個人更加無精打采了。沒有為了活下去而鬥爭的毅力，日子似乎除了打遊戲外無事可做。福哲的同學和舊友聽說他得過蝠疫，找著各種理由迴避他。福哲抱著手機，只有孤獨。

　　那時，福靖的車堵在主路上。道路兩旁掛滿燈籠，紅成一片。車道上，背包乞討的殘疾人、光腳要飯的小孩子、拼了命扒車窗的商販子……擋風玻璃前，福靖看著一副副春聯、福字掛件在眼前晃動、叫賣。幾乎所有車主的反應都是搖上窗戶、鎖好車門。在紅燈焦急閃爍中，沒有收穫的手還在敲著窗子，迎著綠燈追車跑。

　　「天哪，簡直不怕死！」有車主按喇叭發火道：「撞死都活該，沒用的廢物！」

　　福靖握著方向盤，手心冒汗。她不敢猛踩油門，後面的喇叭頻繁在「嘟」。福靖能想像那些超她道的老司機們，是如何定義她這種「女司機」的。福靖並不是不會超車、插空，她只是不敢輕易嚇唬那些冒死的乞討者。

　　有乞丐看準了福靖的仁慈，更多行乞者來擋她的車。除了給錢，油門就在腳下。但人心是餵不飽的，給出去的錢引來更多包圍。而旁邊的車繼續超越、駛過，只有福靖被自己的仁慈困住。

　　福靖看了看時間，她咬咬牙，按著喇叭硬是踩了一腳油

門。後視鏡裡有條腿險些捲進車輪，隨後福靖聽到叫賣聲。

「帶個特產吧！」一位穿著大學校服的男孩子拍著福靖的後備箱，他知道車主看得見。福靖慌張減速，差點造成事故。

「值得嗎？」福靖再次掛當啟動，她將口袋裡剩餘的錢統統丟出去，一張張皺巴巴的鈔票，她不要什麼年貨。身後，幾個男孩在撿錢，他們跳吻著鈔票，差點滑倒。

後頭的車兇狠地鳴笛，是要輾上去的氣勢，「不要命啦！」

幸好，後來福靖的車拐出主路，繞進巷子。那一塊都是農民房，一棟棟沒有電梯和保安，樓層高不過六層。骯髒的內牆在雨水中連成一幅山水畫。電線桿斜跨著，懸在半空。主幹道外牆上，刷的是統一的洋玫瑰色。3D 壁紙貼出假陽台的效果，顯得非常現代化，給人錯覺上的別墅空間。

這片老房子金玉其外、敗絮其中，裡頭沒有修葺，破敗是歲月彌留的痕跡。城市拆遷成本高，兩隻老黃狗拴在門口吼。起吊機在不遠處推平新地，四周高樓要立起來，但這片紙墨老牆是上世紀的產物，結局不是拆遷分款就是在意外中坍塌。地產商送來的印刷版春聯，貼在老舊的木門上，怎麼看都不合適。

「以前很有用的怎麼如今就沒用了？」福靖想起剛學寫字那會兒，福城正在建城中村。而那以前，她住的也是農民房。搬新家後，過年靠寫書法對聯掙錢的那批人消失了。「沒人用就沒用了，書法是這樣，文學類書籍往後也可能面臨同樣的命運。」

福城在運河的起點，也是高鐵的終點。冬天席捲而來的雨水，沒日沒夜沖刷掉公廁的污水，下水井泛出一股剩菜的醃鼻味。一隻隻醬鴨掛在雨淋不著的窗棚子下，火腿在空調外機上打轉，等著來年過冬煲湯喝。福靖搖上車窗，母親走之前做

的醬鴨還在陽台上吹風。福靖回去後，忘了收下來。

路上下著雨，戴口罩的人不及撐傘的。福靖將車停進地下車庫，戴上口罩進電梯，並提醒電梯裡的同乘病人和家屬們戴好口罩。

在換上護士服後，福靖先在外圍頂了圈班。飯點過後，她才進的隔離區。分診台從裡到外，早上一進門就黑壓壓全是人。福靖不斷被詢問的人打斷，又一遍遍重複著。這時，王醫生進來，瞥見福靖，但福靖的眼皮下全是病人，她沒回應王醫生遠遠的招呼。

王醫生是來頂替男醫生的工作。至於多久，在醫院，過一天算一天，一小時就跟開了槍似的，耳朵是懵的，時鐘好像卡在死神手上，齒輪轉動聲忽遠忽近。福靖緩過神的時候，護士長已在身後。

「累了要出聲！這兩天更冷了，好多人都病倒了。」護士長關心道。她自己從聖誕到現在，一天假都沒放過。

福靖點點頭，嘴上應答著在哪裡排隊做 CT。

「你先去吃飯，這兒交給我！」護士長指指對門那口鐘，「等會提前進隔離區，換裡頭的同事出來吃飯，記得穿戴仔細些！」

福靖又點點頭，跟著第一批放飯的去洗手池搓手消毒。

沖洗檯上，同事間的聊天內容小心翼翼。沒人主動談及蝠疫或男醫生消失的事情。

飯桌上，有隻蒼蠅從隔壁桌襲來，繞圈兒又飛回來，專盯在西紅柿炒蛋的盤邊上打轉。福靖驅趕它，它佯裝圈兒又飛回來，「嗡嗡嗡」在飯上橫衝直撞。福靖犯上一陣噁心，蒼蠅繼續在她眼前晃悠。福靖看什麼都是蒼蠅，那個黑點慢慢生出邪惡的翅膀，是蝙蝠，福靖毛骨悚然。她看得一清二楚，十來隻蝙蝠。

「怎麼了？」對桌的同事關心道：「你看上去臉色蒼白。」

隔壁有經驗的舉著筷子，湊到福靖耳邊，「是不是──有了？」

「不可能！」福靖臉上的血色又紅潤起來。蝙蝠的陰影揮之不去。她勉強把飯粒夾到嘴邊，在蝙蝠的齜牙聲中艱難吞嚥。福靖心慌得喉嚨幹灼，嚥不下去。

「有水嗎？」福靖擦擦滲汗的額頭，嘴上時不時酸得想嘔，但吐不出什麼東西來。福靖鼓著兩腮，吞嚥口水，灼燙的味道卡在咽喉上，福靖想起野治的吻，那個她記憶中拼湊成美好模樣的第一次，野治沒戴套，福靖也沒經驗。旁人的懷疑令福靖渾身發冷，她不敢細究這個問題。

「女人要對自己負責。」同為女人的同事提醒道：「不要指望男人對你負責，去檢查下放心。」

「不可能，沒事的。」福靖喝了口湯，難受勁兒稍稍緩解了些。

不想在斜對角的視線範圍裡，一桌白大褂中背對福靖的高個醫生，吃著吃著，就在她眼前倒下。一陣尖叫過後，那人送去搶救。福靖從隔離區出來的時候，聽說中午倒下的那個人沒了。院裡都在傳那人突然中邪死亡的消息：一個好端端吃著飯的人怎麼就沒了？

福靖回想起那張下巴，他曾拋物線般俯仰過福靖的臉，然後從長凳上向後頭著地。整個死亡動作連貫，像是提前排演過的。當時，福靖氣管嗆出米飯，她根本來不及反應。那桌是住院部負責精神科的醫護。下午晚些時候，精神病患者中也陸續出現發熱、乾咳的個案。

後來，霞姐回來，正好福靖從隔離區出來。一個週末不見，霞姐走路的樣子都有些吃力，沉悶的乾咳聲在口罩後藏不住，福靖一聽就知道霞姐還沒好。

霞姐卻說她睡過了，已經沒事了。當時，王醫生正好經過，他仔細瞧著霞姐，好一會兒，還是用中肯的語氣建議霞姐先去拍個 CT。

　　「沒事，我就普通感冒，吃了藥睡過一覺了。」霞姐的嗓門發出疲憊聲。

　　「對大家負責，最好先別進去，趕緊去做檢查！」王傑的懷疑太直接也太傷人。

　　霞姐的臉色更不好看了。她沒說話，按王醫生的意思去照片子。

　　福靖替霞姐不悅，她責備王傑說話不留情面。

　　「你最好也小心點，警惕所有人，包括我！沒得算你幸運，得過了也可能再得！」

　　「我管它什麼病毒，如果它叫我們互相懷疑的話，你當初為什麼要吻你妻子！」福靖說完，才意識到她的話比王傑還狠。講真話大多是要傷人的，福靖後悔道，恰當的虛偽，她好像丟了。

　　這一天傍晚，三院不大對勁。除了發熱門診科，檢驗放射科、精神病科等都陸續出現了肺纖維病患，有醫護，也有本身在醫院的病人和看護病人的家屬們。

　　王傑基本可以斷定，「這種病存在人傳人的現象，而且從常規檢測、臨床病徵和藥物反應上來看，大概率就是變異的蝙疫了。」

　　「造謠者的話」瞬間成了「人間清醒」的預言！

40

晚上七點，雨越下越大，病房的整扇窗都糊了。這時，有位新郎抱著新娘衝護士站大吼。

血氧只剩 84 了，王傑沒時間交代，「氧筒！快！」

答應的是值班護士福靖，可她根本不知道「氧筒」是什麼，也不清楚那玩意兒擺在哪兒。

「樓梯口！」王傑顧不了福靖的感受，他唯有信任她。王傑的手在跟死神搶新娘。

福靖慌忙折進樓道，那桶大得根本抱不動。

「得找個人幫忙。」福靖尋思著。徐婷正要去測血壓，她先給福靖推來輛有輪子的簡易車，但藍色氧筒罐人高馬大，搬上去比煤氣罐還難。

「你咋不找個男的！這活，真是，哎！」徐婷抱怨兩聲，蹲下來。福靖配合著托起。兩人同時發力，將高過她們的「大砲」扛上推車，固定好。

「接下來好辦，有輪子！」徐婷撿起表格，她手上還有活兒。

福靖一個人將氧筒罐推進去。幸運的是，王傑事後出來，滿臉輕鬆。人總算救回來了，他滿身大汗道：「又是例有抽菸史且患有先天性心臟病的。」

「怎麼樣了？我老婆現在？」滿領汗漬的新郎緊張道：「我可以進去看她嗎？」

西裝外套丟在輪候椅上，新郎緊張地從外邊看他的準媳婦兒。新娘確診了，已換上病服。

換下的婚紗，福靖消好毒、包好，交到新郎手中，「今晚應該不會有事，去辦下住院手續吧！還有您也需要做下檢

查，麻煩配合我們的安排。」

「好的，她沒事就好！」新郎終於鬆了口氣。他從口袋裡摸出張請帖道：「謝謝你們！擺酒那天，要有空，都來參加，不用隨份子錢！」

「二月十四，是個好日子，情人節呢！恭喜恭喜！」福靖闔上那對半雙喜的紅字請柬，問：「你們今天是去拍婚紗了吧？」

「是的，沒想到……」新郎一把扯鬆礙事的領結。領帶是棗紅色，顏色喜慶。「現在想想，都後怕！」

福靖寬慰了新郎兩句，她晚上頂霞姐的班，要是霞姐沒事，這會兒應該進來換她。福靖有些擔憂。霞姐沒進來，她是老護士了，知道照出來的結果意味著什麼。霞姐的情況跟剛送來的新娘差不多。兩片肺葉已然發毛，像玻璃上粘滿柳絮那樣令人起雞皮疙瘩。

霞姐進來的時候，穿的是單薄的病服。

「霞姐怎麼了，嚴重嗎？」福靖請教王傑，她希望他說「不」。

「嗯，她情況不大好，但她很能忍。」王傑的話，福靖聽懂了。她跟自己說不哭，可眼淚還是不爭氣地在打轉。

「病毒來勢洶洶，從一開始我們就失守了。」王傑拿著一疊資料，他必須馬上找到院長，情況已超出他們的設想。

田院長聽完王傑的話，思來踱去。「你的心情，我完全明白。我不是沒嘗試過，可有些話歸話，要是報真數字，可能我也消失了。數據是數字，他們講科學依據。標準，你知道的，人心中有個標準，得去琢磨，不可衝動，不然你也看到文波的下場了。」

田院長的大局觀，王傑坐不住了。他們都在機制的夾縫中按部就班了大半輩子。可是文波比他們勇敢。

「不管怎樣，」王傑重新站起來，「我不能讓文波白遭這趟冤！我也不能讓李佳白犧牲了！總有一天，收屍布會裹不住這些東西的！」

與此同時，實驗室的病毒基因測序結果出來，造謠者的話被科學證實了。遺憾，替他們平反的最終還是遲到的科學實驗。媒體的腳步緊隨其後，而院長的回答含糊其詞。兩邊他都不能得罪，也得罪不起。田院長這輩子的心思都花在摸索中間路線上了，為此，他活得很累，不願得罪任何一方。

「事實是，又一名醫護確診感染了，就剛剛！」向來低調的王傑這回站到田院長前面，搶鏡頭道：「從流行病學來看，很可能是野生動物作為中間宿主過給人類。目前已存在人傳人病例，大家務必出門戴口罩，不可掉以輕心。要是感染了，一定要早隔離、就醫，我相信政府正在努力防疫控制。」

這番話無疑是枚地雷。宇芳的團隊私下動用水軍，試圖逆轉言論。可惜網絡傳播速度太快。迫於壓力，衛健委又派來一組更高級的專家考察團。補救是最後的出路，當時宇芳萬萬沒想到，那也將是人類唯一的出路。

事態竟發展到這一田地，上官顧森懊悔輕信了妻子的話。禍已釀成，宇芳唯一能求助的庇護者只剩她老公了，衛健委再大能耐也不會替她擔此大責。

顧森不得不撇開所有人，準備「緊急發佈會」。在那之前，他妻子不斷來電解釋，顧森氣得差點摔爛電話，「你當我是傻子嗎？」

「那現在怎麼辦？」宇芳還想保住她苦心經營的形象，「總可以壓下去的，你動用動用關係，我就不信了！」

「你要是把搞關係這點心思花在工作上，至於捅出這麼大個妻子嗎？」顧森氣得嘴唇發紫，「當初我問你，醫護有沒有感染，你的保證去哪裡了！你能不能說點實話、負點責？都

是孩子她媽了！」

　　「好啊！你負責了？人民的好市長！結婚這麼多年，你有多少時間陪女兒？你關心過我嗎？你對我們負過責嗎？家裡上上下下，哪件事不是我在操心？你倒好，兩手甩甩，當好你的市長……」宇芳情緒上來，越說越離譜。婚內的委屈，在尖銳的撕扯聲中，一股腦兒化作苦水，倒向對方。

　　「別說了，你最好別再出聲！」顧森等電話那頭哭哭啼啼緩和些，才心軟道：「我再想想辦法，你別再說話了！」

41

王傑不得不說的實話，成為蝠疫的拐點。他也在除夕的鞭炮臨近之際被奉為「福城英雄」。很快，其他各省市的衛生健康中心和各級部門立馬縮緊政策，密切關注「蝠疫」動向。

若從王傑遞交的第一份報告往前追溯，最早病例可能十二月初或更早就已潛藏在福城，而春運大潮又無聲地轉運、擴散了一波。

王傑的妻子李佳作為第一批受感染犧牲的醫護，追封已是人走之後的事了，像那些不幸的藝術家，有些誤會或不被理解注定不屬於他們活著的年代。在新型病毒受到重視後，王傑去墓地給李佳上香，燉了一鍋雞湯，配料有筍和胡椒。在愛妻的墳頭，王傑抽了根菸。李佳走了，沒人管他了，王傑多麼希望李佳能活過來，奪走他手中的菸，好好說說他。什麼英雄不英雄的，外界的封神，王傑根本不在意，他只想念李佳，他只希望文波平安無事地歸來。

作為敢於講出「人傳人」而走紅的王傑，他本意只希望政府和民眾重視疫情，可結果政府和大家的關注點都集中在他身上。每天，三院都有媒體來蹲點，候時抓拍王傑。而官媒也出動，邀約王傑做採訪。院長欣然答應，可王傑對付得不按常理。當記者問起被評為市民心中的英雄後作何感受，王傑直接否認，說自己不是英雄，也不配當什麼英雄。記者有些尷尬，對著鏡頭誇王醫生謙虛，王傑頓時搖搖頭，反問說「是你們覺得還是人們覺得」。記者連忙答說「大家都覺得」。

於是，王傑冷笑兩聲，思考了會兒道：「哦，那就是大家需要一個英雄，在特殊時期，與是誰無關，跟我並無大關係，只需要有個人那一刻站出來，填補空缺現實中人們對英雄的期

許。我拒絕做抽象的對象，我只是上了年紀、孤獨，又有很多壞毛病的個體。大家可以把一個理想概念加諸在符合他們需要的形象上。你們也可以將我物化成被需要的形象，可那是擺設的工具人，等災難過去，人們就會唾棄他，我不要當這樣一件被捧高然後隨時可能遭踐踏的模具。我現在只希望我的老同學錢文波早日歸來，這樣我就不用在這裡被你們綁架了。」

記者插不上話，對著鏡頭繼續保持禮貌而僵硬的微笑，聽受訪者講下去。王傑本想多提兩句老同學，因為那才是真正的「英雄」，可記者好像對「錢文波」的名字並沒有什麼興趣。

「怎麼了？」記者見王傑欲言又止，「你是害怕我們的5G科技，不敢繼續講真話了？」

「是，不，是不敢相信！我說了我只是渺小的一個個體，因為鏡頭的技術，放大成你或者大家所謂講真話的英雄。總之，不管我本人怎麼想怎麼講，人們始終相信他們想要認為的樣子。那麼我真的沒有說話的必要了。人是複雜的，人性更是，還需要我說什麼嗎？」

「明白了，說到底，你還是不相信科技和人們！」記者驕傲地總結道。

「我相信科學！但什麼是人們？」王傑停下來，仔細玩味兩個詞，「科學和科技，人們與我，你想想，怎麼會一樣呢？」

記者被問得啞口無言，她又將話題引向王醫生的亡妻，並用「偉大」的字眼來形容一位失去妻子的丈夫。王傑面無表情，冷冰冰的沉默像鏡頭上的那片玻璃。

記者一廂情願設想完失去妻子的偉大形象後，不識趣地對當事人提問道：「如果還有可能，您有什麼遺憾的話想對李佳講呢？」

這時，攝像師配合記者的語言，用大光圈、長焦距，突

出王傑面部表情。

　　而王傑猛然起身，垂下眼皮。他背對記者，小聲但足夠清晰，「請停止你的冒犯，我該去忙了。」

42

　　例外不止福靖一個，新郎的檢查結果一切正常。福靖高興地將消息告訴病床上的新娘，王傑表情上並沒有太多喜悅，他疲憊地趕往下一處病房，對這種病毒越來越沒有把握：時間一到，不管願不願意，不會存在倖免。這世上沒有什麼特效藥，即便是疫苗，它也不對死亡負責。

　　這時，福靖的對講機響了。「37 號在打鈴，去看下！」

　　37 號病人，福靖有印象，那是護士長扶起過的老伯，住院前就動過腫瘤手術。

　　大伯見有護士來，使出全身力氣，拽住福靖，求她道：「讓我平靜地死去吧！幫我結束痛苦！」

　　福靖聽不清大伯「咕嚕咕嚕」的話。

　　重症監護室的床位不夠了。醫生只能加重藥劑。大伯繼續吹著無創拖命。挨過缺氧狀態的老人，緩過一口氣，看到死神是個小人，趴在枕邊無聊地等他。大伯扯住來做檢查的王醫生，口裡喚著「男醫生、男醫生」。

　　這時，門口據說來了位大伯家屬，福靖出去應付。

　　「再給他加一劑鎮定吧。」王傑交代護士道，轉頭出門跟大伯家屬溝通。外面要求見醫生的正是大伯的女兒，她一見到醫生，嘴都結巴了，緊張詢問著父親的情況。

　　「肺基本白了，能不能熬過，今晚是關鍵。」王傑語氣平淡，顯得有些冷漠。

　　他直言叫家屬做好準備。活到這把年紀，王傑覺得騙人、哄人都沒意思。他給自己立的規矩，要不沉默、要不講真話。福靖按王醫生的意思，拿來「病危知情通知書」，給家屬翻閱、簽字。

這些手續，福靖也走過，福靖知道，這條路，作為家屬必須走，也必須走過去。

「王醫生，24 號床不舒服，麻煩您去下！」秦榕在對講機裡呼道。

福靖留下來，跟進後續的事。大伯的女兒捏緊「通知書」，喃喃地哼著絕望的話。原來大伯自女兒選擇跟母親生活後，就沒再認過這個女兒。如今二十年過去了，她父親不接女兒的任何一通電話，亦不見她。他們父女之間，已經二十年沒說話了。女人說她已記不得父親的聲音了，甚至害怕再見到那張熟悉而陌生的臉。

「是我錯了嗎？」女人問自己，淚水停留在顴骨上。她顫抖著，對一個外人道：「離開他的那天，我父親對我說，養我還不如養條狗。」

「那是氣話。」福靖想抱抱眼前的女人，但雙手垂在兩臂間。在醫院，理智必須克服感性。

福靖看著女人的淚水打濕在《病危知情通知書》上，像前世的債，一筆筆匯成為時已晚的愛。這是女兒最後能為父親做的事了。

43

大伯是在當晚走的，閉眼前也沒見女兒最後一面。那天，三院包了餃子。大家聚在會議室裡提前過年。金桔樹，福結，每扇窗都貼著鏤花的「福」字。

「應該給病房也佈置上，門上都貼。」福靖提議道：「這樣喜慶，病人看到，好得快！」

大家都笑了。福靖以為大家在笑她。

餃子熱呼呼的一臉盆上來，一雙雙筷子像餓死鬼一樣拼命在夾。時鐘敲過了七點，肚子終於得到滿足。

「護士說到底，是個體力活。」

「醫生不也是？」

筷子爭起來不講究。醫院像個臨時大家庭，吃喝拉撒都在那裡，後來連睡覺也搬了過去。金窩銀窩不如自家的狗窩，成家的誰願意在醫院搭床湊合，可回去陪家人睡覺在當時聽上去太過奢侈。

鮮味和醋味暫時蓋過病房的醫藥味。大夥高高興興吃到一半，緊急電話忽然響起。這在往常，中途放下筷子也很正常，但意外的是，下午才救治好轉的新娘突然惡化了。

「緊急插管！」護士推趕著設備衝過去，可惜沒來得及用上，陰曹地府就偷走了要嫁人的姑娘。幸福來得快，消失時說沒就沒了。王傑再一次拎起除顫儀，現代科技是搶救死亡的唯一手段。王傑出來時，新娘的呼吸停在了 26 歲，王傑焦躁地摸摸口袋。口袋裡怎麼可能有菸？王傑這才清醒，他在醫院，他早已戒菸。樓道的方格窗外，禮花聲在八點零八分綻放。二十八分鐘內，福靖推開拉門，「咯吱」聲打斷王傑的思緒。門後，樓道的燈亮了，隔會兒識趣地兀自滅了。禮花間歇性奔

赴夜空，感應燈打在福靖臉上，她就站在樓道口。王傑的背影在窗格子前，他始終沒有轉臉，煙花獨自綻放了二十八分鐘。然後，世界安靜下來，過道燈再一次滅了。

「餃子涼了，還回去吃嗎？」福靖說話的時候，感應燈再次亮起。樓梯上長長的影子沿著階梯探向那個沉默的背影，回音在牆根處散去。

「她一直在喊新郎的名字，沒人應她。」王傑的脖子被卡住，他縮成一團，屁股拖向地面，坐在了自己的影子上。冬天的地板又髒又冷，王傑坐在冰冷的地面才覺得踏實。

福靖跨下兩步，燈又亮了。她猶疑地懸住腳，再下幾階樓梯，好像不太合適。

「我想一個人靜會兒。」王傑終於開口，「你先去吃餃子吧。」

福靖縮回腿，半空沒有支點，她轉身從來的位置，一階階退回去。過道燈一直亮著，目送她徹底的離場。王傑再次回到一個人的孤獨中，黑暗裡的清醒，那場夜晚王傑最需要冷靜。

福靖回去後，將沒有生氣的新娘打包進停屍袋，然後撥通電話約了殯葬車。外頭是遷怒於醫院的家屬們，哭天搶地的，老遠就聽到護士長單薄的身子在抵擋兩家子的悲憤。

人群中，新郎不哭不鬧，甚至不說一句話。他的西裝褲呆呆貼在牆根上，椅子就在他身旁。新郎不坐，也不好好站著。他的目光跟死水一般，直到福靖運著一具裝袋的人體出來，新郎眼睛一亮。跪倒抱住那具要送去火葬的屍體。眼下，吵鬧的所有人忽然團結起來，攔阻那場本該迎來的擁吻。

最後，車子到了，悲傷啟動了，從醫院蔓延開。新郎再也娶不回他的新娘了。馬路上丟下一隻皮鞋，亮眼的紅襪子還在奮力追趕。有人拍下那一幕：一個瘋子跳起來，抱住車尾，

像在用力抱緊一個留不住的人。可努力的結果是他被煞車狠狠甩在地上，兩手空空。然後，車子繼續啟動，周邊沒人敢去扶新郎。

　　一個大男人，半夜賴在街上哭，驚擾了附近的居民。路過的將自拍桿架在男人面前，開啟直播，五十多萬人在線，關注、打賞的越來越多。福靖不知道那個沒喝酒的新郎，那晚瘋了多久。直播平台上，沒人關心新郎的悲痛，大家看的是一個大老爺們兒在地上哭個不停，彈幕上滿屏不懷好意的揣測與取笑。

　　一個人的悲傷與這個世界無關。

44

送完新娘，「37」號也不行了！

「37」是大伯的代名詞。從他住院到去世，腳就沒離開過「37」號床。床位是男醫生幫大伯爭取的，大伯走之前都沒再見過男醫生錢文波。

本來大伯或許還有救，但他死活不肯插管治療。在大伯固執的腦袋裡，進了 ICU 就出不來了。大伯告訴福靖，不是他不想配合，而是他不願把死亡的主宰權交給手術台。

「我不是害怕，那味道越來越濃，在到達那條終點前，我想清醒地看著自己走向終點！」大伯拉住福靖，「我女兒也有你那麼大了，一上手術麻醉，我什麼都不知道了。何必呢，費事活人給我燒錢！我缺席她人生那麼長時間了，她真沒必要為我浪費這錢。我知道她在門口，最好不見。見面只有傷感，我寧願她恨我。到時候直接把我送去燒了吧，實在麻煩你了，護士姑娘……」

大伯托著福靖的手。外面還在爭執，插不插管，搶不搶救的。

王傑希望尊重病人意願，這在其他醫生看來不近人情。

「到底誰是他的主治醫生？」反問的是呼吸與危重症醫學科的。「這種情況，家屬也願意繳費插管，保命要緊！」

搶救重要，還是病人的意願重要，關於這個問題，王傑不想再吵下去。在生命面前，爭論沒有結論。他想，要是文波在，大抵也會尊重大伯的意思。好在虛弱的大伯趁意識清醒，拽住 37 號床沿。他拼命搖頭，拒絕被強行抬離。他用痛苦的肢體語言，清楚表達了不願離開 37 號床的意願。

「男醫生……男醫生」大伯喚著他信任的名字。女兒在

走廊等父親手術，她清楚自己父親的脾氣，固執起來沒完沒了的。最終，大伯在抵抗中吞下最後一口氣。他不需要麻醉或鎮定劑了，他永遠昏睡過去了。就在手放開 37 號床沿的時刻，一生的力氣都釋放了。福靖幫大伯闔上眼睛，大伯的煩惱沒了，嘴角的痛苦消失了。大伯女兒在認領屍體時，腳步在退後，她遲疑著，忽然掉頭就跑，一路逃出醫院大門，再沒回來過。

「最終，他女兒還是拋棄了他……」福靖想起大伯說過的一句墓誌銘，「等我走了，碑文上只需要一句話：我是個被女兒遺棄的父親。」

大伯對自己的一生，預言到位。他們父女的遺憾永遠不可修復了。福靖想起大伯女兒講過的話，養她還不如養條狗！這些還愛著的怨恨，唯有死亡層面的分離才是真正意義的接納。此生父女情分，到此為止。生命流動停止的時刻才想起，為什麼活著的時候不好好表達愛呢？福靖替大伯和他女兒惋惜道。

45

一天再壞不過如此，福靖換下防護服。最壞的時候，一覺醒來，日子告訴我們，總會過去。

可就在要回去睡覺前，竟還有第三個噩耗，不過那時已近白夜。霞姐沒了！她走得靜悄悄，沒有麻煩任何人，也不給任何人搶救的機會。

「這麼晚了，她是故意的！趁我們鬆懈時，一個人偷偷溜走⋯⋯」福靖上門牙咬住下唇，她仰起整張臉，阻斷眼淚的流下。「她真壞，走的時候都不喊我！她為什麼要這樣，鈴都不喚⋯⋯整間病房都在睡覺，她該有多麼孤獨無助啊！」

王傑沉默著，他的自責向來無聲。王傑想起兒子對自己的評價——虛無主義者，王傑多想兒子來醫院嗅嗅，那一張張死過人的白床單，鋪好，又得迎接新的死亡。

大家悲傷的時候，護士長不在。福靖猜她是躲起來偷偷哭去了。外頭急著找護士長，人在其位，情緒是有時間限制的。

桌上餃子硬邦邦的，早涼透了。

那個標誌性的「大嗓門」曾陪護士長並肩作戰了近十年。這十年間，醫院來來去去一批又一批，短的不過兩週、一個月，離譜的甚至堅持不了兩天。脾氣大的，上來當天就裸辭，這些沒耐心的年輕人護士長見多不怪了。但像霞姐那樣義無反顧的，護士長清楚，這年頭恐怕再難遇見。

護士長卸下身體的負重，胳膊耷拉在欄杆上，她萬分懊悔沒早放霞姐走。聖誕前，霞姐就曾遞交過一份辭呈報告，說是家裡安排了相親，她也答應回家過小日子，好給父母養老善終。可護士長有私心，思忖著年終幫霞姐爭取個「大紅包」，再放她走，遺憾竟活活耽擱了她性命。

護士生涯太漫長。嘎然而止的時候，福靖在霞姐辦公桌上整理到一張新年賀卡，上面寫著：「我們活著就享有浪費時間戀愛、失戀、糾結和好好生活的權力，沒有一份工作可以剝奪以上為人的自由。」

這些美好願望，霞姐還來不及一一實現，向來樂天派的她就比同事先走一步。事情在回望時顯得諷刺而無力。人生若是沒有反轉和意料之外，那該是場多麼無趣的表演啊！外頭的雨停不下來，福靖拖著悲痛的心情，走向雨中的黎明。她沒撐傘，王傑從不帶傘。一切在太陽升起前都會告一段落。又是一天過去，數字會在天亮後再次更新。可活人的東升西落照不見死人，即便照到，他們也感覺不到了。

市長顧森那晚的記者會在醫院公屏上直播又重播。整棟大樓廣告屏和每個人的手機上都在回放市長當晚的話。這期間，又有幾條生命永遠地離開了。

雨霧中天色蒼白，福靖太累了，兩雙運動鞋在夜路上反著白光，偶爾踩中幾根鞭炮，半炸開的、受潮的。凌晨的大街空蕩蕩的，沒什麼人，車也少，滿地垃圾在等著環衛工人清理，偶爾飛駛過闖紅燈的酷炫跑車，整晚亮著的還有轉著紅色燈的救護車。

王傑的眼鏡上起了層雪霧，天陰得流浪貓都縮在牆根打哆。福靖咯噠著牙，兩肩在雨裡抽搐。王傑挨近她，脫下外套。

「不開車了？」王傑伸出一肢胳膊，將外套披在福靖身上。

「沒心思。」福靖搖搖頭。

「也好。」

這天太長，走的時候，大批病人還在排隊。大廳的掛號聲沒斷過。一整晚的搶救，三條命還是沒留住。

「這日子越過越沉重了，我送你回去吧！」王傑放下胳

膊，手抵在褲袋上。

　　微弱的路燈下，世界好像只剩他們倆。天快下雪似的冷，他們隔著年齡差，走在寒夜裡。手背在雨水中蹭到，又迅速分開。那隻大手猶豫不定，最後用力握緊福靖的手，然後看也不看，將福靖的手拉進自己口袋。福靖毫不猶豫地把另一隻手也給了他，在馬路中央，她踩在他鞋子上，由他抱著往前走。他們沉默著不需要言語。

　　相伴的路總是有限的，一生也就那麼長。福靖垂下目光，凝望王傑鞋上的腳印，雨水和時間會沖刷乾淨。王傑的用力與野治不同，野治是將力量展現在自身魅力上，而王傑是用力托起他在乎的那個人。

　　「李醫生真幸福！」福靖發自內心。她抬起下巴，身體在發抖。

　　王傑嘲笑自己已老，滿頭白髮，生無可戀。

　　「至少此刻，我們彼此需要，對不對？」在福靖凹凸不平的肩胛骨上，王傑把頭靠向她。

　　在福靖懷裡，王傑規矩的沒有動作，「我這輩子戒菸戒酒，討厭汽油和空調味，喜歡走路上班，出門從不帶傘……活到這把年紀，做過最驚天動地的事，就是離婚。而娶李佳是我沒有辜負內心的選擇。自那以後，我才有了真正的生活，可為什麼？我們說好要去冰島看極光，我答應過她……我什麼也沒為她做到……」

46

過年像是場大換血，所有問題在關鍵時刻暴露。

顧森悶在書房抽煙，天快魚肚子般白了，網上的謾罵聲還未消停。這個世界的人習慣熬夜，凌晨清醒地看到夜晚的不乾淨。

顧森和宇芳在女兒出生後，便算完成了人生大事。此時愛情已失去意義，婚姻的目的是養育後代，將女兒隔離於成人世界外。有了孩子後，夫妻間偶爾還是會例行溫存或發洩慾望，但最初的浪漫只剩彼此熟悉的撫摸，彷彿演完就能倒頭大睡。

至於在女兒露露面前，他們永遠一本正經，將女兒遮蔽於「無菌」的保護傘下，「你管自己讀好書，少看那些新聞，不要管外邊亂七八糟的事！」

當病毒傳播擴散，一座座城市淪陷，露露父母依舊將女兒隔離在一個假裝沒有病毒的空間裡。顧森用父親的沉默守護著女兒，卻長期遭女兒誤會。宇芳用母親的謊言保護著女兒，到頭來露露反要通過外面的世界來認清自己的父母。

外部世界爾虞我詐、弱肉強食。鏡頭前，顧森努力低頭，做出真誠的樣子。對於「人傳人」的遲報，顧森用身體表情表達歉意。可大眾只相信他們願意相信的。而宇芳自作聰明，更新動態。她在新的上報表中劃出「醫護感染」的新增欄，同時將疑似病例的診斷標準降為「不管有沒有西南菜市場接觸史，但凡 CT 呈肺部異常者均須上報」。

宇芳以為亡羊補牢就能掩蓋過失，從而將醫護感染與漏報的責任推得一乾二淨。

「你太聰明了！」這是上官顧森最初看上宇芳的原因。

後來娶了她，顧森才後知後覺，原來「聰明」也是這個女人最大的毛病。

上報標準，眾所週知，掌握在上級衛健委手裡。宇芳這一波操作無疑撇清了自身的責任。而衛健委掌權的竟不敢同一個女子論戰，人們能想到的除了權就是色。

天快亮透了，顧森滅掉最後一支煙，回到臥室。宇芳主動愛撫他，他們已記不清上一次是一年前什麼時候了。彼此都太清楚彼此的身體，什麼部件在什麼位置，敏感的地帶摸多了也就遲鈍了。到最後，一個忙於事業、一個忙於女兒。婚姻沒了探索的激情，連帶交流的興致也喪失了。

「露露要是願意，可以一直讀上去，不要工作，就當學生，單純！」顧森應付完妻子裝出來的高潮，背過身去。話是說給宇芳聽，顧森自己也在思考。

宇芳沒睡著，她拉開床頭燈，「你這麼想固然好，女兒還在讀研，用錢的地方遠在後頭。讀博、博士後，我想她也是樂意的。」

宇芳心裡透亮，能給自己和女兒生活的，只有身邊的「丈夫」，儘管她纏綿時幻想的是另一個男人的形象。但在經濟上，顧森是她母女永遠的依仗，宇芳伸手挑逗丈夫的背脊，往下畫出一道路子。宇芳在嫁給顧森時，就知道這個男人值得託付。所以在關鍵的地方，宇芳握緊它，要丈夫挺住，「再拼兩年吧，女兒好了就好了。」

顧森在快感中想起退休了的前市長老李。「無官一身清」，顧森羨慕那種明明可以選擇的安寧日子，沒人打擾的清貧，顧森每每讀著陶淵明的詩，都會萌生那十來秒不切實際的隱居想法。

「權力的本質是錢，人走茶涼，不在其位就什麼也使喚不動了，自古如此。」顧森撩起妻子的長髮。他們認清彼此的

價值。

「那麼等女兒讀完博，我們都下來——」

長長的停頓，滿足過後是更空虛的睡意。顧森拿開妻子的手，身子微微挪動了兩下，背對枕邊人，呼吸聲漸入鼾境。

宇芳拉滅床頭燈，思緒疲乏。窗簾始終敞開著，他們住在山頂，黑暗與光亮，無人與他們為鄰。

顧森在夢裡回到福城還是蝠村的山溝溝裡：那些日子很苦，他是個農民階級的小孩，成天騎在牛背上，撿破書讀。當時有篇課文，講的是「董存瑞捨身炸碉堡」的故事。火光中，這個放牛的小男孩曾幻想著，長大後他也要當個英雄、報效祖國。

「我知道很多人都在說，這場疫情我上官顧森有著不可推卸的責任，作為地方政府，我當之有愧。但我們現在能做的就是齊心協力，應對這場措手不及的病情……」顧森的夢跳回到睡前的記者會上。舊的一年還沒真正意義上過去，顧森年紀大了，對於不確定性，他本能地懼怕又渴求。

這種矛盾在上了年紀的麋洋身上，也愈發明顯。人生不是單調重複著，就是在某幾個節點迎來變故。而變故意味著無法回到從前的改變。麋洋收拾好行李，她要回到平靜的日子裡，待在丈夫身邊，為他生個孩子，過安穩幸福的小日子。所以，麋洋要忘掉野治的聲音、他迷醉的小眼睛和極具破壞力的十指。麋洋害怕她會動搖，在冒險精神下貪戀一位流浪詩人的吻。麋洋知道在沒出發前，她必須管好自己，不然愛的瘋狂可能令她丟下行李。她會這樣做，她心裡因為確信而害怕。

麋洋刪掉了野治的聯繫方式，唯有這樣，她才沒有辦法告訴野治，她很想他，如果他願意，她可以跟他私奔、隨他墮落。

麋洋幻想著野治追來，拖住她的行李，求她留下。麋洋

需要野治主動留住她，給她豁出去的勇氣。兩人曾經的熱吻與對話，思想、宗教詩和文學寫作的交流，他們在精神上相互成癮。

那時，「封城」的字眼還沒出現，但謠言已經四起。

很快，一份公告發佈在遲遲不見太陽的上午十點整，引用的是上官市長發佈會上的原話：「為做好疫情的防控工作，我們福城人有責任切斷病毒傳播途徑。為此，希望市民們能犧牲小我，支持大國。」

「犧牲小我，支持大國」，八個字鋪墊下去，八九不離十的「封城」跡象，似乎招手可見。

47

　　翌日，數字更新得比平日更晚。過了上班點，滾動條消息閃爍幾回，又退出重發。字眼上，「新蝠疫病毒」替代了「不明病毒」，疑似病例在數字上一夜間翻了五倍，死亡人數也一下子超過五十。

　　福靖一覺睡到中午。車沒開回來，她步行去地鐵站。車廂在那個點依舊擁擠不堪，車上過半數沒戴口罩。

　　再不到一個月就是情人節了，玫瑰花擺站台口叫賣。花香濃郁，彷彿要薰染整座城。福靖想起昨天的一切，快得來不及一一悲傷。沒了新娘的新郎還在流量上被人消費，福靖不願點開那些消費他人的視頻。下一個要心疼的又會是誰，福靖難過地說不出話，心想：如果生命是無常的，那麼活著的人到底在追尋什麼？

　　沒緣由地，福靖鼻子一酸，她想起王傑和愛情。她想立馬見到他，但車廂的味道叫她難受。地鐵上吃雞蛋的，打哈欠的，咳嗽的，大聲講電話的，沒人考慮過影響和後果。

　　福靖從電梯壞了的 A 口出。出站的地方人多道窄，插隊的總有辦法。那日外頭天氣晴朗，路上遛狗的人觀望著寵物舒服地在太陽底下大小便。老人拄著拐杖，懶洋洋地在馬路邊曬太陽。忙碌的工人在築地敲敲打打，打工人跑著過紅綠燈，匆匆奔向格子間。

　　此時，宇芳從另一個口子出來。這日，她也坐四號線去三院，手上的包在過安檢時蹭灰了，一條紫色綢巾滑落下來。這就是普通人再平常不過的日子了。宇芳自嫁給顧森後，幾乎沒坐過一次公共交通。不體面的擠地鐵體驗，宇芳在心裡詛咒著，她再也不要嘗試了。不過，想到女兒，宇芳又覺得這點苦

吃的值得。

那時各國正在封殺持「福城身份證」的人，不管封不封城，都不會影響她女兒的生活。

「好在媽媽英明，你現在拿的是府城護照，不需要身份證。不然三個八都走不出市了。什麼吉利的數字，其他地方都怕888！」宇芳得意地告訴女兒。

「好可怕！」露露沒想到謠言成真了。她長那麼大，聽都沒聽過「可能封城的消息」。當時，露露正在海邊享受早餐服務：法式蒜香長棍配沙拉，現煮咖啡在落地玻璃窗前攪動著奶汁，白色一點點融進褐色的咖啡裡。慵懶的清晨，海風習習的白沙島上，風景與家鄉和疫情無關。露露就著《包法利夫人》，一頁頁品讀下去。熱帶島嶼的咖啡豆，味香濃郁極易辨認。麝香貓用身體與它結合，排出來的糞便成了咖啡中的珍寶。

在優渥的條件下，露露跟母親過慣了精緻、講究的生活。露露從小看著母親早晚做各種護膚──蒸臉、按頸、搓頭、揉手──每個步驟跟消毒流程般嚴苛。

露露受不了為了抗衰而浪費一大半的時間，露露喜歡變化多端的美，比如把指甲染成心型粉色，她也試過染一頭墨綠捲髮，配上湖藍和橙色的眼影，服飾上露露追逐另類的亮色搭配，比如亮紫配薄荷綠，可愛的小粉裙外披一件土黃的復古西裝。露露的房間裡掛飾著海螺、粉簾和鹿角。每當起風時，叮叮噹噹，金鐲子的聲響和枕邊的大頭娃娃，那些全都是露露不願長大的模樣。

很小的時候，露露就偷看過母親枕邊的《安娜‧卡列寧娜》。後來，露露也對著鏡子，幻想長成安娜的樣子。再後來，露露跟野治戀愛、發生關係，她曾像安娜一樣熱烈與絕望。可讀完《那不勒斯四部曲》後，露露一點也不想成為安娜的樣子。

她仔細觀察周圍的女人，結婚的、沒結婚的……在麋洋老師身上，露露找到安娜不屬於渥倫斯基前的影子。那一刻，露露長大了，她明白安娜還是安娜。

放假前，露露跟導師麋洋探討過她的研究主題。露露認為，愛瑪（包法利夫人）與安娜的悲劇都在於年輕時缺乏一個能誘惑她們從浪漫主義轉為現實蕩婦的男人。而女人需要這樣一個最終放棄她們的男性導師來成長或毀滅。

野治就是這樣一個男人，露露透過野治看清自身。某種缺失與不安，露露的生活太過乖巧，她從小就在迎合母親的期望，也渴望得到父親的關注。這種感覺在野治進入她身體時，一次次疊成高潮中的幻影：男人在女人身上得到滿足，女人在男人身上看見自己。關係的建立發端於肉慾，終止於婚姻的責任。露露看不到激情，在她父母身上，她彷彿是他們幻想出來的產物，並非愛情的結晶。

露露喝咖啡，是種形式主義。要是宇芳在，又會說露露沒到品咖啡的年紀。在宇芳眼裡，女兒並沒長大。而露露對自己父母也是知之甚少，甚至對他們的故事一無所知。

無知的可怕，在於有天信息唾手可得。露露後來在網上讀到她父母醜聞，彷彿印證了父母一直難以啟齒的秘密，以至於露露寧願輕信那些不實的報導。

而露露父母不跟她提往事的初衷，僅僅是希望女兒永遠純良，像乾淨的白沙島，存在於海洋育護的美好中。

在遙遠的島上，「封城」的消息不脛而走。不管是否屬實，各地都在討論著，說是福城要封了。麋洋活到這個歲數，也只在文學書上讀過「封城」的情節，而她的丈夫則在福城對岸的鏡城觀望；若是福城封城，唇寒齒亡，鄰城在距離上也難免一同遭殃。麋洋丈夫不願置妻子的安危於不顧。他猶豫著，兩人都在等待消息的確認。

麋洋內心激動，她想留下，這個想法越來越清晰。麋洋的克制若是像福城那樣失守，那麼「封城」就會如一道藍光，在夜晚將海螢沖刷上岸。要知道，離開安全的海洋，那些藍色生物僅夠存活十秒。麋洋活在婚姻裡，卻將野治視作她的海域。

　　太陽西斜前，福城終於發佈了「封城」的通告。所有往返福城的航班將於兩小時內取消。

　　麋洋在趕往機場的路上鬆了口氣，大海是梵高筆下眩暈的星空。麋洋搖下窗，想對路過的風景大聲疾呼。蝴蝶在高空振翅，她輕盈地想要搧動翅膀。小時候，麋洋恨蝴蝶飛不高，舉起班牌，重重拍打牠們；長大後，麋洋戴上蝴蝶耳墜，幻想飛去自由高空，把翅膀托付給愛人，然後輕輕告訴他，在他手心，她再也飛不動了。

　　遠處，傍晚的太陽微微傾斜，留下一束亮光。一座城市用「封城」留下了一段不見光的感情。走不掉的人，會不會都像麋洋那樣暗自慶幸呢？

第五章

48

機場、火車站、高速公路上，人口密度位列前十的北方福城，外來務工者穿梭於出城和回城間。農曆新年盼來的竟是「封城」，老人和小孩大多被留下，福城的年輕人大部分外出打工，年前統計的返鄉人數就有十萬。

大數據時代，機會仍在一線城市，但至少有個「年」留給家鄉。獨在異鄉為異客，出去闖蕩的人試圖在兩腳之間找到一方安身之處。一年三百六十五天，大城市的交通就在過年那幾日空閒些。可這年除夕，福城少了鞭炮聲。熱鬧是燒水壺上沒叫開的蒸汽，不到 100 攝氏度，年味就隨封城散了。

日子越近，氣氛越遠。

福華路上的「西南菜市場」，封條打濕在雨水中。執法人員全副武裝，街道全部消毒戒嚴。此時，高速公路和農民房的進出口，統統堵上柵欄等障礙物。戴著紅袖章的公幹行動迅猛：上門砸爛棋局或是掀翻牌桌；寵物主人遛出來的狗啊貓啊，也成了嫌疑分子，被「人道處置」；還有在公共場所被驅趕的人群；娛樂眾地大門緊閉，營業時間始終待定。球場和公園架起帶刺的鐵欄，任何攀爬口都想辦法堵上。

整座福城跟要拆遷的鬼市般蕭寂。街上偶爾劃破幾道喇叭聲，巡邏的車子將鳴笛燈亮在頂篷上。大砲消毒車滿城來回跑，地上、天上、窗戶上都在噴「酒精雨」。

據統計，從平安夜至封城前，福城約有五十萬人口流動量。在當時看，跑出去的都算幸運兒，大家趕著封城的號角，想盡辦法逃離，事後沒料到流落在外的因身份遭人歧視、受酒店驅逐。世事難料，沒房子、沒愛人，在哪裡，什麼都不是。而與日俱增的，除了確診和死亡人數，各地房價和各種不能見

面的相思。

大街、小巷、商場、超市，本該人滿為患的地方空蕩蕩一片，扶手電梯空運著。福靖開著車兜了好些圈，封路並沒事先通知，幾個進出口得一個個摸索，找到最終留出的口子，然後跟駐守的管理人員交代健康情況。一開始，那些守路人戴口罩、量體溫，後來就有了重型頭盔的高效率科技產品，一兩秒便能監屏到體溫異常者。放行速度提高了，可病毒變異的腳步也加快了。之前的西藥不再起作用，王傑和專家組正在努力嘗試用中藥突破。

封城後的早班，車庫沒有停車位，街上沒有公共巴士，地鐵各閘口都不亮了。人們得自行想辦法上班。醫院的蛇形隊伍越排越長，掛號廳怨聲載道。

「市內公交、地鐵都停運，叫人怎麼出門看病？」有位紅衣服的大姐露出鼻子在罵。

焦慮、恐慌、興奮、欣喜……情緒隨著新聞和日子一塊波動。與一座城共存亡的是人生中可遇而不可求的新型病毒。福靖起初用「萬分激動」來形容那種坐立難安的狀態。

「要封多久？」

「不會搞太久吧？」

「差不多過完年就得了！」

「就是，肯定很快能控制下來。瞧瞧我們蓋樓的速度！」

這樣的對話在醫院候診區，在送病人來的救護車上，在人們的通話中，也在城市落滿人的角落——希望與焦慮共存了。

以前人常說，只要不看新聞、不刷朋友圈就不會焦慮。封城後，多少人因為焦慮只好翻朋友圈、看短視頻。

開頭壞結果往往會好，人們這樣自我安慰道。福城經歷過乾旱、飢荒、地震、颱風、洪水……不都過去了？「封城」

被視作「另一場自然災害」，人們相信「過去就能恢復正常」。

「封城」期間，有漏網之魚冒著風險偷渡到鏡城，十五人被抓，有的判刑，有的遣返，還有三人在逃。鏡城不惜一切代價，在河邊日夜輪守，大冬天，他們用他們的方式捍衛自己城市的安全。

福城市長再三呼籲市民相信政府，不要輕舉妄動，做出違法行為。可依舊有自私的人動用關係，做私人飛機，帶著病毒潛逃到南方城市。

「如果不把疫情控制在福城，將會有更多地方遭殃。」上官顧森一身藏青西裝，他的頭髮染過，幾根銀絲隨髮膠抹到耳後。黑色全框眼鏡架在鼻梁上，他滿眼血絲、寬額厚唇，鬍子剃得利落，「這是非常時期一個非同尋常的決定。誰在這個位置上，都不得不做出這一抉擇。我知道我們福城人最具犧牲精神。不出去，扛到疫情過去！為了保住其他城市和其他人，不擴散病毒，我們留在這裡守住自己的城……」

上官市長的呼籲，其他城市加大對福城偷渡客的嚴打嚴抓政策。

「封城」來得太過突然，福城人確實沒做好準備。交通、物流和日常生活，方方面面根本無暇顧及。除了從長計議，市長別無選擇。上官顧森也是人，工作和家庭，他難以兼顧。兵來將擋、水來土掩，等問題一一暴露，再一個個解決。人做出反應的速度總是滯後，就像新聞走在事件之後。但那些極易在集體事件中最先犧牲的弱勢個體和貧困人群，沒有人關心那小部分的犧牲，彷彿他們在災禍來臨時的犧牲是必要的，這在格局上精緻地稱為「照顧大多數」。

可小部分也是人，也是一條條性命。市長無法考慮周全，他替所有福城人周全地做出「犧牲」這一決定。那一刻，市長是福城人的市長，市政府代表全市的決定，與他生活在該市的

小單位家庭、獨居者、外鄉人、農民工等統統沒有商量。

一座城市在疫情下，說封就封。

49

　　城門關閉數日，還有人在往福城趕。只進不出的政策，整座城像是間負壓病房，日夜處在隔離治療中。後面進來的人跟原本待在裡頭的人一樣，沒人知道什麼時候能解封出去。再後來，解不解封都不重要了，裡面的人只盼好好活著。

　　大家見面不再提什麼「蝠兆」，人人警惕著，避免接觸。短暫的分離在生命面前不值一提，這時兒女情長顯得自私又多餘。

　　而在府城，那時還沒有病例爆出。麋洋搖下車窗，她在趕去機場的路上。前方道路堵滿了遊行的人。橫幅上，黑色標語用不同語言重複著：「我們不要犧牲！我們不做福城第二！」

　　「藥管局聯盟陣營」藍白著裝，帶頭者舉一塊白口罩紅叉牌，像陸運會出場的方陣，人人高呼口號，要求府城「封關」，不放任何福城人進來！

　　府城政府沒有回應。抗議的人走到與車對決的地方，為抗爭堵路、坐下。在馬路中央，遊行者中除了藥管局的，還有牽小狗的，半途來接孩子回家的父母，以及教授、議員等各行各業的。靜坐獲得越來越龐大的參與者，整條馬路就此癱瘓。

　　的士司機熄火，手從駕駛座槽口摸出根菸。不巧，阿 sir 猝不及防走來敲窗。司機一低頭，再抬頭，菸和打火機都不見了。阿 sir 詢問了圈，又走開。司機變魔術似的在嘴上搗出根菸。此時，另一位阿 sir 又朝車隊走來，司機嘴上的菸垂直掉落，他淡定地搖下窗。這回，警察是來說明情況的，這條路馬上要封。司機唯有配合，手在阿 sir 的胳膊從窗框抬起後，司機又俯身去摸那根菸，他盯著後視鏡，見阿 sir 一架架車走遠，方才舒坦地靠在椅背上，大大方方點火。

後座的麋洋見識了整個過程，她笑問：「抽菸到底什麼滋味？不抽就那麼難受？」

　　「這很難講！」司機擺弄了下後視鏡，仔細觀察乘客的模樣。煙灰掉下來，不開車的腿無聊地發抖。司機給吊人興奮的煙味找了個另類的比喻。

　　「你有試過性高潮嗎？」司機壞笑著，「就是壓在女人身上，蹭半天要進不給進的，特別不舒服……其實吧，但凡煙能解決的問題，一個女人也能解決。」

　　司機別過頭，麋洋很不自在地轉開臉。遊行隊伍和阿 sir 都在，麋洋量司機不敢越界。她從駕駛靠背後的位置挪到了副駕駛後面，手機慌忙中摁給了野治，麋洋連忙掛斷，又撥了另一串號碼。接通後，麋洋喊「老公」，跟口號似的，彷彿「老公」光叫叫就給足了麋洋安全感。其他男人對麋洋來說，都是危險，唯一自己老公，麋洋感到踏實。

　　「你結婚了？」司機在麋洋掛斷電話後關心道。

　　麋洋將車窗搖到底，她看著兩名警察在跟示威者談判。

　　「你看上去不像結婚的樣子？」司機像在自言自語，他的兜話並不成功。煙蒂踩在煞車腳上，喇叭共鳴出不耐煩的訊號。這下，警察更忙了，司機也更不爽了。兩邊都在指責警方的辦事效率。

　　「搞什麼鬼！」有乘客下車咒罵，「沒封關先封路了，還不如福城，車子起碼開得動！」

　　靜坐的不甘示弱，站起來懟那幫有車的。兩邊的爭吵流動著，像浪花，一邊撲倒一邊，忽的打成一團，手和腦袋互相穿插。他們一張張都沒有臉，麋洋恍惚道，像在美術館欣賞復活的歷史。

　　這時，司機趁亂插縫，抄小道往返。這也是麋洋老公的意思，他不願妻子冒險來鏡城，畢竟那離福城太近，最近又頻

爆偷渡者的新聞。麋洋丈夫要妻子待在遠離感染中心的府城，那裡相對安全。

麋洋把臉貼在窗戶上，目睹了棍子在一架黑車的擋風玻璃上砸出個窟窿。地上的血不知是誰流的，一群人不理智地在嚷嚷，「為什麼要我們犧牲？憑什麼要我們讓步？」

有個女醫護跪倒在血灘前，麋洋萬萬沒料到，一個女子身上可以迸發出如此不要命的力量。麋洋震撼到了：生命脆弱而強大，人人都在爭取……

深夜，喧鬧的府城出現首例輸入型病例。截至第二天中午，新增三例疑似。府城政府表示，有信心將疫情控制在個位數。但府城人不信自己的政府，要求閉關的呼聲更強烈了。在府城人的思維中，這場疫情的原罪來自福城，傳播開就是罪上加罪。頓時，府城各藥店的口罩價格翻倍，隊伍在「斷貨」聲中遲遲不散。黃牛囤積著口罩貨源，在塗鴉的巷子裡吆喝出天價。而垃圾箱裡，幾個像樣的口罩也給窮人們翻完了。在疫情的籠罩下，人們似乎忘了還有第二天、第三天和以後。可人們又老在想著第二天、第三天和以後怎麼辦。

50

　　南方的一月下旬春秋不分：桂花、朱槿、梔子花、羊蹄甲，不按季節全開了。假期學校管得嚴，麋洋的出租屋在學校後頭的山腰上。出租車只能開到校門口。麋洋下車，拖著行李，重返小徑。

　　「一切都亂套了！」天空中盤旋的雀鳥沒了方向，按著性子橫衝直撞。麋洋的半格行李全是書，帆布單肩包從左肩溜下，麋洋回頭才發現，拽住她的是那雙野蠻有力的手。

　　「我以為你不會拋下我！」野治瞥起嘴，盯住麋洋，手上的力氣大得可怕。

　　「你想幹嘛？」麋洋沒法直視他。野治身上散發著煙草味和桂花香。

　　「你總是這樣，一副高高在上的樣子！」野治陰沉著臉，「不要走！不要離開我！」

　　野治討厭挽留的話，他憤力跺腳，像一個蠻不講理的孩子，「留下來，跟我一起墮落吧！」

　　野治一晚沒睡，抽菸想著斜陽。他不關心蝠疫，他只想要麋洋。

　　「墮落？」這個詞用得太過美妙，麋洋一下子迷住了。

　　「從我第一眼看到你，一股神秘的力量，你是跟我一樣嚮往墮落的人。這世間渴望墮落的人不多了⋯⋯」野治抬起沉鬱的下巴，側臉的稜角像個憂傷的姑娘。

　　這是一個無需回答的問題，麋洋向前走去。野治鬆開手，卑微跟隨。風有點輕寒，麋洋的外衣在箱子裡。野治不是個體貼的人，他不懂得心疼女人，他更需要女人的照顧。他們一路心無旁騖走著，若是能走下去，麋洋想這就是幸福。

他們走上人行天橋。矮煙囪的白房子上立著一排黑色小方字——「殯儀館」。夜晚的時候，每個字都打上光，整棟建築像隻灰色的大盒子，莊嚴而靜謐。

「這就是你給我的感覺，太過肅穆，太不真實！」野治開口，用著自以為是的措辭，「我的天賦是你死亡的匣子，靜謐的擁抱，懷念窒息。」

這樣的詩句，充斥不吉祥的隱喻，但卻沒惹惱麋洋。她聽後，稍稍糾正了一個詞——「匣子」，妥帖地說，應該叫「棺材」。麋洋不忌諱談論死亡，相反，她喜歡渡邊淳一《失樂園》裡的結局——在不道德的愛中相擁而死。那時，愛會創造出意義，靈魂將在火焰的情慾中化蝶而出。

「我計劃寫部成長篇小說，」野治說著翻出兩隻口袋，「可是——」

麋洋停下腳步，等他說下去。

「我的口袋空空如也。」野治說他難以啟齒，這突如其來的關注令他承受不起。野治發出慘淡的唾沫聲，倒吸一口氣，「沒錢就是沒錢——沒錢就沒菸抽了。」

這樣戲謔的轉折，對露露來說像是在行乞，在福靖那邊也難以奏效。可那對麋洋管用。從未有過的預謀，脫口而出，野治在麋洋身上嚐到甜頭。

「我窮得泡麵也快吃不起了。」野治用一言一行詮釋著「囊中羞澀」這個成語。

不正經地說出期待以外最正經的話，麋洋沒見過這種天然的矛盾存在體。麋洋的心在那一刻被征服了。打動從不來自規訓，往往出於不自知的同情，而這也意味著彼此身上無法融洽的兩種生活形態。

「你不算壞……」麋洋掏出口袋，爽快地遞出張鈔票。

「這不夠買兩星期菸。」野治接過錢，他期待的是兩張

一百。

麋洋迅速換出一張五百的大鈔，「這下，一個月的泡麵也解決了！」

「可你捨得嗎？」野治從不言謝。他將五百揣進褲兜，另一隻手掩住口鼻道：「我會彌補你的。」

兩人交易完畢，繞過殯儀館，拐上斜坡。林中有條小路，在高度的遮蔽下，青蔥色的牆磚像隻巨大的蚱蜢，匍伏在光天化日之下，假裝正經。

「你的寫作計劃呢？」野治伸手勾住麋洋，碰到的是迴避。

「我只希望寫出部成熟的作品。」麋洋在野治的拉扯下妥協了。她紅著耳朵，承認喜歡。「有時候，對一個人有感覺，就是從名字、動作、身體部位、一本書或一個數字開始。太宰治39歲自殺了，莫里森39歲出版她的處女作《最藍的眼睛》。我馬上要39了，都是些拿不出的敗筆。39這個數字太具魔性，它誘惑著我，也敦促著我，像魔鬼在召喚，而你的簽名『活不過39』，我想我離那或許也不遠了。」

「那你應該像莫里森那樣離婚，在孤獨中創作你的處女作。然後，你可以用寫作來對抗死亡，等我39了，我們一塊去實現我的簽名，好不好？」

「可你39的時候，我已經不在了。從年齡上，好像我必須等你。等待太折磨人，我要在我39的時候被你記住。我若不在了，你會忘了我嗎？」麋洋摸出鑰匙，命運無法讓兩個不同年紀的人死在同一個數字上。

野治狂喜。肺部湧起激烈的咳嗽。鑰匙轉動鎖的聲響，跟抽煙一樣令野治浮想聯翩。

「你還好吧？這時咳嗽，人們會像躲蝙疫一樣躲你！」麋洋脫下鞋、放好行李，從鞋櫃的藥盒裡拆出個口罩，拉在野

治瘦骨嶙峋的耳廓間。

忽然，麋洋心疼地捧起那張瘦削的臉，不放心地問：「你沒回過福城吧？據說十二月初就有病毒了，現在那裡剛封。」

「什麼病毒？」野治把口罩拉到下巴處，鼻孔吹出股熱氣，「封城？這麼說你回不去了！」

野治開心地抱起麋洋，「那我得感謝病毒。封城太好了！我們可以每天在一起。封城，我們哪裡也去不了，我們每天都可以墮落！」

這突如其來的擁抱、轉圈，把麋洋的理性都轉暈了。她的雙臂和呼吸癱軟在野治胸口。世界似乎與他們無關，蝠疫也好、封城也罷。野治抱著他的獵物，麋洋像頭溫順的小鹿，失去了判斷力，在沒有槍支的溫存下，麋洋以為麻醉的愛永不會消逝。

半晌，野治才放下麋洋，摘掉礙事的口罩。但很快，他再一次摟緊麋洋，抱著她顫動。

「我跟生活格格不入吧？博爾赫斯說，人群是個幻覺，我是在與個別交談。」野治從名字到講話，都在模仿作家和作品。他不是活在文學裡，他是在效仿文學。

麋洋家的客廳大，房間小。這是典型的南方格局。房子沒有陽台，衣物晾在飄窗上，有兩件男人的襯衫。旁邊是檯古箏，牆上都是梵高、莫奈和塞尚的臨摹作品。房門對開著，有兩間睡房。其中垂下粉色簾子的那間，野治猜是麋洋的主臥。

不打招呼，野治闖進麋洋臥室。在蝠疫偷偷潛入府城的早期，野治和麋洋的愛情也從潛伏期迅速發展到一發不可收拾的地步。

愛就是蝠疫，病源連科學家都無法確認。唯有犯病，方能發現，但治癒要冒著經受痛苦和死亡的風險。

病理過程就從野治扼住麋洋的呼吸開始，他將舌頭探進

去，靈魂與靈魂之間的勾引，他們互相吸引、又愛又恨。窗外，匍匐著一層薄薄的雪花。南方不會下雪，病症毫無原則地從客廳逼進臥室。

麋洋一路倒退，她並非沒有退路。若不封城，若不心存僥倖，麋洋可以像露露、福靖那樣，犯病後及時抽離，然後慢慢自癒，開始新生活。

51

「你有沒有被一個人這樣對待過？」野治把麋洋的手控在牆上，用前胸壓住她後背，順腳踹上麋洋的房門。臥室燈被敲開，又撞滅。薄紗簾後是山，是海。窗開了四分之一，紗簾飄進涼意。視線最遠可抵達遮蔽的山頭，麋洋複雜地望向窗玻璃，迷霧天裡，他們扭曲的臉和窗外的景致一樣，模糊不清。

一晚上過去，蝠疫又偷走了數十人。凌晨，各省市都在報死亡、確診和疑似病例。麋洋的手機在客廳桌上震動，她丈夫還來不及佔有她。麋洋全身酸痛，被強暴的滋味喚醒身體的覺知。

「為什麼一定要寫小說呢？」野治毫不客氣地拍麋洋道。手上的力量是雞蛋吃出來的，他要用這種方式償還，然後心安理得地繼續要錢。

麋洋口口聲聲喊出來的「疼」、「痛」，野治稱那是彼此接納、融為一體的過程。

「寫小說於我，跟死亡一樣，好像帶著使命，基因裡注定要完成的事。當然，它本身毫無意義，可無意義就是寫下去的意義。將生命拉長來看，我們現在經歷的都是回憶，說過的都不復存在。時間和意義都具有欺騙性，我對寫作也不包庇，我們永遠只能活在回不去的時空裡……」麋洋說到一半，沉醉著，斜陽從窗外灑進來，麋洋揮動著筆桿，野治問她在寫什麼。

麋洋笑了，說她不知道自己在幹什麼，也不知道對方要什麼，但在斜陽中寫作是件迷人的事，「筆桿子有了影子就不再孤獨……」

沒等野治反應過來，牆上的吸盤忽然滑落。以前從沒發生過的事，麋洋順勢去找聲響落下的方向。

「小說，它的價值需要有正確的人去讀。乖，別找了，閉上眼睛，我想好好讀你。」野治跳下床，用舌尖啟發麋洋。麋洋的回應像個乖巧的學生，無比信任著她的野治老師。

在驚愕中順其自然，愛情來的時候就是這樣：迫不及待地貼上唇，以為抱得再緊些，孤獨的個體就能是彼此的。

麋洋被野治恣意、狂妄地摩挲著。羞恥的負罪感令麋洋無法痛快。而野治像條貪婪的毒蛇，一點點舔食麋洋的身子。

「你是不是後悔了？」野治咬住麋洋耳朵。

「不是，我在想，你快樂嗎？這樣你就快樂嗎？」麋洋不知所措，害怕眼前的美好只是泡沫，「抱住我，不要鬆開！」

麋洋不想呼吸，她好想野治給她力量，驅趕她隱密的恐懼。一直以來，麋洋活得像隻繭，她需要有人幫忙捅破。麋洋丈夫太規矩，捨不得用暴力撕碎她文明的外衣，麋洋渴望又害怕外界的危險。而野治不講規矩，與世俗背道而馳。他動起手來完全不顧他人，也毫無道德底線。麋洋卻因此迷戀上他。

「羞恥心太重，讀正確的書長大，」麋洋回憶道：「童年像張網，逃到哪裡都無濟於事。」

「你是不是——嗯——沒那個過？」野治忍不住問。對於麋洋不斷反抗的雙手，他試圖循循善誘，卻發現麋洋的世界沒人闖過，「聽著，我討厭純潔的女人！尤其你已經結婚了，為什麼還要抗拒？你的身體明明有反應！」

麋洋沒回答，是的，她的身體第一次感受到這樣強烈的逼進。她必須死死躺平、捏緊拳頭，忍住被破壞的蠻力。眼淚從眼角滑落，野治壓在她身上，麋洋知道他是她身體的一部分了。可野治只能在外面遊蕩，好像她的靈魂格外高貴，實際兩人都太孤獨。

床頭掛著幅巨尺婚紗照。麋洋嫁人時是一席魚尾單肩白紗。她半臥在火車軌道上，新郎的手伸向她。

「他不懂你，才會拉你！應該拍我們現在的樣子，我任由你墮落！」野治衝照片啐痰，酸酸的奸笑憤怒地淹沒在麇洋的兩腿之間。野治吮吸著麇洋的腥味，雙手揪住她頭髮、敲打她、咬她脖頸。

「你是屬於我的！」野治要在自己佔有的女人身上留下痕跡，像牆上的照片，明晃晃地宣告婚紗是假象。

野治嫉妒好幾年前的照片還像新房似的掛在床頭。當初，婚紗攝影公司按麇洋和她老公初識時的場景策劃。相框上已蒙有肉眼可見的灰塵，這是麇洋婚姻裡唯一的破綻。結婚就是到了一定年紀必須完成的事情，不然始終躲不開周圍人的關切和熱心介紹。這是麇洋和她丈夫的年代，卻不是野治和福靖的時代。

「這麼說，你是個有病的人？」在性方面，野治要用經驗挫傷麇洋。麇洋坦誠她不喜歡發生關係，在婚姻裡，她是為寫作守身如玉。野治叫麇洋放心，因為他不是她丈夫，他從未叫哪個女人失望過，「你也不會例外！儘管我不喜歡教導處女，早點告訴我，我可能就放棄了！」

對身體觸碰的敏感，野治走後，麇洋甚至無法面對自己的毫無經驗。她曾把腦袋耷拉在母親乳下，以為潔身自好就能擺脫母親對她的影響。

「小說世界裡，我可以只是旁觀者，真實生活中卻做不到！」麇洋想起野治的手袋，「K，你也是卡夫卡。他隱喻了我們的現在和未來。不管信不信，在你以前，我沒有真正的活過……」

麇洋從不評價自己的婚姻，也不隱瞞自己已婚的事實。麇洋說，她擁有世上最體貼的丈夫。她老公愛她、尊重她、仰慕她，一切都聽她的，並為她料理好所有家務。麇洋曾在日記中寫道：「我想，我不是伍爾夫，但卻能有倫納德這樣的丈

夫。」

　　野治不甘心，手指用力糾纏麋洋，像那日在長椅上，他要把手指種在她身上，「你就是我，我就是你。」

　　結婚了，麋洋也躲避不了外頭的風險，除非這個叫野治的男人死掉。麋洋閃念起了殺心，誰先愛上誰就輸了。麋洋於心不忍，愛令人放棄底線。野治要麋洋墮落的願望，終於在愛中實現了。

　　「不需要提醒我！你已經嫁給他！你對得起他了！可是我呢？我再也無法完整地擁有你了！」野治咆哮著，扯下麋洋的裙襪，將她死死控制於兩手之下。腳迅速踩掉自己的內褲，野治要再次攻破麋洋的羞恥線。

　　「這回你無處可躲！」野治在麋洋脖子上吻下烙印，麋洋沒手反抗。她看著紅色的牙印，她的手被強行控制住。這不止是愛，也不止是肉慾。

　　「你是我的！」野治悲愴地強調著，「我們在一起，才是我們！」

　　這場忘乎所以的施暴，麋洋在痛苦中打開身體的枷鎖，望見她自己都不曾見過的一面。野治繼續肆意鞭撻，麋洋一本正經地保持微笑。終於，她成了他的「妓女」，而他做了她的「情人」。野治迷戀的就是那顆正經外表下自由淫蕩的靈魂。

　　「你太壓抑自己了，連笑也是！」野治妄加評論道：「你應該叫你的靈魂快活，享受自由！」

　　「快活就自由嗎？治，你快活嗎？」麋洋赤裸裸地反問道。感官的放縱，確實讓麋洋感受到完整。但這片刻的完整是危險的，麋洋把自己託付給一個沒有靈魂的肉身，野治成了她人生的一部分。「怎麼辦？你刻畫在我身上的……」

　　野治喜歡麋洋用「刻畫」這個詞，他吝嗇地吻著，麋洋的每寸肌膚，從肚臍往上，她反抗過的，她嗷嗷叫喚著的，野

治再次確認，她徹徹底底屬於他，沒有拉下角角落落。

　　「抓住它，求你了！」野治將麇洋的手拉到他最迫切的地方，他太需要她了。

　　麇洋不能想像比這更大的羞辱，好像以後任憑這個男人怎樣奴役她、拘禁她，麇洋都無法回絕了。但在那以前，麇洋請野治離開。不為什麼，麇洋有個怪癖，她不習慣睡醒時枕邊有人，「一個人更安全，就這麼簡單。」

　　麇洋留盞燈，一個人入夜。野治窘迫地提起褲子，沒有商量的餘地。在麇洋兩腿間留下的黏液，麇洋請野治一併帶走。不管那是什麼，麇洋嚴肅地咬定，「那是魔鬼的口水！」

　　麇洋恨野治毀了她，連同她的恐懼與羞恥心。麇洋熬了這麼多年，野治提提褲子走人。麇洋在燈下無力思考。

　　愛來得太猛、去時就空。床頭的燈猶如妖豔的薔薇，在麇洋眼前散開，床單上全是，彷彿在說：「此刻終於看清你了！」

52

　　被封的福城像座圍城，街上除了灰塵和零星的路人，醫院、教堂都能聽見臨近死亡的鐘聲。三院門口，小板凳通宵在排隊。急診科的同事滿身疲憊，說「封城後，一點感冒發燒，都擠來了」。

　　「人都是怕死的，現在知道小題大作了！」王傑沒怎麼休息好，懶腰伸得格外久。「目前，蝠疫的接收醫院，定點不過五家。其中一家，病房還在改建中。於是，人們東排排、西看看，交叉感染是間麻煩事。」

　　福靖抬頭，滾動條上的數字跑得比股市基金還快。她仔細換好隔離服，老遠聽到夜班同事在挨訓。

　　「屍體放過道像話嗎？不想幹了，是不是！」護士長訓人的聲音比醫生還狠。

　　秦榕的耳朵受不得委屈，她哭腔大過字音，駁斥道：「我們一晚就兩人，哪裡忙得過來？一大堆擠著住進來，每個人都在喊我們。我們也是人，就兩隻胳膊、兩條腿，你又不加人，有本事你來試試！」

　　路過的醫護全不作聲。另一個受訓的夜班護士，背過臉去流淚，嘴上一聲不吭。她聽飽了一整晚病人的哀嚎和家屬的埋怨，實在沒有力氣再多說一句。

　　福靖扶了扶牆，嘔吐的感覺硬生生吞回去，她走去，什麼也不問，就說：「我來吧！」

　　福靖見過屍體，明白護士們的委屈多過害怕。以前這種事都是霞姐搶著來收拾，福靖跟過幾次，流程並不複雜，但她最近身子不太好，老有犯嘔的感覺，動不動就睏乏。

　　「來不及做護理了。」福靖將兩具屍體裝進停屍袋裡。

手上動作平靜得像在打包快遞。人死了就像枯黃的脆葉，硬得一動不動，直挺挺任由活人擺佈。掙扎過的痛苦抬在活人手裡，像「喀嚓」的落葉般清脆，沒有了柔軟的呼吸。

護士長蹲下來幫忙。兩個女人將兩具屍體抬上車。告別儀式在門口，就是最質樸的鞠躬。那是兩具無人認領的孤魂，凌晨四點就涼在過道上。進進出出那麼多人，拍照錄影的，視而不見的，嚇得逃走的。網上流言四起，說三院不人道，誣衊疾控中心和政府。指責與謾罵，像同時開賽的幾條跑道。回應什麼都會掀起新一波熱議或謠言。

線下，雙黃連一時間遭轟搶斷貨，連雙黃連月餅也蹭著不理性的搶購而賣光。防疫物資被執法人員充公。那些想著撈國難財的最終被抓被罰，偷雞不成蝕把米，醫院幾層自動售貨機多處遭哄搶而砸爛，裡面的口罩和酒精棉不翼而飛。

不可思議的事情接二連三上演。大年初三，錢文波突然空降回三院，官方的說法是他因救治病患而受感染犧牲。然後，默哀、追封和送行儀式就在三院，市長、院長與媒體各界都在場。英雄墓碑上刻著他的名字。男醫生從神秘失蹤到突然死亡，這之間的遐想，人們生而愛聽故事，不論真假，好聽就行。

有人說男醫生寧死不簽《訓誡書》，最終咬舌自盡。這個版本聽上去太疼，但傳播度廣；還有稱男醫生不配合就遭電擊的酷刑，活活被折磨死。最後那刻，所有肋骨「喀嚓」斷裂，聽覺上太痛苦，聽一遍足夠。除此之外，網上還有視頻有真相，發佈者在鏡頭下用文字闡釋道：停屍袋微微動彈，袋子裡裝的正是要被拉去活燒的造謠者。

這個世界——虛擬與現實，謊言與真相，小說和生活——界線越來越模糊，也越來越不重要了。

很快明星出軌、撕逼的娛樂新聞，在熱搜上頂掉男醫生

的位置。一週後，人們曾加諸在男醫生事件上的不滿與猜疑全給新的新聞牽走。生命和死亡每天都在發生，網上留下過的痕跡，就像躺博物館裡的展品，有多少人還去問津。人們永遠關注的是自己的小日子，每個人只關心他們和他們「附近」的生命，而疫情與日子就像音樂流淌著，走高或開低，有人問有人答。

「死亡數字對其他人毫無意義，對死者親屬卻是唯一的那個人……」王傑說不下去，世間真相講出來只剩無法理解的悲涼。他不知道該為誰哭，為誰哭都顧此失彼。

一個默默無聞的男醫生最後竟要靠各種謠言和揣測而成名，一位勤懇大半輩子的護士長卻因在過道訓話手下不處理屍體而遭網暴、被誤會。還有多少在本職崗位上平庸一輩子的人，可能終其一生就默默付出到底，也可能意外在網上一夜成名或因某事件遭網暴毀譽。人生就是這樣，大多數努力就只為了成為普通，但有時即便想過好平庸的日子，都很困難。

男醫生走了，福靖醒過來，發現自己還來不及了解他，那個人就已經走了，「那……他家人……」

「你說文波？他早離了！」王傑提起老同學，往事像在放電影，「前妻是他同學，也是我同學。上學那會兒，他們可真是羨煞旁人啊！後來工作了，不是不愛，我想是距離，或者沒時間表達愛吧！多少有些可惜，誤會就這樣，拖久了，沒辦法的事。他們有個女兒，沒記錯的話，照片在他黑色錢夾裡，一直是三歲的模樣，算起來恐怕有你弟弟那麼大了！不過，他前妻好早就帶女兒離開了，沒再聯繫過，我也不曉得怎麼通知她，或者文波也不希望她們知道。」

「那麼說，你兒子也跟我弟弟差不多大？」福靖試探道。

提起自己兒子，王傑沉默了。他的沉默叫福靖沒有把握。福靖暗自揣度，彌補了句，「我想你一定是個好父親。」

王傑沉默地笑著，搖搖頭。

再後來，每天都死人，每天都有新聞。福靖換著頻道，畫面和聲音，犧牲者前赴後繼，都是些陌生人。名單越拉越長，被記住的、被刷新的，數據放在雲端上。這個世界用心記住的，相處越來越短。要是受感染的是某個網紅或明星，至少有人認得名字；無名之輩的話，沒人關心，數字上，他們起到墊高疫情慘烈性的作用。很多時候，我們說在乎他人的死亡，這些虛偽的關心不過嘴上說說。

53

三院的發熱門診部很快收治不下了。

人滿為患。有患者賴在地上耍無賴，「憑什麼收他不收我？今天你不收我，我就不起了！」

「別這樣，趕緊去別家看看！說不定其他醫院還有位置！」值班醫生嗓子都勸啞了。

王傑尋著耳熟，擠進去瞅了眼。地上打滾的，是個女的。那女子反應神速，她一眼就認出王醫生，挪挪屁股，起身要走，結果被王醫生叫住。

「我不是故意瞞報的！要說我在那頭賣過菜，他們就不給我掛號了。我家還有個三歲大的老二，我老公也中了，排到只給了些藥，就打發人走了，現在還躺家裡……」女人說著，心都要哭碎了。她目前是家中唯一的勞動力，缺指甲的兩根手指彎在哭腫的眼睛上拼命上揉搓。

「剛進去那個，就是賣野味的！」女人滿口怨恨，「都是他們造的孽呀！為什麼要害我們賣菜的？我們又不殺生，我們只想好好活著……」

「不是說得了就死唄？怎麼，現在又想活了？」王傑記性夠好，嘴也毒。可混熟都知道，他是刀子嘴豆腐心。「下午帶你老公來吧！口罩遮實了！還有，別再用手擦眼睛，聽到沒？」

「可沒床位了……」同事小聲提醒道。

「我沒說讓他們住下呀！再說，住院費他們交了嗎？」王傑故意大聲說。

果然，那女人點頭就走，不再哭鬧。住院費，女人從沒考慮過。她本就想來配點藥而已。

「這邊！」王傑指道：「你不是來拿藥嗎？」

說完，王傑將賣菜的女子交給同事，自己又沿著長龍，觀察排隊的人群。隊伍中，大多數病人拿著別家醫院照來的CT和單字。

王傑擔憂道：看來交叉感染不是一、兩天的事了。尋思著，王傑穿過狹窄的走廊，來到一片空地上。他正犯愁，抬頭豁然開朗。王傑忙掉頭去找院長，提議在醫院後頭的空地搭建臨時帳篷，為那些不願居家隔離或到處排隊的輕症患者提供有護理設施的隔離空間。他說：「只要做好分流，管控得當，就不至於引起社區、家庭、醫院等的交叉感染。」

「戰地帳篷」的提議很快獲得上官市長的批准。第二天一早，施工隊就來三院動工，政府要求三天內必須完工。從外觀上看，「臨時就診區」像艘巨型郵輪，它有個與人類苦難和生命延續相關的名字——「諾亞方舟」。走進艙門，一千張上下鋪首尾相連，間隔一米，沒有帳簾。每張床頭象徵性地放著一盒急救藥箱，床與床之間共享一個插座兩個插頭。

這完全不是王傑想要的樣子。可是面對這樣一個神速工程，一家人遭殃還是一個人受罪，王傑點頭接受，「當醫生的，做選擇比搶救病人更困難。」

「哪來那麼多糾結？王醫生，成年人不做選擇！」院長指著病床上的電子遙控，將手攬向一具具方挺的床板道：「瞧，這些死氣沉沉的木板上，馬上就要填滿咳嗽聲了。」

接下來，醫生和護士忙著培訓志願者。一雙雙勤快的手將白色床罩鋪好。。人這一生，生病和死亡都在一張床上，連棺材都是照著床具的比例打造好的。王傑在白布下看見李佳的眼淚、錢文波的肺和霞姐的臉，還有許許多多他叫不出名字的靈魂……他們躺成一排排，在洪水中飄離這艘巨輪。

「有 wifi 上網，5G 的同事都裝好了。」工頭揚起手，滿

意地指東指西道：「插頭在那兒，每張床都有，保證手機 24 小時有電。上頭說了，這很重要！手機亮著，人就沒心思鬧了。」

「好吧。」王傑困惑地重複了遍，「這很重要嗎？」

「是的！」工頭信心滿滿，「手機上面，什麼精彩的都有，人在手機上獲得滿足，就沒時間在現實中折騰！不是嗎，王醫生？我兒子就這樣，不乖，丟給他手機，他就不鬧了。瞧，現在這代生活多好，一具比棺材還小的手機就能裝下整個世界，難怪人們捧著手機遲遲不肯睡去。」

「好吧……」王傑又問：「那廁所呢？」

「哦，在後頭。」工頭領大家過去。門一開，冷氣直往頭皮鑽。「我們建的是移動廁所，特別安裝了紫外線燈。」

「在哪裡？」

「就前頭，不到八百米吧！」

「什麼？」

「沒事。」院長背過手，瞄了眼距離，並不打算過去。「我讓護士備幾件軍大衣，無妨。」

王傑不再說話。凡事木已成舟，和蝠疫一樣。

54

封城都快兩週了，自媒體和社交網上還頻傳出醫用口罩與防護服缺貨的消息。收件地址都來自收治蝠疫的定點醫院，沒有署名。私底下，醫護們也想盡辦法，在各自朋友群裡求助。沒人再相信紅十字會的圖文，那些捐贈的物資中，被爆有十萬片口罩去向不明。紅十字會除了言語上闢謠，沒有公佈任何分發明細。

麋洋在朋友圈看到福靖的求助動態，就私下聯繫她，答應先籌二十盒寄去。麋洋一邊托關係，自己也換上鞋，準備出門看看。打開門，家門口竟蹲著個人：頭髮遮住五官，綠色的襪子散發出一股酸味。

麋洋在空氣中數著，至少抽了兩包吧。

三天，野治的鬍鬚蓄滿下巴。他不適合成熟的樣子，麋洋建議他把鬍子剃乾淨，「露出下巴才是真正的你。」

野治說他被掃地出門了，能想到的就是來投靠她了。面對這樣一個棄嬰，麋洋束手無策，嘴上辯解道：「你太大了，我怕藏不住。」

野治猛然起身，抱緊麋洋。他渾身酸臭，貼在麋洋香噴噴的衣服上。

「別這樣……」麋洋小聲退進門。左鄰右舍都認識她和她丈夫。但身體無法推開的引力，野治成功地在麋洋肩胛上啜出個印痕，以此報復她剛剛的話。

「你必須收下我。」野治說他沒地方可去了。

「但我要出門了！」麋洋說著，腳後跟被野治拽住。他們雙臂纏繞，從客廳鞋櫃轉進洗手間，慾火在花灑下淋透。野治把一晚上的力氣全給了麋洋。

「我需要你!」野治像個叫花子,麋洋用丈夫的鬍鬚刀幫他理鬍子。野治跪下,像隻小狗舔舐著主人。麋洋白皙的大腿內側一陣酥軟。

「收下我吧,說!」野治細長的手指撥開麋洋的花瓣,用吻馴化她。

「不行!」麋洋本能的反應和嘴上的話背道而馳。

「我討厭虛偽!」野治有技巧地深入,他要麋洋做個坦誠的女人。「說是,答應我!」

麋洋身上的反應都是野治的創作。她是他的處女作,只有野治最熟悉。野治懂得在女人幻想愛情時趁虛而入,佔領她們因愛而卑賤的本能。

「你現在最誠實,乖!」野治鼓勵麋洋夾緊他。在淋浴噴頭下,野治告訴麋洋,他要為她寫一部小說,名字就叫《麋洋老師》,「瞧,身體最誠實,它在動筆了!」

麋洋哼鳴出文字,野治癲狂地書寫。在作品裡,他們永遠不會失去對方。

「你應該行動,像現在這樣,動筆!」

「不,哲學家不可能是行動派,激情會犯錯,就是源於行動。」

「愛情不可能構築完整的故事,但片刻不可或缺,不然生活只剩重複,毫無指望了。」這個道理,野治用身體實踐,叫麋洋受教。「愚蠢的人都在期待小說的開始與結束。感受算什麼東西?口口聲聲,感受到了,它就飄忽不定了。」

麋洋熱淚盈眶。有別於理想中的浪漫,他們從沒在海邊相擁蜜語,也沒一起爬山看日出日落。他們只配在房間裡偷偷摸摸、痛苦書寫,但那絕不是別人口中的「肉慾」。精神的危險性恰恰在於不被外人理解,沉默的固執地在彼此間深陷。

「只有你能做到!只有你!」麋洋的身體比她頭腦還清

醒。她萬分肯定地咬他。

「你瘋了嗎？」野治陶醉著。

麋洋回應道：「是的，跟你一起，我願意墮落！」

「你說，人生下來，時間在幹什麼？」野治忽然問：「除了花錢和製造不必要的機器，人們並不享受時間，時間會衰老，你怕嗎？」

「所以必須有事可做，你知道的。」麋洋答道：「可我現在什麼也不想，我只要你愛我，這算享受時間嗎？你真的愛我嗎？大概愛也會衰老、死亡吧！」

「我愛你。」野治很討厭這三個庸俗的字眼，他曾被迫說過太多遍。文字用多了，就沒感覺了。

麋洋不確定地搖搖頭，「你愛的真的是我嗎？」

麋洋始終懷疑，野治愛的到底是什麼。

野治曾說他早已失去愛人的能力，「怪物也許會愛，但他本質是頭怪物。」

可麋洋依舊希望野治能永遠愛她。

野治皺眉，想起荒原狼。激情發作時，每個人都是頭困獸，孤獨、渴望被愛。野治需要走出森林，按人類法則進行交合，然後為自由而擺脫女人。

「你不會永遠愛我，你會嗎？」麋洋開始犯傻了，儘管她讀過馬爾克斯《霍亂時期的愛情》。

「好好看看小說吧。」野治暗示道，他沒辦法回答一個自己都不確定的將來時。

麋洋捏緊野治的手，「但你會永遠記得我，對嗎？」

「這不可能！」野治從來不相信永恆和時間，「此時此刻我能答應你，可我們都會死。愚蠢的問題別再問了！」

野治把麋洋的手握到他希望她握住的地方。據野治說，那是人類教化最真誠的地方。麋洋預感到，那也是女人最容易

墮落的地方。男人就是通過這種方式馴服女人終身的愛。

「握住它！你今天不可以再放棄它！」麋洋碰到那坨軟滑的黏液，手本能地退縮了。她怕感染，她怕手上握著的是病毒。

「斜陽，乖！乖，斜陽！」野治抓回麋洋的手，「你不是說愛嗎？寫作，從這裡開始：勞倫斯、渡邊淳一……」

野治暗示一位老師，「你會因為蝸牛外表下的軟體而不產生憐憫之心嗎？蝸牛需要人類的愛，哪怕這愛僅僅出自於憐憫！」

在世界要為蝠疫停擺的日子裡，走不出的現實太過無聊。生活依舊生老病死重複著。遠離福城的人感受不到病毒的氛圍。在掉以輕心的城外，人容易自我放縱。蹉跎一下，人生須臾便望得見盡頭。

55

　　愛情和小說都是擺脫現實威脅的藥劑，無用而好用。愛的高燒在白天發作，麋洋右耳聽見丈夫的怒泣，左耳灌進野治的冷嘲熱諷，背景是舒曼的〈童年即景〉裡第七首〈夢幻曲〉，麋洋像朵雲，錯愕地凝結在半空，詩句從模糊不清的意識中流下，那些讀過的文字像神諭在招手，「雲兒四處飄零，何等悲傷，心灰意冷，它們俯衝而下，如它們所願，大地的子宮，將做它們的墳塋。」

　　鈴聲響起，夢還沒醒。麋洋接起手機。

　　「怎麼這麼長時間不接電話？你那邊沒事吧？」麋洋丈夫問候道。

　　「沒——嗯，我這邊挺好。」麋洋歪過腦袋，肩膀夾住手機，手指在梳理著亂髮。野治從浴室出來，丟來塊浴巾，然後像逗小貓似的撲住麋洋。麋洋蹙眉閃開，她怕野治的呼吸聲太大，「哦，我有點事忙，先掛了……」

　　「怎麼連個電話都沒？」重複是婚姻的必經之路。麋洋老公以為重複就能得到重視，「每次都我打給你，你又經常不接！喂？喂！」

　　麋洋沒時間關心丈夫。她沉溺在野治的愛裡，哪怕什麼也不做。墮落令她幸福，麋洋沒說幾句就掛了。好像只有在野治那裡，麋洋才有說不盡的話。

　　他們背對背靠著，府城沒有真正意義上的冬天。最冷的時候也帶不來一場雪。麋洋房間的簾子是層薄紗，被子在冬日的陽光中透出股慵懶味。麋洋眼中最溫柔的冷漠，是野治自顧自穿衣拉褲。床上被子亂七八糟，野治緩緩點上支菸，凝望麋洋的婚紗照。麋洋不敢回頭看，更不願拿來比較。她翻下相框，

愛從無道理可言。一個人的在乎可以與另一個人的疏離一樣，屢教不改。

麋洋等野治走出房間，再關門梳妝，打扮好出來。野治在客廳，漫不經心地談「自己沒錢了」。麋洋覺得荒謬，彷彿剛剛一切都是在自取其辱，她成了自己母親的樣子，說到底，關係的建立和維持不過奔著一個「錢」字。

野治拉麋洋坐到腿上，像在自家客廳那樣隨性。綠襪子擱在茶几上一抖一抖，野治攤開手，問麋洋要一千。

「男人穿這樣鮮豔的襪子，不討厭嗎？」麋洋瞥了眼野治俗氣的審美。

「為了來見你，我特地換了顏色，而且穿了兩雙。誰讓你已有丈夫，也應該給情人一些獎勵！」野治興奮地踢掉麋洋丈夫的拖鞋，用腳夾住麋洋的腰，「借我兩千吧！等我爸轉我生活費了，我就還你。」

「為什麼不問福靖或露露借？」麋洋較勁道。

野治將脖子縮回去，不說話。麋洋見狀，於心不忍，她拿起手機，果斷轉了兩千五，好像剛剛發生的一切都是她花錢買的。

「三天！三天就還你！」野治以手指為證，他發誓的樣子過於誇張，麋洋差點笑出聲來。

「你也問露露借過？」麋洋想證明她在野治心中的位置。愛是排他的，女人需要男人說出口。

野治重申道：「錢我會還的！」

「不是這個意思，我是說我怕……他終究會知道。」麋洋說完，將臉埋進野治胸口。

野治環顧檯面，沒有煙灰缸。麋洋丈夫從不抽菸，也不喝酒。麋洋說她丈夫是個成熟的生意人，克制、嚴謹，儘管在她面前有些小孩子脾氣。

野治狂笑到咳嗽，「世上竟有這樣的奇人？不抽菸、不喝酒，只曉得掙錢！一點生活情趣都沒！跟他過日子很無聊吧？」

　　沒煙沒酒，野治無法保持清醒。他捏捏麋洋膝頭，用嘴巴保證道：「他知道最好！到時我娶你，我們結婚過日子！不過在那以前，先給我買包菸吧！沒菸沒酒，這日子沒法過！我難受死了，我不想你跟著難受！我要菸和酒！」

　　體諒的話在形式邏輯下，女人自然交出手機，任由男人操控。野治毫不客氣，加了吃的和一些不必要的書籍。麋洋的銀行帳戶上，一下子扣光六百二十八元。這還不算她剛剛打給野治的兩千五。

56

麋洋不說野治，她拍拍野治大腿，站起來說帶他出去吃好吃的。

「可我不想動，再說點了外賣。」野治伸伸腳趾，示意麋洋幫他撿回拖鞋。

麋洋生平第一次，跪下來服侍一個男人穿鞋，「可我得出門給福靖買口罩，不然晚了。要不你留這裡？外賣到了，其實也可以放著晚上吃。」

野治甩甩頭，發出「汪汪」的嗲聲，接著「哈哈」瘋笑起來。一股醃酸菜味兒，麋洋湊近一聞，在野治的肩上，一縷卷髮鞭打在她臉上，麋洋道：「怪了，你頭上這股酸味怎麼洗不掉呀？」

「窮唄，注定要酸下去！」野治自嘲地「哈哈」兩聲，「我就一學生，你還指望我跟你老公似的？什麼生意人，噁心得要命！庸俗的女人！」

「你再胡說！」麋洋生氣了，她把家讓給野治。打開門，臨走前叮囑道：「你的包還在外頭！」

「放著唄，反正沒值錢的東西！我又不是你老公！」野治一動不動，冷笑著。

麋洋將野治的包拎進門，丟在鞋櫃旁。她檢查了下證件袋，買口罩需登記身份證。麋洋接到朋友電話，說是盡力了，一共搞到十七盒。麋洋在電話裡一個勁兒道謝，才放下手機，野治突然改變主意，說要一塊兒去。

「你是怎麼做到的？」野治崇拜道：「女人可真有辦法！」

「什麼怎麼做到，人就這樣。在一個地方，要沒什麼朋友，獨自生活，其實也挺好，只要不生病、不著急辦事或不出

意外的話。除此之外，人與人之間必然發生聯繫，不近不遠的，反正不像你我這樣的！」

「走吧，」野治聽完，跳起來，踩上鞋，帶子也不系，「我以前覺得吧，跟人說話是件頂無趣的事，倒不如看書。可你不一樣，你果然與眾不同。我想，就憑這點，路上你也需要個能說話的人。」

麋洋蹲下，鞋帶在指尖繞一圈蝴蝶結，抽緊，然後轉向野治的另一隻腳。野治被照顧得春風得意，大搖大擺走出門。

「你要早點認識我，我肯定發財！以前我可是天天戴口罩，每天不同色，寢室囤一箱。那幫女人就喜歡花花綠綠的。」

「是為了遮傷疤嗎？」麋洋蒼老的手指撫過野治嘴角的疤痕。「戴口罩會好點嗎？痛真的會過去嗎？」

野治挪開麋洋的手，嫌棄道：「你的手像八十歲的，一點水分也沒有，難看死了！」

麋洋說小時候給母親扎的。活幹不好，她就拿針戳、用水燙，「那個時候手太嫩，怎麼經得起摧殘！」

「你母親好恐怖，但你怎麼那麼溫柔？」野治說過即忘。他們走出公寓樓，在碧藍的頭頂上，有兩朵雲迷人地纏住他們。

麋洋聆聽著野治語言裡的不恰當，他總要選些不搭配的詞，在不合適的情境下說出一些非比尋常的意思。比如，野治形容他愛麋洋的原因，說是在一個正經女人身上挖掘出妓女的潛質。說到要娶麋洋，他解釋是將來好把她賣去適合她的國度印度，那裡才能更好培養一個女子的能耐。野治說著不負責任的話，大言不慚盯著麋洋，斷定她是個有能耐的人，只是缺乏些技巧。

「我很真誠，比你對你老公誠實。」說這些話的時候，野治摟住麋洋，毫無顧忌地狠狠吻她。他在征服她後用言語摧

殘她。野治害怕女人，打心底瞧不起她們。他認為女人生來不是被男人征服就是照顧男人，除此之外，女人毫無價值可言。至於女人動不動生的氣，要不用言語哄騙，最不然，就是直接接吻。

「起開！」麋洋推開野治。那些瘋瘋癲癲的話，麋洋難以下嚥，她只希望野治收斂他的「陌生化嘗試」。

野治灼熱的目光再次打向麋洋，像個生物學家，有模有樣研究顯微鏡下的新毒株。野治將麋洋看得仔細，放大她的年齡：白頭髮、鬍鬚、法令紋、抬頭紋、眼角細紋。「你除了頭腦沒過青春期，身體已邁入老年，但為什麼舉止上還要假裝謹慎？斜陽啊，人是不值得信任的！你大可不必，太嚴肅不好，你應當活得像隻蝴蝶，輕盈些。而我慣用滑稽消解他人的審判，你看出來了嗎？」

野治再次提及他自己，用的都是四字成語：「囊中羞澀」、「身無分文」、「插科使砌」、「一無是處」……

走到沒什麼人的小徑上，野治的要求越來越過分。他摘掉麋洋的口罩掛耳，要麋洋親他一口。

「喂」麋洋匆忙戴好，怕被人撞見。「你這個魔鬼！」

「就一下嘛！」野治討價還價。在隱蔽的小徑深處，他無聊的生活極需刺激。

唯有得逞，野治才能忘乎所以哼起歌來。他的聲音有魔性，調跑得無邊無際，歌詞在空中飄蕩，「我有一個情人！我是一個情人！斜陽，永遠不肯下山的斜陽，她的小情人……」

那聲音「振聾發聵」，像是地獄在叩問。麋洋再也逃不掉。

57

巴士爬坡而上，麋洋幫野治刷了車資。野治跟在麋洋後頭，他們在老位置上坐下。車駛向市區，街上又碰到罷工的醫療隊伍。

「都過了初七了。」麋洋伸脖子探向窗外，「罷工到現在，重症病人都不管。要是得了，送去醫院，恐怕連搶救的機會都沒。」

「瞧，你的道德心又在多此一舉了！」野治抓住麋洋的手，他不明白人們連自己的生活都過不好，為什麼還有心思關心他人的事。

「那是因為你不看新聞！兩名護士值班，鬥不過罷工的嘴！要是人人像你那樣自私，世界估計早完蛋了！其實我現在倒羨慕起福靖來，跟她比，我們真的微不足道。」

「好個微不足道，微不足道好啊！有什麼值得我們犧牲的呢？」野治甩甩頭，扮出邪惡的鬼臉。「我還真想不到我身上有什麼可以犧牲的！不過放心，你跟福靖無法比，至少對我來講，你太特別，我不能失去你！」

麋洋眼神呆滯，仿若走神，「……是無法比，我看上去對學生有用，可真的對他們有用嗎？我毫無用處，就我自己知道；而福靖，她成為了有用的人。我們大多數都自以為是，活在存在主義的虛無中……不如讀讀維特根斯坦。」

野治在座位上盤起腿，手印放在膝頭打坐，嘴上唸著「南無阿彌陀佛」。野治表情古怪，沉浸在幻想的宗教中，他既可以是如來、悉達多，又能裝上帝、羅摩衍那。野治一臉頑固，振振有詞道：「奔著有用去的人都是平庸之輩！庸俗之心才喜好做有用之事！」

公交車載電視正在播府城最新的疫情消息，又有五名急需手術的病人在等待中過世。醫護的罷工人數從早先的百人邁向數千人，高峰時甚至過萬。遊行對峙沒有因個別病人的喪命而停止。人命關天，在與政府對峙的籌碼中，人命微乎其微。

車拐入熱鬧的街道，野治說車上的空氣讓他不舒服。於是，他們提前兩站就下了。

「怎麼不舒服了？」麋洋下車後問。

「他人在場，就不舒服。」野治說那是污濁之氣，「他人的眼神、髮型……我不喜歡在有人群的封閉空間中。」

「那現在呢？」麋洋故意問，「人更多了，你還好吧？」

「那不一樣，這些是不需要同行的陌生人，只要不在一個空間待著，我就沒有那種窒息的壓迫感。說到底，我怕人。他人給我造成一種侷促感，除了個別女性。女人還是相對美好的事物，個別。」

「美好？你不怕女人了嗎？」

「庸俗起來很可怕，偶然或重逢就不一樣。」

說著，麋洋帶野治來到海邊的一家大排檔坐下，點了蛤蜊、基圍蝦和青蟹等，野治又叫了兩瓶酒。來開瓶的妹子頂多二十出頭，一身藍白海軍服，白襪子拉到膝蓋骨。野治欣賞著，眼睛藏在睫毛後，眼光從年輕女孩的胸脯滑落，不安地駐留在麋洋臉上，「你喝嗎？」

麋洋搖搖頭，似笑非笑著。

野治多要了瓶黑啤，他趁機考究地盯住啤酒妹雪白的手臂，暢快地打趣道：「你這身叫什麼？」

「衣服唄！」女孩笑笑，「男人看什麼就是什麼！」

野治陰鬱的嘴角突然露出陽光，轉頭對著麋洋道：「我在想要是你穿，一定更迷人。我想看你穿成這樣。」

「這是男人的天性嗎？喜歡年輕姑娘。」

「是，也不全是，年輕姑娘沒太多經驗，追求起來容易，」野治給自己倒上一杯，吞兩口啤酒泡泡，打了個響嗝。

「府城以前不是這樣，它是座閉塞的島。」麋洋望著大海，酸酸地挖苦句，「要不要叫妹子來陪你喝兩杯，再點首歌、助下興什麼的？」

「好呀！」野治興頭上來，衝啤酒妹招手。「來，一塊喝，再唱首曲兒！」

「五十元一首，要嗎？」女孩服務式的笑容灌下一杯，抱來隻手鼓，夾在兩腿分叉的裙襬間。她唱起歌來，嗓音跟肌膚一樣水嫩。野治聽醉了，目光鎖在啤酒女的裙腿上，試圖找出一個詞形容眼前的尤物。

一首歌的時間吹散在海風中。野治請教麋洋形容詞，麋洋說她沒有詞語、只有鈔票。於是付完了錢，女孩問野治要了根菸，兩人聊得十分投緣。好在另一桌喊女孩過去開啤酒。野治沒辦法，留下女孩的聯繫方式，女孩又送了他兩罐啤酒。

「你倒是很會勾搭女人！」麋洋用眼神要求野治要麼交出手機，要麼自行刪除剛添加的好友。

「拉黑不代表刪除，刪要刪得徹底！」麋洋不滿意野治的動作，也瞧不起自己的行為，「拿來！捨不得，我來！」

「她很像曾陪我一塊留級的那個女孩，」野治沉浸在回憶裡，並不在意麋洋的反應，「她們抽菸的姿勢，一模一樣。」

說完，野治用鼻子嗆出股菸味，趁著酒勁拼命想那個後來嫁給他室友的女孩。想著、想著，野治忍不住咳了好幾聲。鄰桌的聽到一連串咳嗽聲，菜也不要了，起身就去結帳。麋洋把手機還給野治，鼓勵他打給那個女孩。野治撥通了那串他無法忘懷的號碼，結果對方直接摁掉。

麋洋悠閒地夾起菜，戳破野治的幻想，「像你這樣的人，能給女人安全感嗎？」

「什麼安全感！我毫無未來可言，你在這裡跟我談安全感？」野治又開了一瓶，冰鎮的白泡冒出來。野治說「亞當的蘋果」是女人設的局。接著，他猛喝幾口，又開了瓶新的，把沒見底的那瓶橫在地上。剩餘的酒在流，野治摸摸喉結，舒服地打了個飽嗝。

「你就這麼浪費？」麋洋發現野治抽菸跟喝酒都不乾淨。

「凡事要留點念想，菸要留一截，酒要留半盞。」野治給麋洋兜湯，他的巴結是因為走之前必須有人買單。「女人太可愛！不過你算個例外，你是我唯一想結婚的對象。我也需要安全感！」

麋洋僵住，有兩分鐘，他們彼此害怕，又彼此輕蔑，然後假裝驕傲著，也正因為不可能，野治吃著酒菜，麋洋在碗裡戳著筷子。

野治首先沉不住氣，惱怒地冒犯道：「我都說了你是我想要結婚的對象！你幹嘛呀，你有老公，要我怎麼辦？我又能怎麼辦？不是嗎？我還能怎樣！」

「呵，結婚對象，抽象的詞。何必假裝較真！」麋洋怪裡怪氣地嚥下口飯，酸酸的。她心底到底擺脫不了庸俗的婚姻觀。那是每個女人愛上後都渴望的唯一、合法與長久的關係。

可野治並非合適人選，把他擺在情人的位置也是種危險。麋洋意識到是她讓自己尷尬了，意識到的時候場面已經尷尬了。麋洋卑微地預感到：野治的愛是缺失的，她無法令他完整。這種沒辦法也必將折磨死她。

58

这一餐结束得并不愉快，野治伸脚趾勾麋洋开心，可麋洋讨厌这种轻薄的行为。

他们找遍几家大药房，八百一盒的口罩都已售完；小药房，价格贵得更加离谱，一千二的进口货，国货都炒到三、四百一盒，这在往常三十、五十一盒都没什么人买。

供求关系，价格就是一种体现。府城没有自己的生产线，全靠外来资本和进口货物。一遇事，府城人就游行抗议。闹惯了，自由对于府城人来说就是天。

俗话说，三十年不变，可第三十一年不好说。自由港原本有挑选的自由，可一旦病毒阻断运输，北送的告急、渡轮的停运、航班的取消——府城连起码的厕纸和卫生巾都供不应求。文明在擦屁股的厕纸短缺时，一样出现哄抢行为，这就是人性。

麋洋带野治来到超市，里面什么装扮的人都有：猪嘴的N95口罩、护目镜、雨衣、面具，有些戴圆礼宗帽，有些包着头巾，疫情可以摧毁人类，但无法阻止信仰。

人群中忽然传出骂声，有人在啐痰、恐吓。

野治忙将口罩拉到鼻孔以上，默不作声地跟在麋洋身后。

「怎么，怕了？」麋洋笑话道。

野治明明胆小，嘴上仍是胡说八道，「我是怕自己比病毒还危险！」

「你这话放大来说是要挨揍的，我们买点东西就走！」右拐的货架上，找不到一点希望：厕纸、抽纸、湿纸巾还有卫生纸，甚至尿布湿和纸尿裤都被抢空了。

「你还说新闻是小说，我看小说才是新闻呢！瞧，连卫

生巾都沒了！」麇洋苦惱地皺皺眉，「這下回去，你要省著點紙用！」

「沒事，你懷個我孩子就不需要這玩意兒了！」野治異想天開，吹起口哨，「要不今晚試下？」

麇洋來不及細想，野治又索吻道：「你出來時答應我的。」

「別胡鬧，再拿兩瓶洗手液！」麇洋羞赧地朝收銀台走去。「口罩肯定一早就被搶光了！」

「貨每天補，每天搶……」有同在排隊的人應和道。

收銀員「嘟」著條形碼，對每個上前結帳的顧客念道：「要不要購物袋？辦不辦會員卡？用不用積分？」

回車鍵彈出收錢的格子，收銀員戴著消毒手套找錢。

「你看他們，還不如機器人！像機器一樣活著，有用又有什麼用？」野治接過袋子，想起三、四年前回福城，那邊都是自助機器，不用現金了。「府城這點還不至於將人逼死，不過遲早，人越來越像機器了！」

「有用也分能否輕易被替代的有用，人對人有用也是如此，活著就渴望被填滿。再去其他小藥店看看！」走出超市，麇洋挽起野治的胳膊。市區不會撞見熟人，他們經過一家書屋，紅木裝潢。

一排舊書堆在外頭階梯上。地磚搬開，底下藏著一批存貨。幾本新到的樣書擺在窗前。那裡地方不大，有隻野貓跳上窗台，優雅地將爪子搭在新書上叫喚；另有兩隻寵物貓慵懶地在舊書上躺平。

「現在最佔空間的就是書，最沒人偷的也是它了。」麇洋猜到野治會停下。進去意味著消費，這也是一種商業模式。野治全然蔑視，他站在窗口拆樣書，一本、兩本、三本……剝下來的塑料薄膜「窸窣」捏在手心。麇洋在櫃檯前點了杯咖啡。

服務員朝野治走去，「先生，這些新書拆了就要買單。」

「是好書，我會買的。」野治將鏡框往鼻梁上推高。

服務員在一旁禮貌地盯著，不時提醒道：「先生，新書拆了請這邊買單。」

「我又沒說不買！」野治暴躁地回嘴道。臉上因動怒而嘴角歪斜，「關鍵它得是好書，我不要暢銷書！」

「我來吧。」麋洋走上前，將所有人的目光引到自己身上。她跟那名服務員道了聲歉，然後輕聲說由她來結帳。

野治忽然上前攔住麋洋道：「等下！」

麋洋以為他終於要像個男人，自己買單了。結果，野治興沖沖地繞了圈，折回抱來一套莎士比亞的樣板殼，對著營業員道：「還有這個，全套，都幫我拿來！」

「我的咖啡呢？」野治長抒一口氣，「渴死了。」

男服務員走到書架旁，麻煩在選書的兩名客人挪動到四塊磚之外的地方。搬開木磚，捧出一套厚重的莎士比亞全集（增訂本八冊）。

「難以置信，莎士比亞躺那裡！」野治斜靠在收銀台的板子上，端倪著不可思議的一幕。

「小姐，總共一千二，請問有沒有會員？」服務員結帳道：「是現金還是刷卡？」

「好便宜！」野治關注的不是錢。他接過全套硬殼，覺得書本的重量和冊數值這個價，便迫不及待拆掉新書薄膜。指尖一道道劃破包裝口，剝新書的聲音讓野治興奮。「我的咖啡呢？莎士比亞，男女都會上癮。」

麋洋本想省杯咖啡錢，因為書店的咖啡比外頭貴。可野治要，麋洋就會因為愛而買單，「點了，很快。你在看哪本啊？」

野治抬起眼睛，扶正鏡框，滿足道：「我們等會就去小藥店給福靖買口罩！」

59

　　野治的聲音歡快得像個孩子。滿口的卡布奇諾泡泡，野治再提起「福靖」這個名字，好像不帶任何感情，漫不經心地，像在說一個與他關係一般的人。

　　這大概是男女的區別吧，麋洋想，男人滿足後便很快忘掉曾經的那個人；而女人需要小心翼翼，才能繞開昔日的那個人。

　　他們從書店出來就去巷子裡找小藥鋪。果然，不起眼的小店私底下還剩幾盒，價格自然高過大藥店，但有貨就很不錯了。

　　疫情開始，政府要求所有商鋪出售口罩必須實名登記身份證，一人一週限購兩盒。

　　「你的身份證？」麋洋想當然轉頭問野治道。

　　「兩盒不夠嗎？」野治放下購物袋，手插進口袋，掏出的不是證件，而是最後一支菸。

　　「我答應給福靖二十盒！朋友的十七盒，我家裡也沒了，買回去至少要拆一盒用吧！你的身份證借我下，我來買單！」麋洋解釋道。

　　「差一盒就差一盒嘛！」野治手上在玩菸，他留心藥店老闆的臉色。沒人催他們，但藥店老闆雙手在胸前畫了一個大大的叉，警告野治「店內不許抽菸」。

　　「你的身份證，借用下而已！」麋洋伸出手、放大音量，「這週出門，我們不可能不用口罩啊！」

　　「什麼身份證？我沒帶！不出門不就好了嘛！」野治說著，提起購物袋，到外頭抽菸。

　　「抱歉，沒有身份證，我們也幫不了您。對不起，這是

政府規定的。」小藥店老闆解釋道。

「明白，麻煩您稍等，這兩盒能先幫我留下嗎？，謝謝！」

麇洋不想在外頭吵架，她走過去，從後頭突襲野治口袋，「真沒帶？那皮夾呢？借我看下唄！」

「什麼皮夾？我沒錢！」野治推開麇洋，自顧自夾著菸翻書。

麇洋委屈地蹲在地上，她給野治的行為找理由，尋出一條符合邏輯的解釋：野治是怕自己福城人的身份遭歧視，所以不願暴露身份證。

信任他以後，麇洋重新站起來，跑到巷子口，在街頭攔路人，一個個問人家借身份證。而她難以訴說的「關係」正無動於衷地坐在門口看「莎士比亞」。

最後口罩買齊四盒，野治始終不明白麇洋在較什麼勁。

「答應了就得做到！」麇洋回去後，差點跟野治吵架，「這是我承諾福靖的！一盒也不能少！」

麇洋受不了爭吵。從小，她沒少見識過父母吵架，聽著就厭煩。幸好，野治淘氣地拿手指在麇洋臉上畫了個圈。這一幼稚行為暫時緩解了一場價值觀上的爭論。

麇洋鼻子一酸，眼淚掉到野治掌心。野治被濕潤的淚水迷住了，他說女人的眼淚比雨水還柔弱，而且是熱的。

「那是用心捂熱的……」麇洋淚汪汪地看著野治。

後來的日子，野治想起那個畫面就心碎。為他哭過的女人，野治記不得有哪些了。可那樣動人的畫面像自己親手畫的，每個細節野治都摸得清。作畫的場景彷彿就在昨天，想像中的人清晰地成了永久的記憶，再難抹去。

60

　　沒兩天，麋洋的包裹寄到福靖醫院。福靖拆開，從書籍、文件夾和信封裡摸出口罩，分給同事。

　　「你朋友也夠謹慎的！」徐婷挑了些，藏好。

　　「她怕被海關充公。」福靖解釋道。

　　「充公也不知道充給誰了！」秦榕氣惱地打趣道：「把我們護士逼到在醫院當裁縫女了！」

　　「好了，快別抱怨！」徐婷撞撞秦榕胳膊，提醒道：「藏好，藏好！護士長來了！」

　　老遠，護士長就瞧見她們在分什麼了，只不過睜一隻眼、閉一隻眼道：「下午，市長和疾控中心主任要蒞臨我院考察。缺口罩的事，我跟院長提了，到時找機會當面反映。不過現在亟需調派人手到方舟幫忙。我在想，之後或者也可以向社會招募些志願者。」

　　方舟的護士都是女的：有援福醫療隊來的，也有自發坐車來的，還有退休的老醫護。她們在出發前剃光頭、表決心。「方舟」因此得名「尼姑庵」，護士長想調些男勞動力過去破這個局，可沒男護士願意。自霞姐走後，護士長不再強人所難。她等著自願的人站出來，可站出來的只有福靖一人。

　　「一個就一個吧。」護士長帶福靖去「諾亞方舟」交代工作。

　　進門後，右手邊第一排的一位女病人正在跟鏡城援福的一個小護士吵架。幾句口角罵得小護士說不出話。可端著痰盂的女病人還再罵罵咧咧。護士長和福靖正要去勸阻，女病人突然將帶尿的痰盂潑到女護士身上，引得周圍一片尖叫，好多人戴著口罩逃。

方舟本來氣味就重，現在這味散開，女護士哭哭啼啼，帶著羞辱跑，旁觀的還有人在拍照、偷笑。生病的人不比健康的人善良。護士長留下，開導女病人，而福靖追去安撫小護士。

　　小護士情緒激動，拒絕一切憐憫之詞，「被潑的又不是你！我要死了，『沒事』都是你們這些沒事人說出來的冷話！」

　　福靖勸那位護士先換身乾淨衣服再說。小護士卻越想越難過，蹲在門口一直喊「媽」。

　　福靖幫小護士擋住臉、驅趕圍觀的人。這期間，福靖講起自己的經歷，提到過世的霞姐、男醫生，還有不願見女兒最後一面的大伯……

　　小護士聽著，有些話確實能催人成長。她不再喊「媽」，擦乾眼淚，重新站起來，換洗乾淨後又去吃了些東西。再回去時，潑尿的女病人一臉無事的模樣，吃得正香。那天的菜格外好吃，葷素各多了兩種花樣，外加煎蛋和水果。本想鬧事的病患，口腹滿足後，用牙籤剔掉殘渣。方舟的衛生重新搞過，消毒水的味道弱了，好聞的臭氧和薰香瀰漫在負壓環境中，病患的心情在打理過後輕鬆許多。

　　下午，市長一行晚了十五分鐘到。那時，小護士已重新投入忙碌的工作中。她跟福靖將上鋪的人趕下來，把推壓的東西理齊歸位，同時將床與床挨近的地方拉開規定間距，這樣過道顯得寬敞了許多。

　　調整後，方舟靜待市長和專家的蒞臨考察。

　　專家來到方舟後，最關心的問題便是此處收治的病患總數。宇芳事先準備過，數字脫口而出。可院長拼命擺弄手指，宇芳停頓了下，又糾正了原先的數字。

　　「到底多少？」專家追問道。

　　王傑醫生這時趕到。他並不知道剛剛發生了什麼。同樣的問題，專家又問了遍王醫生。王傑沒留意到周圍的暗示，他

誠實地答道：「本來一千張床位，中間沒隔太開。後來按標準空間調整為 632 張，可活動區域太窄，所以又放寬了些。目前共安置有 587 張床位，剩餘 13 個位置，本週五將住滿。」

王醫生剛說完，市長就將手指向左前方的那塊空地，試圖將大家的目光和思緒都引過去，「確實該騰些娛樂、讀書的區域，不過也要好好佈置下嘛！我們安排臨時點，也該有書、音樂和人文關懷，給病人心理建設上提供片溫暖的空間。」

「是的，是的。」幾個隨從應和道。

專家繼續盯住關鍵問題問。王傑坦言，管理上不排除交叉感染的風險，不過這是目前相對有效的應對措施。

市長又將腳步挪向一位正在看書的年輕人。攝影師機靈地轉動焦距。市長在鏡頭下，關切地俯身詢問：「在看什麼呢？」

「看書。」那位穿病服的小伙子眼皮不挪，繼續翻他的下一頁。

鏡頭仰拍書名，那是本英文書，叫《The Great Leveler》。上官市長也啃過那部著作，這個時期讀，顧森發表他的見地道：「書終究是書，讀完要放回書架。作者與我們經歷的時代不同，讀者可要有批判思考的能力。」

男子沒有關注鏡頭，他依然默不作聲，看自己手中的書。其他人尷尬地立在一旁。

「你很關心書上的貧富、階層問題？」市長再次搭話。

「別把焦點放錯了位置！」男子終於放下書，對著市長道：「去關心關心醫護、重病患者和逝者的家屬吧，關心關心你們沒做到位的地方！」

鏡頭闔上，男子再次平靜地抱起書。攝影師在心底「嘖」了聲，白錄了，他還得剪掉。這段小插曲比市長的刻意救場要有效。專家和王醫生都震住了，忘了之前說到哪裡了。

有個穿棉褲、軍大衣的病人，打量著宇芳旗袍外的那件雪白兔毛。前一晚電熱毯剛供應上，據第一天住進來的人反映，當時連電都沒通。市長瞥了眼工程負責人。

「手機，手機有電就行！」負責人強調道。漆黑的那幾日，手機是唯一的亮光，這也是不爭的事實。

午飯前潑尿的病人叫何阿姨，她故意將手機調至最大音量，在宇芳和上官市長經過時播放他們女兒的直播視頻。福靖聽出露露的聲音，趕緊勸病人關了手機休息。可何阿姨偏要擺弄身子，在病床前觀察市長的臉部反應。

「這裡每個人都不容易呀！」顧森感慨一句，協調著笑肌。

身後是紅幅條在飄，「三院勝，則福城勝；福城勝，則大家勝。」

專家又問了上官一些問題。顧森始終認為不能以方舟作為判斷疫情影響的標準，「這也是沒辦法的辦法。我也諮詢過我們的專家。王醫生，對吧？為了確保患者集中收治，應收盡收，並將重症、輕症及時分流。事實上，你們也看到了，方舟正在發揮著它艱巨而重要的使命。」

「假的，都是假的！」何阿姨瘋瘋癲癲，抽搐著帶領大家疾呼，「放我們出去！諾亞方舟、生命之舟，你們這幫騙子！這是泰坦尼克號！我們不要沉船！」

何阿姨說著，激動地赤腳撲向市長。周圍人嚇得本能躲開，只有身後的宇芳，想也不想就擋上前，替市長老公擋下那個瘋女人的魔爪。宇芳的面罩就這樣被扒掉。

「呸！」口水吐在宇芳臉上，何阿姨高興地哭出來，她的雙手被王傑扣住。

「快！鎮定劑！」王傑記得這個瘋女人，她有躁鬱症的病史。

護士長對準位置，福靖幫忙下針。何阿姨企圖用指甲摳破福靖的防護服，呼喊著，「要死一塊死！」

宇芳的高跟歪了，她腿都軟了，可腦子十分清醒。顧不得腳扭了，宇芳拒絕顧森的靠近，「別過來！我估計中了！」

兩人在對視間，想遍了這些年的感情。當初那個不顧一切、爭強好勝的女學生，重新坐回第一排。青春與容貌不復，在危難時刻，當所有人下意識自保時，宇芳挺身而出，像極了當初她對顧森教授的信任。那個女學生宇芳還是他的女孩宇芳。

61

網絡世界，秘密和真相經不起推敲。

事情發生得太快。沒人知道，哪個瞬間、什麼舉動，就會跟蝠疫產生聯繫。病毒需要繁衍也挑剔宿主。從蝙蝠身上，它們俯瞰過城市的善與惡：吸毒犯、強姦罪、殺人者……許多無法定性的瘋狂，都在人身上犯過錯，也自癒過，可能繼續潛藏著，也可能發作而死。生命猝不及防，人有時比動物還脆弱。

某個時刻是無法絕對定性一個人的，但足以決定一個人的餘生。

網上的評論，上官擺擺手，要公關部不必，刪也刪不光。鍵盤在別人手上，嘴巴長在別人身上，顧森想開了，凡事無所謂了。

「由他們去吧！每天世界都會餵給他們新的狂歡！」

人的好奇心隨年歲消減，生命中可記的東西隨著老去而減少，音樂最後是要回到主和弦上的。網絡上，群魔亂舞著直播、帶貨、流量網紅，顧森想，這個混沌的世界亟需一場洪水，或許病毒來得正是時候。

潑尿的何阿姨在網上被做成「聖女貞德」的表情包，成為護佑正義的轉發符。而讀書哥、嘻哈姐、漫畫女郎和快遞小哥等，「諾亞方舟」每天都有新的人物封面。市長夫人出事後，這艘臨時搭建的「疫情船」，每天都在用生動的語言描述美好的正能量。正面的調料加多了，人們的味蕾需要更強烈的刺激。歌頌完了就是各種人設翻車的踩罵聲，那些深受其困擾的當事人，或者在網絡上消失，或者自閉成憂鬱者。人在虛擬的「他人設想」中，一點點看不見自己的生存價值。

露露還沒意識到網絡的危險。她享受著一部手機、一根

自拍桿的陪伴。島上的日子，露露用直播獲得快感。她有她的粉絲群，生活比書本更精彩。直播是一種存在方式，比戀愛好玩，不必計較對方愛不愛，禮物是最現實的表達。被關注的感覺讓人上癮。露露開始意識到野治有的自戀她也有。

島上原本並無 Wi-Fi，這是旅遊業帶來的發展。土著居民若不是為了做生意，也不必配合開發商而裝光纖。島上過去的消遣，只有一家書店；現在書店賣奶茶和網紅食物，書成了擺設裝飾、直播打卡的背景。

露露在書房長大，父母從小教育她，天使不看新聞。

「那你們為什麼要看？」小孩子總愛反問家長，露露也不例外。

「因為我們不是天使啊！」宇芳哄女兒道。

「那天使都看什麼？」小孩子的問題一個接一個，直到大人接不住，或是小孩自覺無趣。大人總以為，幾句話就能說服一個孩子。其實能說服孩子的，只有孩子他們自己。

「天使啊，它們只讀文學。」宇芳的話很甜。她望向丈夫，顧森在忙自己的工作。

「這樣就是天使了？」露露拍打著小手，她確定自己背後長著對翅膀。

宇芳欺騙、顧森沉默，父母用這種方式將露露隔絕於新聞之外的純淨世界中。可現實中，信息無處不在。它們包含知識，又不叫知識。凡事有正面也有負面，孩子大了，卻無法辨別真假。世界不是單面的，病毒和危險藏匿其間。

人總要長大，要面對複雜。父母的新聞，露露在直播平台看到。那天，天使的翅膀斷了，塵土沾在潔白的羽毛上，天使飛不動了。露露爸媽曾不讓露露看新聞，可如今新聞在直播上，跟讀書不一樣，不翻就沒辦法讀到。

露露氣得打給她母親，電話那頭沒人接，露露度假的心

思全毀了。沒人告訴她，家裡出事了，她父親也瞞著她。露露真想摔爛手機，跟遙遠的病毒對峙在海的兩端。白沙島上沒人戴口罩，這是一片傳說中的純淨地帶。肉眼可見，每天都有垃圾，開發仍在繼續。露露自欺欺人，世上沒有絕對的安全。新聞上，零感染帶越報越少，島上藥店配備的口罩一天內售完。

陽光灑在海灘上，海水日復一日，回到沙灘上。細軟的沙子投影下追逐、親吻的影子。情感在海水和日影中，將日子拉得柔軟、散漫。島上的人似乎忘了，一生是用數字在做倒計時，意外隨時可能將其清零。

巨大的郵輪在風浪裡載著乘客。奢華的幕布，天氣好時挪出來曬曬。露天舞會、歌劇在沙灘上排演。旅程容易產生浪漫，來島上的有新婚夫妻，有私奔的情侶，也有已婚偷情的男女。

露露母女出遊，工作人員曾開玩笑說，是露露母親來替女兒尋覓女婿。後來露露獨自留下，彷彿證實了工作人員的話。露露笑而不語，她不過喜歡待在沒人認得的地方，大家的點頭客氣都是毫無戒備的。

宇芳終於在24分鐘後回電了，她聲音裡帶著乾澀的咳嗽。露露隔著電話聽著都難受。宇芳一口一個「沒事」。換作以前，露露懶得拆穿。可出這麼大的事，露露恨母親還將她當孩子騙。

「為什麼要瞞我？」露露又氣又急，擔心道：「新聞上都說你感染了！你還要說謊！」

「我只是在隔離，都說了沒事！別聽新聞，胡說八道。」宇芳以為女兒不會看新聞的。可露露大了，她不再聽媽媽的話了。

「我是你女兒，跟我說句實話，就這麼難嗎？你和我爸一樣！什麼大人事，小孩不要管。我不是小孩了！我長大了，

是個有覺知的人！」露露不想再當爸媽的乖乖女。她不要一直充當被保護的角色，以前她不反抗，是不想讓父母難過，可他們卻叫她失望。

「媽，我大了，我可以保護你！」露露說她只有他們了，「父母和孩子才是一家人，不是嗎？」

宇芳咳著，刀子在心口上剜。她默默捶打著床墊，女兒的天真幼稚讓她哭笑不得。那一刻，宇芳不知道自己做錯了還是做對了。「你爸在，不用擔心！你自己仔細點生活，照顧好自己，乖！」

「我不要乖！為什麼你總不相信我呢？我會證明給你們看的！」露露口吻堅定道。

「你想幹嘛？」宇芳警覺地立起腰板，一陣酥軟的酸痛，她費力捂住胸口。

「明天我就搭郵輪回！等會就去改簽！如果真像你說的，只是隔離，那我很快就能見到你了！」露露大了，母親的話再也阻攔不了她了。

「不要回來，別來冒險！」宇芳徒勞地對著電話使勁。

「那你不也為我爸冒險嗎？」露露對父親的埋怨加深了一層，「他竟然告訴我你沒事，然後那個混蛋又要忙工作就掛了！他就是這樣自私的人，媽！」

「不是的！」宇芳的聲音在顫抖，「大人的事，小孩子不懂。」

「媽，我不是小孩了！你要我說幾遍？」露露掛斷電話。禮貌是母親教的，現在露露全還給她了。露露的倔是繼承了她父親。病床上的宇芳沒有辦法。

來時的豪華郵輪沒有第二天的返程航班，露露只好改簽普通價位的「青蛇號」。售票員特地將帶陽台的頭等艙換給了露露，並說明差價不做退費或補償。

「好的。」露露的生活讓她懶得計較錢的事。

售票員再次確認，又算了遍差價，告知不會退費。

「出票。」露露若有所思道，眼神在思索回去的事。

62

　　第二天，露露收拾行李。窗外陽光熱烈，一如南國府城。溫暖的光線灑在露露臉上。

　　此時，府城的陽光正溜進粉格布簾，爬上麜洋床鋪。野治躺在麜洋的枕上，瘦長的身子蜷成一團，手上握著從床頭櫃上偷拿的螢光筆。野治在粉色的被單上，寫下麜洋和他的名字。

　　「我們一起去死，好嗎？」野治用手摀住自己的惡作劇，說是在寫詩，為一個他心愛的女子，「就在陽光最熱烈的時刻，以最原始的方式，赤裸相待……」

　　「寫在了哪裡？」麜洋問。

　　野治打了個哈欠，轉過身，指指窗外，「女人喜歡海，我就把它寫在海上；你要是喜歡雲，我可以寫在床單上。」

　　「那詩的結尾呢？」麜洋好奇道。

　　「沒有世俗的幸福可言——但願——不必醒來，怎麼辦？」

　　「做個死人可以。」麜洋平靜地答道：「你寫錯了，麜不是我的姓，床單髒了可以再洗或者不要。」

　　「過來！」野治解開麜洋綁好的髮髻，將她捧到自己身上。麜洋指望著那雙有力的手掌，帶她飛去自由的天國。

　　「你喜歡配飾？」野治的手停在麜洋的耳墜上，一隻淡雅的藍蝴蝶在他手心打轉。「我發現你只戴耳環。」

　　野治抬起頭，牙齒咬下那隻蝴蝶耳墜，在麜洋耳邊問：「我可以擁有你嗎？」

　　這時，麜洋在床單上看到一排字，密密麻麻，寫的全是他們倆。

野治扭過麇洋的臉，將嘴貼上去，「聽著，愛你的男人越多，我就越愛你！」

　　在陽光大好的日子裡，野治的動作孤獨、充滿惡意。破壞不是他的本意，他口口聲聲強調自己不算太壞，儘管手上幹著最不道德的事。可那出於愛和自由，便值得理解與原諒。

　　「不可以！」麇洋咬他，深深的牙印肯定在野治的每寸肌膚上，「萬一我懷上呢！」

　　麇洋靈肉分離，顧慮著另一個男人的感受。她老公很愛她，這是誰從她身體上都拿不掉的體驗。結婚這些年，不論丈夫離家多遠，這份愛一直為她存著。

　　或許日子太過平淡，麇洋並沒有過深刻的感情。他們的婚姻沒有文學的戲劇成分，也沒有令人欣羨的轟轟烈烈。競走式的戀馬拉松，順其自然步入婚姻殿堂。麇洋老公追了麇洋十年，然後娶到他這輩子唯一想娶的初戀。在麇洋老公心裡，「家」重要過「業」。對麇洋的承諾，他一直奉為聖殿。那個男人無可挑剔，也最可憐。麇洋為自己丈夫落淚，情緒在情慾中悲喜交加。

　　而身體下面，真正的愛深刻而見不得光。這跟人們常說的地久天長不一樣。日光下，窗簾發出羨慕的驚嘆聲。麇洋不可思議地跟著蝴蝶耳墜一塊晃動。野治解開她的枷鎖，在病毒威脅的世界中自由奔跑。麇洋感覺自己懸在半空，興奮得無法抗拒。時間被拋置在另一個範疇裡，身體的節奏彷彿要創作一曲詠嘆調。

　　「要帶我走嗎，你？」麇洋問，她咬住野治，又狠不下心。麇洋說她完蛋了，要是野治不要她，她估計活不下去了。

　　「不！」野治狂喜地尖叫起來，蝴蝶晃在他們之間。「你不是鹿，你是蝴蝶，輕盈而神秘，稍不留神，我就會失去你。你是自由的，你扔下我飛走，那裡離死亡最近！」

「那你要抓住我，別鬆手！留下這隻蝴蝶，我願成為你的標本。」麕洋躺在野治的鬍鬚下。她的手指在野治的胸毛上爬格子。野治的興奮過去後，疲憊的灰眼睛又蒙上憂慮。麕洋琢磨不透，她不清楚野治的心在想什麼，但她清楚自己的：那是株瘋狂蔓生的枝蔓，從萌芽露苗起，勢頭熬過寒冬，牢牢紮根在土裡。

「我想問你一個問題。」麕洋欠身道。

「我知道，傻問題不值得問，沒意義。」野治精疲力盡得闔上眼。

「你愛過幾個人？」麕洋搖搖野治，非要問出口。

野治知道麕洋接下來又會比較起「福靖」和「露露」，他把她抱得更緊了，「別問這些，我不知道。愛過我的人都說我不會愛了，可能我確實不會了吧！」

「不，我要你說心底的。福靖知道我們的事嗎？」

野治搖搖頭，說麕洋的審美是他認可的，「窗簾的顏色非常襯床單。粉色，有家的溫馨。」

麕洋在野治懷裡認清了現實，「窗簾拉得再好，也會露出縫隙。光線總要漏進來的，是不是到時就得斷了？也許那時蝠疫還沒過去。」

「說什麼呢？」野治有些懊惱。

「承認吧，我們都病了，這只是場蝠疫。過去後，一切又恢復正常，不是嗎？」

「你別幼稚！我們在彼此身上種下了抗體，每個細胞和器官都被侵佔過，你以為那只是肉體上發生了關係？」

「那你告訴我，那又能怎樣？你對我的愛會持續多久？女人都逃不過一個結婚、生活的人，我是女人，我也不例外！我需要一段具體的關係！契訶夫借奧爾洛夫之口，道明了一個真相：但凡兩個正常男女，無論私通或同居，起初的愛戀有多

深，他們的愛情都不會持續兩年以上，頂多三年。這不錯了，可能還比抗體的時間長吧？記憶沒那麼強大，人製造回憶，那是自欺欺人，最後不都 over，over 了嗎？」

「別跟我說英文！」野治討厭在床上談論理性的話題，幾乎每個女人都犯同樣的毛病。野治害怕女人，就是怕她們事後接二連三的逼問。野治厭棄地別過臉去，看都不願看那個他曾以為夠睿智、成熟的形象，「你昏頭了吧？」

野治替麋洋扼腕，女人何苦談論愛和永遠，「要我說，實踐就好，千萬別反思。愛是經不起推敲的，你看看你的婚姻！女人根本不值得談論思想！」

「那好，就說說你最長的一段關係吧？那是多久？」麋洋不依不饒、愚蠢至極。這是她先挑起的，因為她在乎，所以非知道不可。

「看來你對我依舊陌生，是我做得還不夠？」野治要耗盡女人無聊發問和思考的力氣，直到女人放棄追求真相，徹底倦怠，「別太在意身子，跟個沒長大的小女生似的。」

「那你回答我，是跟福靖嗎？」麋洋不依不饒道。

野治苦澀地「哈哈」兩聲，使出無窮的力量，制伏麋洋，「是跟露露，你滿意了嗎？但我要說，我現在希望是跟你，可以了吧？」

63

麋洋以前覺得「女人愛妒忌」是種偏頗的說法，可愛上野治後，麋洋才明白自己也不夠寬容。她大腦回路在計較中瘋狂吃醋。麋洋敲打著那雙抱過太多女人的臂彎，哭泣道：「那是多久？回答我！多長時間？」

「呃……」野治慌張地攬緊她，生怕麋洋像蝴蝶受驚，一氣飛走，「也就三年樣子吧。」

「天吶！我無法跟任何人分享你，哪怕一點點，不可以！」麋洋哭得很傷心，一點也不像她該有的矜持，「我父親沒抱過我，但我在母親臥室裡看見他抱著賭場帶回來的女人。他們的大腿纏繞在一起，從那以後，我絕食了三天，每天都在嘔吐……」

「是像這樣子嗎？」野治將自己的大腿纏繞在麋洋的大腿間。野治說承認和接納本身就是種治癒。「這也是你教我的。」

麋洋黑色的眸子低吟著，「母親把愛給了路邊帶回來的男人，那麼隨便。她可以自私、下流地愛所有男人，唯獨不愛她自己的女兒……」

「夾緊，乖！」野治用上位的姿態遮蔽住麋洋視線。「別鬆開！」

「鬆開會怎樣？」慾望在麋洋的兩腿間膨脹。她對野治的感情強烈到沒有底線。麋洋的身心都在發生強烈的反應，過程完全不受她掌控。「這就是你想要的嗎？」

野治抓住麋洋的長髮，瘋狂拖拽。麋洋痛苦不堪，哭喊著叫「爸爸！爸爸！」

野治更加野蠻了，整個身體如呼嘯而過的火車，輾壓在

麋洋身上。最終，麋洋一動不動，躺在分離的冷漠中。

　　麋洋知道這時野治需要一根菸，而她需要他的拯救，「父親走的時候，我12歲，隔著賭場四張檯子，我看見父親雕塑般的轟然坍塌，臨終前手裡還攥著一副牌。而他女兒呢，五根手指都伸不進，憑想像去勾勒父親雙手的溫度。我想爸爸的手很大，應該很有力量，我看他攥牌時，青筋爆出……」

　　野治聽著，又一次壓上來。麋洋的乳罩被他磨鬆了。麋洋想大笑，眼淚卻流下來；她想大哭，嗓子卻發不出聲。那種營業似的笑容掛在臉上，一年四季，麋洋戴著面具生活。這是她的妝容，父親死後，跟母親學會掩飾情感，然後她丟下母親，擅自逃離，之後在外頭，保全自我。婚後，丈夫就是她的父親。麋洋愛叫老公「老爹」，偶爾撒嬌卻不發生關係；老公也將麋洋寵成女孩，可野治第一次教麋洋做個女人。

　　「這些事你跟你丈夫講過嗎？」野治詮釋不清他對麋洋的愛，是要破壞她，還是看著她毀滅。野治甚至懷疑麋洋是在激發他，「你不做婊子簡直可惜了！」

　　野治重重拍打麋洋的臀部，用力捏起一個個小籠包子，「我很難保證形式和結構都完整，怎麼辦？」

　　麋洋反叛的笑容在胡言亂語。她脫去所有修飾，衣服掛在床沿、內褲摺在腳下、裙子揉躺在地上，連蝴蝶耳夾都被壓在枕頭下。麋洋一無所有，她只剩下愛了。

　　「我從沒對人有過頻繁的衝動。我不確定，不要逼我，我不知道，真的……我只知道，你會吸乾我的血！你有這個本事！」野治迷戀麋洋的曲線，從上到下和彎曲的弧度，他睡過並不厭倦。持續的快樂令人上癮，野治說他中了麋洋的毒，「你穿旗袍一定很美！」

　　麋洋想起母親的樣子：在離紅燈區不遠的板房弄堂裡，母親總穿著結婚時那件玫紅旗袍晃來晃去，談來談去的都是價

錢。

　　從那時起，麋洋抗拒男人，她想如果身上有刀，她肯定會毫不猶豫地替父親斬斷那些不知好歹的手。即便那時她父親已死，即便麋洋知道自己父親也不是個東西。

　　「我不喜歡依靠別人，從小就那樣！」麋洋逃避親密關係，「作為大件的存在，我在家比隔板房的家具還礙手。藏哪裡，耳朵被迫去聽那些污穢的言語。過早見識不屬於我那個年齡的事，對一個孩子來說，絕非好事。在這點上，我奮力追求美和文學，可能也是彌補。我很羨慕露露和福靖，最起碼，她們的童年夠乾淨！」

　　野治盯著麋洋，有些心疼。麋洋任由野治擺佈，她恨透自己的父親。死亡證明書上，白紙黑字，寫得清清楚楚，一個男人死在自己手上，不等女兒具備賺錢的能力。

　　「那後來呢？」野治聚精會神地問。

　　「後來我遇見了我老公，在我最狼狽不堪的時候，他給予我足夠的尊重和安穩的生活。」

　　「那你母親呢？」野治說他不想聽到一個不相干的名字。

　　「她沒找過我，我們都是狠心的人。」麋洋開懷大笑，早已分不清誰在她身上種下的病根更要命，是她父親、她母親還是眼前的情人野治？

　　「感謝上帝給了我一張處女臉、一份體面的工作。沒人看得出，妓女或演員才是我最適合的職業。可惜我不懂抽菸也不會喝酒，生活貧乏、單調……」麋洋抹不掉母親的影子，她曾以為自己做過最得意的事便是過得比自己母親幸福。可是，麋洋一點也不快樂。

　　「你懂心疼一個人的感覺嗎？」麋洋不再提她老公的名字，但事實正是那個男人教會了她愛。可惜，她把學會的用在了另一個男人身上，「當你說沒錢的時候，當你蹲在我家門口

時，當你抬臉望我的時候。人可以喜歡很多人，但愛只夠心疼一個人。」

　　「別說這些沒用的，」野治道：「講點輕盈的，沉重不適合我。」

　　「愛跟崇拜沒有關係，」麋洋再次提到「心疼」的話題，「愛的本質可以是憐憫。」

　　「你可以憐憫我，但我不會愛了。」野治承認道：「你該早點認識我，在我揮霍完心疼前。這跟欠債一個道理，借多了，記不清了。關係也這樣，欠多了就想逃！可我不希望你成為自己愛情的犧牲品，儘管女人總愛說為男人犧牲。」

64

在端島，郵輪還有兩小時離港。冗長的等待下，孤獨是有魅力的。頭頂，天空聖潔、遙遠；生活在腳下，大海慷慨地擁抱沙灘。摩艇、帆船在水天相接的幻覺中衝向廣袤無垠的遠方。

「沒什麼地久天長，一個風浪就吹散了。」露露盤起腿，她忽然明白野治不肯娶她的原因。「人的關係太不牢靠，孤獨對他是有益的。以後的事，誰又知道？」

不遠處，流浪詩人在給戀人們作詩，歌唱的行乞者敲打手鼓。露露癡癡地凝望著，大海內化人類的情緒。海鷗自由自在，遊客來來往往。

端島給人的印象，和它的沙粒、房子一樣白淨。島上有幾處墓地，生和死一如海水和沙子，彼此凝視。幾名自由畫家在沙灘上撐起遮陽傘和畫板，為遊客寫生。

「工作兩天、休息五日」，這是端島的廣告牌，由藝術家設計，蹺在碼頭長板上，跟外頭的世界對抗。這成了端島的人生座標，越來越多嚮往藝術和熱愛生活的人前來安家。島民試圖驅趕、抵制任何形式的內卷，可是生活不止有大海，活著需要靠生產支撐。所以，渴慕陽光與大海的遊客來了，來了僅僅是消費。悠閒的日子起伏過後，始終不可能就此停擺。船隻在風中動搖，生活被質疑又重複著。

露露曾在野治身上幻想過意義。她踢著沙子，找不到精準描述的詞句，彷彿活著是最無用的事，到底為了什麼，上帝讓人類的言語有限。

慵懶的午後，爆出首例疑似病患，是位境外輸入的遊客，據說來自府城。島上很快頒布驅逐令。到中午退房的時間，露

露護照上的拼寫字母，像病毒藏匿的窠臼。

戴口罩的服務員檢查過露露護照，就急忙拐入洗手間，出來後已戴上白色手套。大堂廣播切換著兩種語言，「府城」和「福城病毒」的發音反復刺激著露露的語言中樞。

露露覺得諷刺，她媽媽曾經的話像鞋底的沙，總會漏在乾淨的地板上。歧視不歧視，身份是樣怪異的存在。在府城，露露說著不標準的府城話，卡殼處就轉西洋話；可回到了福城，露露又避而不談她換了身份的事，努力用印象中福城人的方式回應著，行為上也刻意丟瓜子殼，學著大聲講話。

而那一刻在端島，時間像在腳下凍住。保安將露露的行李拖出去消毒，唯有什麼都不怕的清潔大媽，同露露微笑道別。

酒店離碼頭不過一小截路，露露拖著行李不好走。她攔了輛的士，司機的眼神看上去並不安分。後視鏡裡，露露留意到司機在瞟她。第一次，露露一個人外出行動。

「像你這麼漂亮的女孩子，怎麼一個人跑出來玩？」一口蠟黃的牙齒在問，聽語音，不像端島本地人。

露露下意識摸住車把，上身僵直。電話悄悄撥給野治，結果被掛斷兩回。福靖的電話通著卻沒人接。下拉六百多號好友名單，露露不知道能打給誰。

最後不小心撥了麋洋導師的號。那時車已停下，一場虛驚，露露急促地重複著「沒事」。聲音裡依舊透著慌張，「沒事，我到碼頭了，沒事！」

司機笑著扭過半張臉，露露的銀色小跨包斜在肩上。「沒有克制就沒有煩惱，你緊張什麼？」

路程很短，司機沒按計價表。露露想，如果不是行李箱在沙子中不好走，她絕不會上這輛車。

麋洋聽到露露的聲音，感覺不對勁。

「她玩得那麼嗨，能有什麼事？」野治嫌麋洋小題大作。「你們女人真是，我不提，你還自己提起她！」

麋洋起身，忍不住打回去問候露露，「你沒事吧？」

露露注視著司機將行李從後備箱中抬出，像出殯車送葬的最後一程。端島是溫度很高，露露額頭冒汗，回麋洋老師說她好像經歷了一場生死，就是怕死在沒人知道的地方，無人送行。

說著，露露哭嗆著，表示受了驚嚇，其實沒事。麋洋老師一直在安慰她，直到野治湊上來，麋洋不得不掛了電話。

那邊，露露終於上船，彷彿上船一切就會好轉。船上大廳站著對老夫婦，他們脖子上掛著十字架，手中抱著疊小冊子，在搖晃的艙門口迎接登船者。露露取了本《守望者》，冊子上講的全是信仰的故事。露露讀過《聖經》，故事動人，但她難以信服。

在露露的認知體系中，信徒和科學家本質上都在追問源頭，不過是一個拿起顯微鏡在實驗室裡琢磨；另一個狂熱地翻閱經書，雙手合十祈禱。

端島和渡輪都是允許自由傳教的地方。船上第一天就吸納了十幾名本沒有信仰的遊客。他們曾聽過古老的傳說，他們中有信奉「土地神」、「財神爺」，也有出海必祈求「天后娘娘」庇佑的。

晚飯時分，福靖回電過去，「手機鎖櫃子了，沒聽到。怎麼？」

「沒事了。鎖櫃子，你們醫院這麼嚴？」

「沒，我是怕自己分心，這樣幹起活來不會出錯。」

「你可真敬業啊！」露露不再提那場虛驚，「就是問候你聲，順道說聲我也回了，打算來看我媽。災難面前，人心不值得信任，你要小心著那些病態的人！」

「什麼你回了？」福靖有些吃驚，她想露露估計知道她母親的事了，「那好，你在船上也不可掉以輕心！現在端島聽說也有了。」

「你怎麼和麋洋老師說一樣的話！」露露道：「看來你成熟了，叮囑起來像個老師，好像我在你們眼裡，還是個孩子？」

「那麼巧，是嗎？那替我向麋洋老師問好。」

「你自己幹嘛不問，又不是沒她的聯繫方式！」

「沒還錢之前，唉，欠好大個人情，總是不好意思的。」

「這有什麼？早知道不告訴你了！怪不得麋洋老師讓我別說，你可要假裝不知道哦！」露露沒缺錢過也沒借過錢，她脫口而出，「麋洋老師不是小氣的人，你太敏感啦！」

於是，她們互道「珍重」。福靖發現，她需要野治僅僅因為野治並不比她高尚，所以野治哪怕譏誚她，福靖生完氣也就算了。可要換作別人，福靖會多想在意。

65

海上的夜，寂靜、深邃，像場近在咫尺的夢。露露打開兩扇湖藍窗子，海風撲面而來，浪花叩擊著船舷。船上安排了晚會，在白天人們打牌、禱告的大廳，拉上塊幕布，搭好檯階，儼然成了個有模有樣的戲台。檯下，無所事事的遊客在起哄；檯上，嘩眾取寵的表演在混時間。

露露對節目沒興趣，跟來時一樣。她靜靜待在房內。母親不在，露露打算寫點什麼，可這艘船沒有圖書館。露露手上的書翻完了，她需要一些新書刺激。

船上的信號不太穩定，重複的浪聲奏出單調恐怖的《搖籃曲》。四周除了紫黑色的山巒，大船孤獨地在海上航行。露露凝望著山岬、沒有名字的小島，無休無止的大海，像沒有方向的努力。日子好像望不到盡頭。露露重新拴上窗、拉下簾子。她明明深愛著大海，可漂在海上時她只想靠岸。

露露爬上床，重複的夢境在海上循環：一個白裙女子，披著齊肩棕髮。露露不知道她是府城人還是福城人。她們有著同款髮型，眼睛一模一樣對視著，沒有話語沒有聲音。女子的頭撇向右邊，四肢趴在嬰兒床上。她的身子不斷縮小、遠去，飄向星空，下面是一片汪洋大海。

露露記得她在對那個女子說話，說的是書上讀到過的一個句子，可露露醒來後怎樣都想不起那句話。於是，那句話對露露來說，格外重要。除了白裙和對視的畫面，露露像是失魂的清醒者，對著頭頂的星星拼湊夢境。

野治的電話打來又掛了，兩回都是。露露打回去，結果對方掛了。

「為什麼不接？」麋洋瞄到號碼顯示的名字，「你不是

說你們現在是朋友了嗎？」

野治戴上福靖送的帽子，心虛地含糊了句，「別幼稚！我喜歡你成熟的樣子！」

麋洋將抱枕勒在胸前。她找到遙控，打開客廳電視。

「別看無聊的新聞，你應該為寫作守腦如玉！」野治調教道：「寫作的人最好離熱點、時效遠些，不然寫出來的東西不可能具有永恆價值。」

「不看新聞？可我們活著不就在追趕時間嗎？寫作不也是為了留住我們逝去的時間嗎？」麋洋斜過腦袋，抬槓道。

「時間自己會過去，你幹嘛要追趕？」野治用他的哲學性，講述文學的字眼，「誇父逐日，新聞追不過事件本身，寫作卻可以超越現實時間。而你，真不該在新聞中浪費時間！」

「哦，是嗎？那什麼算不浪費時間？」麋洋翹起長腿，將十根腳趾一根根停到野治背上。

電視上的畫面切進端島的新聞。鏡頭搖向白沙一角，露露直播的背景配圖在屏幕中。野治伸長脖子，對著電視罵道：「那島不是什麼好島！」

新聞在解說金婚夫婦確診一事，用的詞是「福城病毒」，而確診前他們曾搭乘過的「青蛇號」據悉已再次啟程，船上另有十名疑似患者，皆為同船的密接者。目前，這艘船未消毒已再次載客回府城，乘客中包括最近很火的一位女主播——疾控中心主任的女兒上官露露……

「關了吧！」野治轉身，用胸毛擋住麋洋視線，「我不希望我們在一起的時候，還看外面的世界！」

因為涉及露露安危，麋洋關注新聞進展。她從野治的撫摸中抽身，「你做這些，才浪費時間！」

野治拉下臉，置氣地沉鬱著。他不容許女人違背他的話，他要他的女人吃醋，然後順從他，「你不想知道嗎？我跟露露

在那破島上，每天十次，如此浪費時間，幹了整整兩個月，奢侈吧？你現在還覺得那浪費嗎？」

說完，戴著帽子的野治抽起嘴角。麋洋的眼淚不爭氣地「啪嗒啪嗒」落下。她叫野治拿捏得不要臉，野治叫她張嘴，她就乖乖張嘴。野治忽又覺得沒勁：一個被征服的女人，她的價值不再神秘。

「人和人之間，不過一場遊戲。」野治的空虛感泛上來。他一把扯下帽子，哼著奇怪的調子，「都一樣，做完就那樣，無聊，無比的空虛！」

這時，手機響了。麋洋躺在客廳地氈上，天花板上的天使心疼著她。麋洋赤條條地躺在地上，像個死人，兩眼放空，精疲力竭。

「接吧。」野治將電話踢到麋洋手邊，「你老公的！我發誓不出聲！」

麋洋坐起身，將掛在沙發上的裙子當浴巾圍。她把電視的聲音開到最響，可她老公還是聽出她的聲音不對，但怎麼問也問不出原因。麋洋藉口說是感冒了，撒個謊總是容易的，跟出軌一樣，有第一次就有第二次，然後一次次會上癮，直到不可收拾。

麋洋掛斷電話，野治又在抽菸了。麋洋突然想跟她丈夫坦白，然後跟野治過一輩子。他對她壞也好，不管魔鬼、地獄，麋洋想，愛了就應該在一起。

「過來！」野治將帽子甩在手中，煙叼在嘴上。

麋洋聽罷，丟下手機，坐到野治腿上，未等野治反應過來，她撩開野治嘴上的煙，企圖用熱切的雙唇改變他，嘴對嘴喚著，「你可以把這煙戒了，然後對我上癮嗎？」

「別激我！女人學壞真他媽比男人還快！」野治一把箍住麋洋的腰，將帽子戴到她頭上，「別摘，送你的。你這腰可

真細！聽著，我現在什麼都可以答應你，但不代表我之後會認賬！」

66

福靖比麋洋清醒，她也曾試圖用「以身相許」來鼓勵野治戒菸。可後來她看透了，對男人來說，女人和菸都是無聊時過過癮的東西。

一句「我戒不了菸，不能娶你」，便是女人留給男人的退路。退到後來，不了了之。野治從不在熱戀的時候，允許任何人拿走他的「個性」。

「不要對男人抱有希望！」野治規勸過女人，女人不聽就只好等著絕望。

「只要你肯為我戒菸，我立馬離婚嫁給你！」麋洋可以說到做到。野治看著她，動容了三秒鐘。他以為麋洋跟他一樣，認真得一時興起。

野治在追上麋洋後反思過這個問題，從一開始，前提就是她有丈夫。野治以為聰明的女人不至於傻到離婚，對一個沒有希望的情人投懷送抱。結果，麋洋證明了女人戀愛上腦就變得愚蠢至極。

「斜陽，我不可能給你幸福，你丈夫比我更能給你安穩的日子。」野治講過這番實話。

麋洋的丈夫在與福城一河之隔的鏡城。阻斷造成差距，鏡城紋絲不動：小橋、流水、人家，一條河就能養活一座城。沿河生活的鏡城人，每天過著釣釣魚、打打牌、喝喝茶的悠閒生活，落後讓他們保持用搓衣板打衣服，也不計較小孩跳進河洗澡的生活方式。封城開頭幾日，偶爾有福城人偷渡上岸，河邊的鏡城人就合力驅逐。

鏡城對岸的福城一天一個變化，腳手架下滿是聲色犬馬。城市化也許能帶來更好的生活，但卻帶不來幸福。

拒絕發展的鏡城，街巷老得跟古董般陳舊，這樣保守的閉塞卻護他們躲過一劫。城外，疫情每天都在蔓延。而遭年輕人遺忘、拋棄的古都鏡城，卻在不思發展中，自我安頓。

　　鏡城內鮮有高樓和電梯，房子不過六、七層，粉刷成不同的色系：千禧粉、高級灰、糖果綠……像一頁頁童話，大人們已經失去閱讀故事的耐心。

　　古城的節奏也曾吸引過麋洋，但她無法融入鏡城人守舊的思想。他們關心一個結婚多年還不生育小孩的家庭。流言蜚語叫麋洋不願回去。對此，麋洋的公公婆婆對她頗有微詞。

　　相較鏡城的緩慢發展，福城開發得與時俱進。於是，同一條河緩緩流過兩座城，一邊對著浮萍發呆，另一邊天天蓋新樓。時間似水，流過的是一個時代。

　　自福城封城後，世界的眼睛天天盯緊鏡城的疫情。鏡城人自己也害怕，可大家忘了句老話：越是危險的地方越安全。事後，麋洋丈夫懊悔不已，他多麼希望福城封城那段日子，陪在妻子身邊的是他，而不是一個心地邪惡的男人。

　　世事難料。「青蛇號」郵輪上漂著上千人，病毒也在他們中飄蕩。露露依舊不知疲倦地眺望大海，星辰和日子每晚重複，也許數百年後人類終將殞落。露露指望著跟母親團聚的日子。舊時光裡的爭吵、母親衣櫃裡的飾品和餐桌上的禮數等，在露露心中，即使全世界都唾棄宇芳這個女人，但媽媽始終無法替代。

　　同樣地，宇芳並不後悔她將心思全放在自己女兒身上。失職就失職，宇芳對於過去發生的一切視作宿命，她相信人無完人。對於報導中傷她和市長的關係，宇芳回答得足夠體面，「婚姻的事，如人飲水，冷暖自知。」

　　網路上，有篇新聞「別出心裁」，以小說形式，含沙射影「宇芳上位」的故事，寫成「一個教授沒把持住，要走了他

學生的第一次。然後，一場學術交易換取一段婚姻利益。女學生獻身後，教授幫她把論文寫到了國際水準。於是她做了他的研究生、博士生，方便教授隨時要她。再後來，教授當選上市長，女學生也順利成為他的妻子，靠裙帶關係上位，當了如今的主任……」

曾經的佳話淪為疫情期間人們茶餘飯後剔牙的笑料。宇芳是從那個年代掙扎過來的。她深諳當時只有兩條出路——自殺或結婚，社會不會給她第三條路走，也沒人能懂一個女孩子在崇拜的懵懂下與教授發生關係時的複雜心情。

上官教授對宇芳來說，也並非記者筆下的「禽獸敗類」。但凡人都有好與壞的一面，自私和無私的衝動。上官顧森至少娶了她，在這點上，他比大部分男人負責。而且當選市長後，宇芳看著丈夫為福城盡心盡責。至於助力她升遷一事，宇芳知道顧森是希望他們可以為同一片土地並肩作戰。

然而，作為一個女人，宇芳更需要的是虛榮的關注和情感慰藉。生下露露後，失落感令她渴望男人的關注，以此證明自己的魅力。這是社會和基因分工決定的，男人有了孩子後便將更多時間投放在工作上，而扶養、陪伴孩子長大似乎成了妻子的天職。在這點上，時間絕對公平。後來，福城發展了，宇芳出軌了，女兒不再信任自己父母了。

在年齡上，宇芳小顧森十八歲，還未來得及體驗愛情的浪漫，就失貞嫁給了顧森。婚後，不甘寂寞的宇芳在其他男人身上喚醒了情慾。出軌的快活讓宇芳年輕有活力，但她也在權衡著利弊，確保長期發展對象是可以互相制衡的。畢竟刺激過後，宇芳還是要回到家，她始終需要一個能對自己負責的丈夫。

露露放下手機，她不願再讀到任何關於她父母的齷齪文字。可這時，一則消息在船上炸開了鍋：青蛇號或已遭感染，

上一批乘客中確診了 74 人，數字仍在更新中。

　　露露拿出背包，裡面有母親留給她的口罩。對於母親細心的關懷，露露常無視或覺得沒必要。反思一下，野治不也如此忽略她的好。露露曾擔心野治錢不夠花，每天會往他口袋塞些；野治起來後，露露就給他沖咖啡做好吃的；另外節日，露露會給野治準備剃鬚刀、書券等。但野治從來都不在乎，甚至分手時還破罵露露是個「物質女郎」。露露釋然了，同樣是付出，習慣接受的人並不珍惜。世上的愛都是一個道理，那便是不講道理。露露淺淺一笑，剩餘的口罩夠她支撐一星期。

第六章

67

　　封城後，都市人沒事出去消遣的娛樂場所全關了。電影院、KTV 在最賺錢的賀歲檔和情人節都無法營業，原定於情人節上映的片子，年一過完，不得不低價賣給視頻公司。

　　解封遙遙無期，街上冷冷清清，房子比人多。菜是快遞小哥送上門的，後來，快遞小哥也接連中招。人和人之間便又多生了道防備。隔著門，屋裡的人在家不開門，冷冷喊一聲「放門口」；快遞員放下外賣，在門外討「五星」，便又匆匆趕下一家。遲到是要扣工錢的。公司同事間，避免交談和接觸。各自在小隔間裡，將轉頭的話打在社交簡訊上。這樣子最安全。疫情期間，餐飲業、初創公司、教育機構等都不好熬。於是，公司倒閉或失業轉去送外賣的年輕人越來越多、不分男女。

　　高樓和民房之間，聽到最多的就是救護車與宣傳喇叭聲。經濟再蕭條，商場和藥房都不至於拉門。可如今各大酒樓，位置空蕩蕩的。服務員可憐巴巴地候在門口，見人就伸長了脖子招手，「吃飯沒？做活動，四折！來看看菜單唄！」

　　路人擺手躲開，說話可能存在飛沫傳染的風險。戴著口罩，戒備心依然很嚴重。

　　「外賣！叫外賣也可以，我們家很快的！」服務員追上前拉客道。

　　路人不說話，搖搖腦袋，逃向馬路另一端，心裡嘀咕著：「外賣也有風險啊！」

　　那時，福靖站在十字路口，王傑距離她身旁一米。路上沒什麼車子，紅燈形同虛設。福靖不知道從何時起，也喜歡下雨天步行上班。王傑在一旁留心著福靖，像位嚴父看著女兒。

　　「如果不是這場疫情，我不可能下雨天走路去醫院上

班。」雨從傘骨邊緣滑落，一行行如流動的珠子，「馬上就要過節了……」

「不會那麼快結束，疫情是對人性的考驗。」王傑的肩膀打濕了，大傘護住福靖和她的挎包。「人們愛往最壞處講，行動上從不做最壞的打算。只有戀愛中的人最勇敢，情人節他們也敢冒險。」

「那能怎麼辦？儀式感不能少！」福靖自言自語道：「到底什麼時候能解封？」

「看看夏天再說吧。」

「落新婦！」福靖突然在一家花店門口停下，指著一盆淡粉紫的花序道：「它是六月的新娘！」

「老闆，多少？」王傑在雨中買下了那盆花。

福靖推諉道：「我怕我養不活，這裡不是南方，天太凍了。」

「好養，放心！」花店老闆找零道：「現在花，哪分地域、年齡、四季呀！」

此時身後駛過一輛出殯車，濺起一潭雨水。五分鐘後，又一輛救護車從巷子口拐出。

福靖捧著花，像在過情人節。「好想夏天快點到！」

「夏天，疫情也未必會過去。」王傑有些吞吞吐吐，「醫院只有生死，何必浪費你的青春？你這個年紀應該在路上，多去看看風景、好好生活！」

「你在擔心我？」福靖側過臉，挨近王傑下巴。雨蹦到她臉頰上，濺出美麗的水花。

王傑沒有作答。他表情酷似冰山，只有提起「李佳」時，那張硬邦邦的冰塊臉才會融化些。福靖咬著牙，不敢輕易表達。

來到醫院，他們是同事。精神科又爆出有人突發不適，

這次是個大男孩，推出來的時候已恢復了自主心跳。接著，心內科與急診科對接，閉塞的冠狀動脈終於排通，隨後心肌供血也好轉了。

術後，這位男孩被轉去住院部 17 床，隔壁 15 床躺著位外包清潔工陶先生。陶先生患的是沙門式桿菌病，護士在處理他的嘔吐物與排泄物時都會拉上窗子。另外，這間病房裡還住著 13 號胃出血過來急救的善女士。

17 床那個大男孩，護士們管他叫「老油條」。護士長告訴福靖，他叫「達達」，之前來過三院，算是熟客。

「那他父母呢？」福靖好奇道。

「當初出院時見過，一家三口看上去蠻幸福。可七年後，他再被送來，就不是當初的模樣了。達達成了他父母和師生口中的怪物。」

「怪物？」福靖聯想起野治。

據護士長介紹，「達達」的腦袋是李主任開的刀。當時下丘腦附近的腫瘤切除手術，風險極大。一毫米不到的損傷都可能導致後遺症。

「李主任其實做得非常完美了，可她事後自責不已。」

王傑明白，李佳活著的時候，也因為此事，抑鬱了差不多一整年。達達的故事，王傑在旁聽著，他了解全部，但不提一個字。王傑對自己的愛和恨都節制得像個吝嗇鬼。福靖多希望王傑能有野治的半點自私，這樣他起碼不必自我克制到這個份上。

「這樣的父母，還真自私！」福靖埋怨道。

「我們沒權利指責他人。」護士長苦笑了句，「畢竟我們都不是當事人。不過，達達的所有住院費之前是李醫生出，後來王傑頂上。模範夫妻，虧得他們！」

福靖驚訝地看著王醫生，他卻一聲不吭走開了。那幾日，

福城的數字峭壁似的往上爬。三院的住院部，人擠到空氣都污濁了，大家還在爭搶位置，彷彿住進去就能救命。

而其他地方，感染也在一天天新增。徐州、青神、蓬萊……通報地圖上突破零感染的地方越來越多。疫情趨勢還在發展，過程都很類似，從幾例起頭，很快群聚破百，死亡人數馬上就有了。

每座城幾乎都在重複福城犯過的錯，從最初的瞞報、壓下來，到頂不住後的陡增，再開始強制隔離，關閉影院、景區、圖書館等公眾場所，然後等地方疫情漸穩下來，醫院收治也開始分控、嚴控感染者、搶救重症和隔離輕患。

鏡城算是最早採取「社區式封閉管理」的城市了。設備上雖然落後，但戰略上絕對先進。於是，各地醫院、政府紛紛效法鏡城，提前做好分級接管，其他城市的社區也開始向鏡城取經，安排專人檢測隊定點、定時在各小區附近。一座離福城最近的城市延續了人們印象中的保守作風，也在保守中將自己的家園守成了感染風險率最低的城市。

到此為止，「新的蝠疫」複製和城市做法就像歷史重演。王傑的視線佈滿病患，他望著福靖同樣忙碌的身影，他的過去裡沒有她，未來也不可能一起生活。王傑繼續抬頭看診、低頭寫病例，叫號聲永無休止，「下一個」，「下一個」……

醫生的字只有自己認得出，王傑看著他在病例上留下的墨跡，和他餘生一樣孤獨。醫院，幾十年，變的是設備和內裝，裡面的故事卻與幾十年前無異。不明病毒來襲，醫院試圖壓下去，控制不住就疫情爆發，然後是看不完的病人和等待死去的重症患者。每天，病房和走廊都在清理屍體、勸退家屬……這一次，除了封城，王傑沒想到還有更壞的事在等他。

「醫院，道德底下最骯髒的地方，也最動人！」王傑的話聽上去像教授，「每個人都能在醫院照見自我。」

福靖愣了下，錯將王傑當作野治，「你一定讀過很多哲學書吧？」

　　王傑搖搖頭，「哲學不是讀出來的，是生活和經歷悟出來的。」

　　那晚，三院流出院內傳染的壞消息，源頭還沒找到。原本第三天就可出院的善女士也不幸感染上蝠疫，她吵著鬧著要回去，不再信醫院這地兒。可上頭已打算封了三院。為此，王傑加快腳步，希望新調來的副市長給他足夠時間去排查感染源頭。

68

　　副市長對王傑心存芥蒂。那時，顧森的實權已被架空。上面、下面都視他為遲早犧牲的子兒。顧森明白這一局，不過是時間問題。新任副市長不顧上官市長承諾王醫生的話，他越級下令封鎖三院，而且是馬上。這個叫做「提議」的簽字，顧森必須執行。而當時，顧森妻子還在三院。「封鎖三院」的命令大半夜官宣了。

　　「一個瓜爛了就讓它爛到底。」新派來的副官，話語權大過顧森。大家心知肚明，顧森別無他法。三院差不多兩千號人，包括病人、病人家屬、醫護、護工和外包勞工等，在收到通知前，他們統統蒙在鼓裡。

　　田院長開會回來，腿都軟了。他也是突然被告知「院封」的人，而且他選擇回到醫院，跟大家一塊禁足。可沒受感染的醫護和鬧著要出院的病患完全無法接受。他們一聽到這則消息，就跑到門口，試圖衝破封鎖線。「禁足令」是市長頒布的，田院長在憤怒的抗議聲中，無力改變現狀。

　　封禁的第一天，醫院門口一早爆發衝突。十二小時內，軍人火速接管。抗議示威者情緒激動，試圖用身體挑戰槍枝。混亂的場面中，護士長的話風雨飄搖。槍聲是警告無效下的最後示威。

　　「我有家人，我要回家！」秦榕不曾想過他們舉的是真槍實彈，更不料那些軍人真的會衝她開火。一顆子彈射向手無縛雞之力的胸膛，秦榕的臉瞬間慘白，護士帽盤起的長髮在衝擊波中震散。

　　「啊！出人命了！」白衣護士服在淌血，幾個男醫生扛她去搶救。

人群中尖叫著，互相踩踏、推嚷。福靖的腿在發抖，王傑扶她進去。混亂中，院長調解的話在煙霧彈裡散去。手術刀和診療方案保護不了正義，王傑唯有喊大家克制。這種情況下，越是克制，犧牲越少。人們退進醫院大樓，沒人敢再嘗試越過那條封鎖線。

　　「憑什麼？我沒有感染，為什麼要我去Ｃ棟？」玻璃門後蹲著個聲音，忿忿不平地喊冤。護士長安排不動，恐懼籠罩著三院人。感染率在封院後的第三天劇增。三院內亂作一團，每層都人心惶惶、彼此堤防。有醫護甚至躲進廁所，逃避換班。發熱門診部的臨時床位上，更是怨聲載道。

　　福靖有時忙會兒就突然噁心，不得不衝去中庭透氣。雨一如往常，「啪搭、啪嗒」地下，又細又潮的水珠沾濕福靖髮尾。福靖的肚子開始有劇烈的反應，她以為那只是幻覺。

　　最害怕的事情還是發生了，不相干的過道、天花板和病床在眼前搖晃、歪曲，福靖猛吐酸水，殘渣在喉嚨裡翻騰。四周堅固的樓房沒法保護她，鋼筋水泥都是假象，病床外的陪護家人接連病發，醫院雇的看護工和洗衣工也陸續倒下。

　　病毒像跟所有人玩捉迷藏似的。你越是找它，它藏得越深。

　　「人值得信任嗎？」福靖問王傑，「同事們變了。」

　　「不要對人期望太高！大家都是人，不要有評判，我們應該慶幸。人生來就有自主選擇的權利。」王傑以長輩的口吻安慰她道：「你長大了，也有選擇幸福的權力。」

　　「可我……」在危難之際，福靖欲言又止。

　　王傑提醒福靖，身邊每個人都可能是傳染源，每個人都有戒備他人的權利，也有自主選擇生或死的意志力。「只有愛是可以信任的，因為愛值得信任。病毒隔離不了愛，人類也只剩這點愛了。我可以請你幫個忙嗎？」

福靖的繪畫能力不算好，但至少可以徒手畫張看得懂的草圖，將王傑口中分棟、分層的「動線管制圖」繪製出來。另一方面，王傑拿著圖紙遠程跟副市長爭取「撤退隔離」的新提議。可行計劃清晰地投屏在電腦一端，副市長沒有理由再堅持犧牲的封院政策。於是，副市長點頭，顧森簽下《撤退隔離書》。

　　計劃預備在安排好人員、車輛和隔離場所後宣讀，可意外就在當晚發生。那是起「廁所自殺」事件。當時，田院長、王傑和市長、副市長正在視訊上研討整個撤退行動與酒店隔離安排。

　　「還是晚了步，晚了就是晚了。」王傑在院長辦公室聽到壞消息，他震驚地自責道。

　　「你應該明白，人是最不受控的。」院長說：「你不是常說，每個人都有選擇繼續生活或結束自身生命的權利嗎？」

　　護士長敲門進來，報告情況，說是「福靖正陪著受驚的護士，問題應該不大。」

　　「怎麼會發生這種事？」院長怨的不是人。

　　「病人生前就患有抑鬱」，護士長簡單提了提，死者就是之前在「方舟」鬧事的那位阿姨，「目前警方已介入調查，基本排出他殺的可能性。」

　　「聽說她是用絲巾勒死自己的？」王傑對死者有印象，她總是消極、憤怒或躁狂、多語，反復無常，先是在「方舟」針對護士，害市長夫人感染，後轉入精神科，不料卻用這種方式爭取自由。

　　決心大過痛苦，護士長說死者自縊時喊都不喊，一點動靜也沒，難怪有人去洗手間會被嚇死。

　　「廁所，真是防不勝防！」院長警惕道：「以後多留意下公廁、走廊、消防門那邊，多多排查！這個時期特別敏感，

別再搞出些事了！」

「發現的人是誰？」院長想起，又問：「叫那麼久，整棟樓都聽到了。」

「哦，是徐婷。」護士長停了停，解釋道：「她最近遇到了些事兒。我想，要是平時，她會很淡定。」

「她呀，又不是第一次見死人了，真是的！」院長的眼皮頻繁在跳，右眼跳災。院長心煩道：「我還以為哪個新人，這點心理素質都沒！」

「她男朋友剛跟她分，情緒波動也是人之常情。」護士長多說了句，又趕緊收住。

「為什麼？」王傑關心道。

徐婷的男朋友，李佳帶王傑見過。他們從大學好到畢業，然後各就各業，一個留在鏡城，一個在福城，那麼近的異地戀也撐不過七年之癢。

「婷婷說，本來就隔了座城，一條河的時間。可封城後，她男朋友受不了一直視頻，又趕上封院，她男友覺得她離他太遠，便在當地有新的戀情了。」護士長平靜地轉述道，沒添加任何個人評價。

王傑和院長都聽進去了。他們也是男人，喜歡內化情緒。男人需要女人，不然日子太沉悶。可是近了會吵架，遠了沒有陪伴。是人都會感到寂寞，王傑和院長深有體會，只是不說出口。精神寂寞或者可以看看書、聽聽音樂排遣；但身體上不行，男人需要實實在在的擁抱和撫摸得到的安撫。

「她們壓力太大了！」當著王醫生面，護士長忍不住多嘴道：「缺人手時，兩個照顧二十八床。有些主治醫師，護士叫也叫不動，他們總能搬出各種理由。但護士不行，他們要應付病人家屬，又要照顧病人，還得配合醫生……我的意思是，護士們也是父母心頭的肉，也有被疼愛和享受戀愛的權

利⋯⋯」

　　護士長不是想借機抱怨，她是在提出問題，「物資緊缺不是一兩天的事了。政府派來了解情況，遲遲不派物資。護士每次進去，精神緊張得像個病人。大部分留下的，都是抱著必死的決心在上班。我們缺人又缺醫療物資，我在想，問題總要靠行動解決！」

　　「知道了！」田院長一句「知道了」，護士長知道她說過了，於是便識趣退下。王傑也及時退出，留院長一個人。

　　田院長看著偌大的醫院，想起半年沒聯繫的妻女。她們早就出國了，女人的獨立讓男人不寒而慄，田院長發現自己的觀念已沒辦法和久居國外的妻女相處，在一起就有矛盾，分開又分外思念。田院長那一刻多麼希望她們能飛回到他身邊，但他又怕她們理解不了他的工作和生活。

69

　　凌晨，病房的燈都熄了，過道留了幾盞明燈。醫院玻璃窗外的天空，灰紫色的小雨投射在暈黃的燈罩下。望久了，像是流螢尾巴上生出的那點瑩瑩綠光，隨著東方既白漸漸枯黃。

　　「就天光了，一切都會過去。」福靖陪著徐婷，坐了大半夜。

　　徐婷像根木樁，淚水哭乾了，雙眼毫無目的，但也不肯閉上。

　　「喝水嗎？」福靖遞過瓶水。「不去睡會兒？」

　　「水？」古怪的腔調，徐婷接過瓶子，像從沙漠回來的小孩，喝掉一大半，忽然開口道：「我想去趟廁所。」

　　福靖聽到「廁所」有些肉驚，她堅持陪著，看徐婷走進廁所門，聽到門把反鎖的聲響。約莫十分鐘樣子，裡面沒有動靜。福靖喊了兩聲「徐婷」，依舊沒人應。福靖急忙敲門，敲紅了手背，就用身子撞，邊撞邊喊人幫忙。

　　有醫生經過，撞開那道門，王傑正好趕來。他第一反應就是迅速擋住福靖視線，硬生生將她擁出廁所門。福靖的步子在後退，眼神不安地往裡探視。她急於證實腦子裡不好的畫面。

　　結果已經無法挽回，福靖哭得語無倫次，垂下腦袋，摀住臉，拼命搖晃，話語微不足道，死亡直擊人心，「我沒守住她！怪我，我不值得信任！」

　　王傑抱住福靖哄道：「你盡力了，誰都有累的時候，噓！」

　　福靖哭累了還在自責，王傑不讓她講話。文字再說下去，就更疼了。

　　事後是新聞，上官顧森又被推到鏡頭前。這次他口罩戴

得很標準，道歉的姿態依然被罵成表情包。顧森不習慣唸稿，但說辭是準備好的。

疫情讓人們否定上官市長的所有功績。所有好，一次壞，足以抹煞。脫稿、唸稿，形式不重要，人們相信他們願意相信的。現在的市長渾身上下全是毛病，媒體放大他的缺點，鏡頭暗示他在「作秀」。

形象立在那裡，崩塌的是同一個人，時間可以營造也可以毀滅一個形象。可上官顧森不再年輕，他沒翻盤的機會了，儘管他知道，公眾人物從來不完整，因為大眾需要的只是一個抽象的「完美形象」。現在，「形象」垮了，這個人跟著完蛋。

「我知道現在說什麼都晚了，」顧森再三鞠躬致歉，「三院的悲劇，我有責任。我答應大家，只要疫情控制好，事後我一定革職以謝天下！」

台下掌聲雷鳴，就職演說一樣熱烈。副市長嘴角夾雜著意味深長的笑容。

疫情是塊照妖鏡，這個比喻被用爛了，任何災難都可以拿來用。媒體在拍顧森，顧森不想裝了。他感覺自己像個賣藝的小丑，在表演生活，顧森過夠了謹慎虛偽的日子；往後的路，顧森決定放下好市長的頭銜，回去做本職的丈夫和父親。

哪怕倒下，妻女終究不會離開他，顧森笨拙地堅信道。這些年，顧森在女兒身上花的錢，顧森以為女兒會在錢的自由中，感謝他這個父親。

70

　　三院的分批撤退計劃在副市長的率領下完成。新面孔不管有沒有能力，總能燃起人們的希望。

　　「不會更壞了。」上官顧森看著鏡頭前「作戰指揮」的接任者，茶杯裡的嫩葉子沉入杯底，「但願他能笑到最後。」

　　還剩一個位置，可福靖要讓給護士長。兩個女人的雙臂在互相讓。

　　「你先撤，這是命令！」

　　「不，我跟院長說了，我留下。」

　　「不可能，我是護士長，你先走！」

　　「王醫生說，災難面前沒有英雄主義，只有家人和內心！」這句話戳中護士長心窩。她兒子在家盼了她一個多月，許潔知道，她無法要求自己的前夫理解，回不去的終究無法彌補，她不能再辜負孩子的等待了。

　　「我從不期待別人理解我的工作。不過，我希望你選擇正常人的生活，自私點。幸福需要自私些！」護士長放下手臂，邁上階梯。車門隨後關上。

　　護士長許潔是個女人，她的職業無法滿足她丈夫想有個正常家庭的願望。護士長在那個留給她的車門位上坐下。王傑看著她們各自做出選擇，在心底祈求蝠疫放過人類。

　　「大概不搬出院長，許潔打死不走！」王傑在車啟動後猜道。

　　「不，你的話比院長管用，以後我拿本子記下，叫『王醫師語錄』！」福靖說完又噁心起來，迷迷糊糊暈了過去：爸媽的離世、野治的傷害。人忙起來，這些痛苦在昏厥中遙遠地走來，沒想到是以一個意外的小生命體出現。

福靖醒來，摸摸肚子。

「等疫情過去，你會走嗎？」王傑在福靖身邊問。

福靖看著王傑，再看看大家，所有人都掛著祝福的笑容，像在問候一件喜事。

這時，王傑開口道：「有了孩子，你不可以再冒險！」

福靖扭扭頭，呱嘴說著糊話：「我不走……你們休想趕我走！」

「孩子爸爸是誰？」人群中有人在問。

福靖扭捏地說是她男朋友的。

「福哲知道嗎？」王傑詢問道。

福靖搖搖頭，「他還小，我沒跟他講。」

「不，你弟弟長大了。」有醫生插嘴道，王傑認同地點點頭。

71

　　福哲確實長大了，一場病好像換了個人。春節過後，福城的雨最是陰冷。那幾日不好起，福哲的生物鐘硬是靠毅力調整到清晨六點整。那時天紫濛濛的，福哲自己動手做煎蛋三明治。他只會這一樣早餐，還是向姐姐偷師的。清晨，窗玻璃上結著層薄冰，發動機要預熱會兒才好啟動。

　　福哲擺正車前後視鏡上的「洪福齊天」掛件，那是姐姐買給父親的平安符。福哲掛上檔位，想起隨父親出車的日子。出院有段時日了，自姐姐所在的三院被封後，福哲爬起來重新做人。

　　「我想做點事，不想老賴在家裡做個沒用的人！」福哲瞞著姐姐捐獻血清，他要為這座撫育他的城市留下些什麼。

　　後來聽說父親生前的老友發起了「志願車隊」，從封城第一天起便不再拉貨，而是接送醫護上下班，福哲聽說後也想加入。與此同時，叫車平台和出租車公司都坐地起價，趁火打劫的還有口罩囤積商。

　　與那些見機謀利的人相反，福哲開展愛心車隊事業，免費接送，一輛很快坐滿了。於是，第二輛、第三輛；再到後來，他們運送物資，甚至冒險接送病人。

　　這份「特殊工作」，福哲幹得很低調。不巧，福華醫院的朋友圈上曝光了愛心司機福哲的熱線。王傑獲悉，故意打過去，目的地選擇「三院」。

　　「三院不是封了嗎？」福哲回電過去，聽出王醫生的聲音，「我姐……」

　　「我正要問問你姐，來不來接她回家？」王傑反問道。

　　「別，王醫生，你明知我姐脾氣，非要她擔心嗎？幫幫

我，不要告訴她！」

王傑答應不說，但要福哲做好防護，「能不能免疫，免疫多久，我和你姐都不知道，也沒人能保證。」

「我曉得！」福哲口上這麼答應，但後來越來越多受感染的病人來找他，大多是些付不起住院費的窮人。

福哲也猶豫過，畢竟醫生都不確定他身上的抗體是否有效、可否持續，可福哲還是頂著風險去接送。每趟送完回來，福哲就給全車消毒。每個角落，仔仔細細，噴一遍再照一遍。

就這樣，福哲的活兒越接越多，有時跑起來，中飯都顧不上。遇上臨時封路，又不得不改道回去。繞來繞去，福哲相信，總會找到出路。

「那些病人沒我那麼幸運。我有床位，有姐姐照顧，有醫護診治。他們除了想要活下去的意志，什麼都沒有，還要跟親人分離，隨時可能沒命。」福哲在電話裡告訴王傑，他不知道他還能做些什麼，「我其實要感謝他們，至少這段時間，他們讓我覺得沒白活著，活著有用！」

「很好，你長大了，你姐姐也會為你驕傲！」

「但別告訴她，我不想她為我擔心！」福哲說他曾近距離接觸過一位肺片鋪滿雪花的病人，那是個和他一樣愛打遊戲的大學生，名叫J。J用兩根手指輕彈看不清畫面的片子，然後擺出醫生的架勢，開玩笑說是「晚上光線不好，拍成這副模樣；白天要是還這樣，就是日光的自然效果了」。

福哲說J講完風趣話就仰起臉，跟沒事人一樣，用片子擋住臉，「我知道他在哭，但知道安慰對他沒用。後來，J下車前告訴我，想想被雪裏挾著死，也挺美妙的。」

每次出車，福哲都會遇見或聽到些心碎的故事。他們中有位無法自行下車的殘疾患者，在擔架抬來的咳嗽聲中，留言給福哲：「小司機，有天你見不到我了，就說明病毒把我滅了，

當然，有可能同歸於盡，我那時就來不及通知你了。」

　　生活中的言語因疫情多了些詩意。福哲打開手機，見縫插針地記錄下生命偶得的句子。他們不再是陌生人之間乏味的問候，或是熟人間敷衍的交流。人和人碰撞在一起，是可以產生影響或啟迪的。

　　那些在蝠疫下飽受摧殘的人們，福哲珍惜他們留下的字句，後來將其寫入遊戲對話，豐富場景和人物形象。

　　福哲怎麼也沒想到，鮮活的素材放進虛擬的世界，竟給福哲帶來了第一桶金。

　　遊戲「蝠役這座城」全面上線已是夏天的事了。福城解封，疫情持續，新增數字依然每天在報，不過沒有了恐慌，人們不再大驚小怪。

　　集體事件又成了個人事件；起初也不過是個人事件，擴散為集體事件。福哲在獲獎的領獎台上，發表感言道：「概率和遊戲一樣，跟蚊子、蝗蟲、螞蟻及阿米巴都一樣，愛和死也一樣！」

72

　　在酒店隔離的日子是許潔護士長工作以來最清閒的時候了。她比往常有更多時間跟兒子視頻聊天。

　　「想媽媽了吧？媽媽馬上就打好怪獸回來！」護士長的兒子剛滿六歲，在男孩的信念中，母親是上太空斗怪獸去了。

　　「媽媽，你真厲害！外星人長什麼樣子？」孩子圓圓的腦袋貼在屏幕前，鼓著雙眼皮叫道：「媽媽，媽媽，你的天線呢？」

　　「在你脖子上呀，寶貝！」孩子拉扯紅繩，要把玉佩扯給媽媽，「萬一碰到 monster，你拿去！」

　　「不怕，媽媽有超能力。」許潔的兩眼泛紅。

　　「超能力就一定打得過，對嗎？媽媽！」

　　「當然，媽媽練過，有經驗。」

　　「那等我大了，可以帶上我嗎，媽媽？」孩子渴望交流，舌頭打結，長句子組織壞了，「幫……幫媽媽打，一塊，還要帶上，帶爸爸，保護媽媽！」

　　「好！」許潔找藉口掛了。在一雙天真爛漫的眼睛前，大人的謊言終將敗露。許潔摀住雙頰，眼淚順著指縫匯入手心。

　　三院的事算是告一段落了。原本解封前若不出問題，顧森想他的價值或就到此為止。手上的菸在思考，一根接一根，顧森翻閱擱置了一年的大部頭。他排遣地玩弄著書頁，手機扔在一旁，屏保上的妻子永遠是大肚子的模樣。他怕自己太想宇芳，一個男人失意時，女人和家庭顯得尤為重要。

　　「來日方長。」宇芳在病房閱盡「世事短如春夢」，卻溫柔地道一聲「來日方長」。

「是啊！」顧森又點上根煙，嗆了兩下，說出心底的虧欠，「以前欠你的、欠女兒的，以後我們來日方長！」

「沒有欠不欠的，婚姻嘛！」宇芳的聲音不再做作。

隔壁床的女人因蝠疫流了產，她老公為了陪老婆，傻呼呼跑去感染，這就叫夫妻。結果沒料到，死神帶走了女人老公卻留下了可憐的女人。先走的那個其實比獨自留下的要幸福。女人活下來了，可她不會再幸福了……

宇芳把這個故事分享給顧森聽，她說：「要是能走在你前面，那也算我的福分。」

「別胡說！你還那麼年輕！」

「你又取笑我了。女兒都那麼大了，滿臉皺紋，我老了……」

「誰說的！在我這裡，你永遠是女兒的年紀！」

他們彼此握著聽筒，與工作無關的情話。咳嗽和呼吸聲如此貼近，一種久別的重逢，他們之間又有話聊了。

「人到中年，越害怕被留下。」宇芳的呼吸聲格外沉重。

「你少說點，我在！」顧森心疼妻子，他在偷偷抹眼淚。

「沒你在身邊打鼾，我睡不著。」宇芳跟普通病人一樣，沒有特殊照顧。

剛開始她心裡委屈，動不動就按鈴使喚醫護。結果，一位大姐的行為改變了宇芳。那位大姐本來就要出院的，不幸趕上封院。大姐就自己攬活，替醫護照料輕症患者，可沒想到她的病情由此而轉重。大姐卻始終笑嘻嘻的，從沒埋怨過任何人。

「等你好了，我們一家出去旅行，去端島！」顧森捏起鼻子，模仿殺豬的「齁」聲。

宇芳笑得咳個不停。那位大姐跟著樂。隔壁床沒了孩子又沒了丈夫的女人，也望著宇芳，羨慕地流淚。

突然，宇芳擔心女兒，她囑咐道：「老公，你勸勸小祖宗，叫她別直播了，我們家又不缺錢。」

宇芳不想女兒，摻和進這個混濁的世界。露露沒那麼強的受能力，她母親最了解她，露露是無法接受痛苦的孩子。「她從小就在美好的環境下長大，沒吃過什麼苦頭，我不想她遭受什麼打擊。」

「好的，你放心，我會交待。你別記掛她了，好好照顧自己，別太操心！」顧森放下電話，關鍵時刻，他不能輕舉妄動，不然「亂用私權」的新聞又會滿天飛。

露露還在誤會她父親，認為顧森是個自私、冷漠的人——網上口誅筆伐的「好色、虛偽的教授」、「貪權、享樂的市長」和「亂用職權的油膩大叔」。

他就是這樣有了我！露露恨她父親，甚至不願聽她父親講話，一個字都聽不進去。

「你有什麼權利管我？該管我的時候你幹嘛去了！」露露口口聲聲、毫不客氣，「直播怎麼了？也好過你在鏡頭面前賣弄虛偽！」

「你說什麼？」顧森跟女兒之間溝通太少，一溝通就敗下陣來，「你知道你在跟誰說話嗎？」

「我有說錯嗎？」露露歇斯底里地打開陽台門。外頭海風猛烈，海浪在咆哮，「你根本不愛我和我媽，你愛的是——是權力和你自己！」

餘音消失在蒼茫的大海上，幾座不知名的小島長年累月獨守在海上。它們存在著，幾乎沒人知道。頭頂飄著幾朵白雲，偶爾投下點眼淚。

海上，信號飄忽不定，人和人的關係在科技文明下，說散就散。一串不再聯繫的號碼，無意棄置在手機簿上。遺忘，說到底，不過幾個數字。

73

　　與福靖分開的時間長了，野治偶爾會念及她的好，尤其對著麋洋的結婚照或是聽到麋洋丈夫打來的電話時。在那些時候，野治更渴望福靖。他需要一個沒結婚的女朋友，以此證明，自己是值得結婚的對象。

　　「我用你送的剃鬚刀刮掉了壞毛病。」野治問候女人的方式不落俗套，哪怕是對庸俗的女人，野治也不喜歡用「你最近怎麼樣」或「我想你了」之類的句子。

　　「搞錯了吧？我可沒送過你剃鬚刀，不過那樣倒乾淨！」在福靖手機裡，野治的信息還處於置頂狀態。

　　剃鬚刀是露露送的，野治想起來：誰送的不重要，反正都是女人，只有女人才計較那些無關緊要的。

　　「你送我的帽子像你一樣溫暖！」野治發了張曖昧的圖，旋即刪除了聊天記錄，他到底怕麋洋看到。

　　「你是不是又缺錢了？」福靖沒有譏誚的意思，這是大概率下積攢的經驗。

　　「錢，哈哈！你怎麼那麼庸俗了？」野治欣喜地發現福靖遠離他後，果然變得庸俗了。以前，福靖身上頂多是「幼稚、無趣」的小毛病，現在她跟露露一樣，「除了錢和性，你們女人眼中還有什麼？」

　　「不會是白色情人節，你來討禮物了吧？」福靖對野治那套漸生麻木感。她活在另一套生活用語中。這是愛情賞給她的一記耳光，福靖不喜歡稱其為「教訓」。「教訓」這個詞用在野治身上，太嚴肅、不合適。

　　「我無家可歸了，我們私奔吧！」野治詩性大發，問福靖是否願意跟他一塊去討飯，「流浪吧，露宿街頭，生出最曼

妙的貧窮！」

「神經病吧？你！那來福城看看吧，這裡的城牆、天橋、火車站，哪裡都是不願傳染給家人的流浪漢，還有遭驅逐的租客和乞丐們，這些人影裡沒一個像你這樣的！」

「那是他們太沒個性，也說明你看上我，很有眼光！」野治自信地咳笑起來。私奔的念頭，顫顫巍巍，電話沒夾住，這頭麋洋回來了。

野治不打招呼便掛了，他假裝撿起手機，麋洋走過去，一伸手，嚇了野治一跳，原來麋洋要搶的是他手裡的菸。

「你答應過，不在我房裡抽菸，不然就滾！這是你自己承諾的。」麋洋毫不介意野治的邋遢和瘋癲，可說出口的事做不到，麋洋無法容忍。而野治恰恰是個說過就忘的人。

「這麼嚴肅幹嘛？我想以最好的狀態面對你。」野治偷偷觀察麋洋生氣的程度，末了補充句，「沒有菸，我無法清醒地看著你！」

「那都是藉口！你會為我戒菸的，對吧？我想你陪我活得久些。」

野治手指忍不住又去摸菸，可一看到麋洋眼色，他只好作罷，「你老公可真行！像個聖人，難怪你嫁給聖人！」

麋洋不說話，她不想吵架。

「我們私奔吧！去流浪！」野治牽起麋洋的手，這話他剛對福靖說過，對象不重要。野治將麋洋拉到身邊，麋洋的氣就消了大半。

「什麼時候？」麋洋注視著野治，認真地將一隻手搭在他膝頭。

「今天，我們的日子！你在就是我的情人節。情人也有節日，怪了，人們可真包容！」野治把麋洋抱到腿上，桌上是麋洋喝過的奶茶，看上去料挺足。

「來，喝口餵我！」

「憑什麼？」

「憑我是你的情人，你要聽情人的話！」

麋洋喝下去，野治用嘴吮吸。麋洋在奶味裡嚼到紅豆、芋圓、蜜棗和珍珠的黏味，野治咀嚼麋洋口中的甜味。舌尖上的爭奪，野治操控著麋洋。手機在桌子上轉悠，土耳其進行曲響了一遍又一遍。

「你身上一股奶氣！」野治像條狗，嗅嗅麋洋道：「這個冬天我要你，每天都要！」

「可冬天會過去，你不會一直想要。」麋洋背著手在摸手機。

「別動！」野治說再不讓他進去，他會瘋的。

這時，土耳其進行曲停了，手機不再震動。麋洋滿腦子全是丈夫的形象。「你不會瘋掉，但我丈夫會。」

「那送我樣禮物吧！」野治話鋒一轉，「在物件的時間裡，愛永恆存在。」

「咦，打火機，白色情人節，可我情人節沒收到你的禮物。」麋洋以為野治會補償她驚喜。

結果，野治不說話，用力拍打麋洋屁股，叫她使勁。這就是他送麋洋的禮物。隨後，野治收下禮物，彷彿女人對他的好都是不求回報的。

麋洋從野治身上下來，失落地問：「我對你好嗎？」

「對我好的女人多了去了。」野治拆開禮物，打火機點幾次就玩膩了，「你只能照顧我一時，她們可以照顧我一世。」

「你是說福靖吧？她正忙著照顧病人，而露露也要靠岸了。只有我陪你墮落！我簡直——無法想像！」

「墮落不好嗎？如果不封城，你不照樣會拋下我？」野治的手需要發洩，他玩起桌上的溫度計。「水銀有毒，所以把

它關起來？」

野治被自己的問題迷住，他欣賞著自以為「有意思」的水銀柱。麋洋沒去望他。野治無法忍受他人的忽視，嚷嚷著要嚼碎溫度計。說著，他用嘴叼起水銀計，爬到麋洋跟前，含糊咬出四個字，「它有生命。」

「你瘋啦！」麋洋一把奪過野治嘴裡的溫度計，「水銀有毒，你還是個孩子嗎？」

「你也有毒！」丟下這句話，野治摔門而走，除了包，別的他什麼也沒拿。

第二天麋洋出門時，過道和樓梯口都是菸蒂。

鄰居出門提醒麋洋，這裡不能抽菸。

麋洋氣得渾身發抖，她跑遍學校，最後在山頂找到了野治。兩人大吵一架，野治搧了麋洋一巴掌，拎起包就走。

麋洋哭著喊著，說她就是收留一條流浪狗也容不下他。

野治沒有回頭，他從不向女人道歉。

74

流浪在外的第一天，野治自拍了張蓄鬍鬚的照片，發給福靖，「我遇到了些困難，你要幫我嗎？」

野治開口，將主動權拋給對方。這樣即使人家不幫，過意不去的也是人家。

「帥！」換作以前，福靖定會上當，打錢過去。但福靖從野治那裡學會了「能動嘴的盡量不費錢」。福靖故意試探道：「你為什麼不問露露借？我還欠露露錢呢！」

「不，你會有辦法的！」野治打字道：「你能借到錢！就八百，我明天就還你！」

「明天？」福靖覺得可笑，這樣的話，野治說過不下十次，沒有一次兌現。

福靖反問他，「你沒工作拿什麼還？」

「我會補償你的！」野治強調道：「你不幫我，我就露宿街頭了！」

自私的人無論什麼境遇下，想到的只有他們自己。錢到帳的聲音，不是八百，而是三千。不是福靖匯的，錢是麝洋轉的。野治收下錢、不作聲。

福靖的電話打回來，野治又繼續扮可憐，終於贏得八百塊。現在，野治有更多的錢去揮霍了。至於還錢，那是野治從沒想過的事。

野治直奔小賣部，要了條進口菸。他跟老闆說他只抽最貴的菸。

可吸了兩口，野治覺得味道不好，「國外的玩意還是國產菸好抽！」

於是，野治隨手將剩餘的整條菸丟進垃圾桶，又回去買

自己平常抽不起的國產菸。

　　香菸有了，野治打車到海鮮館，叫服務員上特色菜。吃飽喝足後，野治又逛了趟書局，買了本軟皮精裝筆記簿、進口水筆和兩套萊蒙托夫、陀思妥耶夫斯基的小說。新書到手，野治忍不住撕掉外頭的薄膜，翻兩頁就放回包裡。

　　書和菸都齊了，野治揣著張不常用的身份證，從大酒店找到小酒店。福城三個八開頭的身份證，在府城遭酒店回拒。

　　野治沒辦法，只好蹲在路邊抽菸，正反審視著那張沒用的卡。

　　「王漢啊，真沒用！」野治像個瘋子，對著身份證啐痰。野治差點記不得王漢是誰了，這個名字許久不用，太過陌生。其實問題並不出在名字上，野治明知道那是過去的自己，割捨不了的一部分，未來也逃不掉的影子，但他根本不想認識完整的自己。反正名字可以改，籍貫不可能。酒店人員告訴野治，再多八也不能住，管他有沒有回過福城。

　　「這什麼道理？世界變了？吉利數不靈了？還是有了新玩法？你們不愛『發發發』了？」

　　「不好意思，客人，這是上面的規定。或者你可以去集中隔離區暫住。」一位好心的大堂經理提議道。她前胸的絲帶打了個大蝴蝶結，比麋洋豐滿幾個罩杯。野治偷瞄著對方的胸，直到對方不舒服地冷冷瞪回去。

　　「我沒病，自己能走。」野治被趕到門口。他摸摸口袋，發現拉了包菸。野治懶得回大堂取，怕他對大乳房有反應。

75

　　從酒店出來，裝書的包拎著有些沉，野治單肩駝起，穿過馬路，走進地下人行道。隧道裡坐著幫叫花子。這些破布裹身、無家可歸的人，野治看著覺得有意思。他們撿垃圾，泡方便麵、吃螺螄粉，睡地下過道，不洗澡。

　　野治吃飽沒事幹，丟了些現金出來。「錢是萬惡之本」，收音機在唱，人聲破壞了調性，在野治的邏輯中，困難時無條件給予錢就是愛。野治隨手將愛丟給了一個帶著孩子、四肢健全的女人。錢幣砸進面桶裡，響聲不太乾脆。女人先是驚愕地嚇了跳，接著摟緊孩子，慌張瞪道：「為什麼？」

　　「愛需要理由？」野治思考了半晌。周圍的目光早盯住他。土灰的臉上雙眼發亮，孩子，一點也不老實。野治來不及論證自己的行為。女人的衣服遭撕扯，她護著孩子。小孩在聲響中哭得起勁。野治討厭欺負人的人，可他跑得比誰都怕死。女人和孩子，危難時都是負擔，野治覺得自己差點被女人害死。

　　野治一口氣跑到車站附近，站頭燈一排亮起，像是在迎接他的到來。這樣的巧合，野治滿心雀躍，望著人群從北到南，坐滿階梯，像是在侯場露天演唱會。火車不再經停北下的車次，野治不必問那些人的身份，熟悉的福城話，在憂藍的夜空下，述說著滯留在異鄉的歧視。

　　野治抽完一根菸，他已經不會說家鄉話了，扛起包，野治繼續尋過夜的地兒。

　　大概又走了一站路。在公園裡，野治發現了一把長椅。他想起麋洋給他讀過的一部小說，就打開手機電筒，在椅背上照了半天。這把長椅沒有刻字，野治的交流慾上來，但他不能

認慫，跳過「麋洋」，野治跟福靖恢復了聯繫。

「各過各的夜」，這是野治的開場白。他在公物上肆意用水果刀刻字，「你願意陪我墮落嗎？」

「你回福城吧！至少你家人在這裡呀！」福靖勸道：「不會比這裡更壞了。」

「不！」野治大喊著，「你跟一個沒家的人說『回家』，你是個殘忍的人！」

「你爸媽？」福靖不敢問下去。

野治粗暴地吼著，「別提他們！不要跟我說這些沒用的廢話！」

「怎麼了？你在那裡還好吧？」福靖多餘一句嘴道。疼在心頭，她以為不在乎了，原來一直在。福靖猶豫著要不要告訴野治「他要當爸爸了」。「那你——要不去找找你同學？」

「不，他們不認識我。他們對我避之不及！」野治放聲冷笑道：「什麼算同學？見面打打招呼？」

野治蹬起二郎腿，舒舒服服翹到椅背上，「天地可以容下我和我肆無忌憚的自由！」

野治打開視頻，他伸手摸著屏幕上那張滿是壓痕的臉，「你不一樣了。你不一樣！只有你，我只有你了……」

這話聽上去多麼懇切，福靖的疤好了又癢。

「我大概不會再愛了。」這也是實話，野治承認福靖在他身邊時，他是最幸福的；越是不幸，他越需要她。「在我遇見的女人中，你是最善良的。或許我應該離你遠點！你不適合跟我墮落……真的，你太愚蠢。」

「為什麼要墮落呢？」福靖原諒野治了。一股母性在她胸口湧動。肚子裡的小生命或是聽到父親的聲音，不停在踹福靖。福靖又驚又喜，她可以為孩子拯救一段關係，「你應該來醫院看看，生命猝不及防，還有我肚子裡的小生命。我們都在

等你，從此你有家了，你就不會想墮落了。你要做爸爸了！小傢伙會以你為傲！」

「真的嗎？」野治感動道。他溫柔地回憶起他的小時候和他們的曾經。說得越多，福靖越難過。

一晚上，野治叫兩個女人落淚。而那個本該抱住新娘的新郎，再也不會幸福了。野治在電話裡聽福靖講起這段悲傷的故事。

「悲劇都是浪漫的。」野治回應說：「蝠疫不算什麼。」

蟲鳴沒有攪擾野治的美夢。他放下電話，一覺睡到天亮。關於孩子的事，他早晨醒來就忘了。結果，管理員發現並驅逐了他。野治又上其他地方想辦法。第二晚，他躺在電影院門口，三點多被夜場保安搖醒。爭辯不下，野治只好跑到附近沒開門的店鋪牆角，靠著挨到天亮。早晨醒來，雷聲大作。兩百米開外的交通燈只有紅、綠兩個節奏，期間行人、車輛，雨天，交通沒斷過。

「這裡的冬天竟然打雷？」野治不可思議地遙看頭頂的天，雨惡棍似的打下來，越砸越密。頃刻間府城入夜，閃電畫出橙色的字符，氣象台這才將黃色預警升級為黑色雷暴。

路上的人四處逃竄，什麼東西在亂飛。咖啡館外，傘骨被風扯散架；店門口掛著的招牌重重砸落；陽台的衣服和樓上的霓虹燈牌，在風雨中自由呼嘯，像是一面面告急的旗幟。

「真是世界末日！世界末日到了！」野治捂住包，惋惜裡面的新書，「全濕了，怎麼辦？怎麼辦啊？」

76

府城的雨下上了「熱搜」，福城人看著新聞標題「世界末日」，而他們的窗外只有持續的陰雨天。灰濛濛的冷雨淅淅瀝瀝，泛出些幽魂的微光。雨和病毒一樣沒完沒了、叫福城人厭煩。

街頭，消毒車架著大砲，從高處噴灑消毒水。酒精味在城市的雨中瀰漫開，寒濕氣順著民房的窗戶、爬到內牆。開窗通風，在這樣的日子裡也會遭鄰居投訴。似乎帶病毒的日子，什麼日常都是件奢侈品。

福哲照常六點起床，七點出車。他欠起身子，哈欠連天。溫暖的被窩，他必須迅速忘掉，因為病人和病毒都在等他。福哲開車在路上，比以往任何時候都更堅定。責任心和價值感讓一個平凡的人對日子滿懷期待。

「辛苦你了，真不知道怎麼感謝！」後排的兩位護士搭了福哲一星期的車，她們中有位粉紅羽絨衣的小姐姐，看上去不比福哲大。她話雖不多，心事好像很重。福哲總在後視鏡裡偷偷觀察那張兔子似的小臉。

「怎麼了？」那天女孩眼睛紅紅地坐上車。

一旁的護士逗她道：「是不是想家了？」

福哲在開車也在偷聽。

女孩搖搖頭，鼻子一酸，話就堵住了。她的哭聲像淘氣的小孩。出於信任，她跟連名字都叫不出的外人講述自己的經歷，「長這麼大，才發現有人關心我。昨天我說沒有護目鏡、想吃家裡的鴨脖子。結果早晨出門，全有了，還有你們，每天來接我上下班，我父母都沒做過這些。」

「就這？」身旁的護士笑道，順道好奇地問司機福哲道：

「你為什麼要為我們做這些？不怕傳染嗎？」

「因為我姐姐也是護士，而且我也得過蝠疫。」福哲平靜地答道。

「原來是這樣。你姐姐在哪家醫院？」年長的那位護士關心道。一旁的小姑娘收好眼淚，拘謹地聽著。

「三院。」福哲望望後視鏡，鼓勵在哭的小護士道：「我姐剛開始也是名志願護士，跟你一樣，後來轉正了。所以你要加油哦！」

小護士乖乖地點點頭，說自己再也不哭鼻子了。

前方道路時不時就封，市內封鎖區越來越多，可通行的路需要通行證才能進出。

「抱歉，天那麼冷，我也只能送你們到這裡。」福哲停好車。剩下的路她們必須自己走，「唉，這雨一天比一天難了……」

「是雪，下雪了！」她們下車歡呼道。

福哲神魂顛倒地跟下車。雪一顆顆落下，像撒向人間的白色糖果。福哲抬頭，雪落進嘴裡，甜甜的。當福哲回過神來，那個粉色女孩向他跑來。口罩下，那張氣喘吁吁的小臉，衝他笑著。道路旁，淡淡的梅花香沁人心脾。

福哲驚喜而詫異。小姑娘站直了，語無倫次地扳弄手指道：「如果，我是說，你畢業了，我還在唸書。我們都大了，那麼等我們都足夠成熟，要是我還活著，我是說如果，你會……你來找我，好嗎？」

福哲啞口無言，突如其來的表白，他需要找姐姐商量。

女孩等著他，可福哲應不出聲，本能的緊張，他就這樣錯過了一個再也無法回頭的女孩。女孩搗住臉，難過地掉頭就跑。福哲忘了問人家名字，又叫女孩誤會他的意思。

半天，他看著女孩跑遠，以為以後總有機會。可有些人，

見過了就是最後一面。福哲畢業後，常常想起那場雪。粉紅色的回憶，在福哲筆下反復剔畫，跟記憶中的畫面有出入。回憶是在創作，而創作總有遺憾。

就那幾秒鐘，最好的距離；就差那幾秒，福哲給女孩定了個遊戲中的名字——粉睫。她是福哲遊戲和生命中唯一的女主角，之後沒再遇見過，福哲也沒再找別人。

他把思念和渴求放進遊戲設計中，讓所有玩家跟他一塊，歷經餘生去通關，尋覓這位已在天國的「粉衣天使」。

77

提到遊戲，許潔不是個好玩家，她打到一半，就不陪兒子玩了。退出的藉口也很惱人，許潔騙兒子說「monster來了」。她關掉手機，遊戲是孩子的世界，許潔的身體有些吃不消。

好在孩子理解貪玩或打仗都情有可原。「遊戲」是個比生活更有趣的地方，孩子從不拒絕當下的誘惑，只有大人想破腦袋、權衡利弊。許潔兒子樂意媽媽貪玩些，像他們一樣沉浸快樂。

在酒店隔離期間，許潔常跟兒子說，「等你兩隻手都數完了，媽媽就回家了。」

可孩子留意的東西，很多大人常常忽略或看不見。許潔兒子發現媽媽的「超級戰服」不見了。

「外婆呢？去找外婆聽電話！」答不上，許潔就讓孩子去叫外婆。

「我知道了，是被怪獸搶走了！」孩子替母親找到理由。

許潔啞然，孩子總讓大人意想不到。

自放下工作後，許潔像隻爆破的氣球，所有力氣都花完了。許潔盡力了，當飛到足以支撐的高度，許潔的氣一下子洩光了。症狀在隔離結束前一併發作，其實所有的病症早有預兆。

在隔壁房隔離的護士，聽說護士長情況不妙，沒想到會是這樣的結局。

許潔再被抬回三院時，福靖看到白床單車輪飛速推往搶救室。窗外雪花飄落，大朵大朵，非常動人。C棟對面就是停屍間，隔著中庭，梅花還沒落盡，杜鵑早含苞待放。再推出來時，護士長沒了，大家都不說話了。

「什麼叫『永遠地離開』？」福靖打開窗，雪從高處飄落。護士長沒回過家，她死在了工作的醫院。

晚上沒有陽光。明天，雪自己會化。

野治，抱緊背包，雨太大，書全濕了。野治沒帶傘的習慣，他想起福靖的傘，可身邊空無一人。無奈，他從雨中跑到停車場，顧不得腿腳酸痛，沿斜坡向下走。裡頭泛起濕漉漉的臭氣。野治脫掉鞋，赤腳踩著一愣愣的減速道，通往暗處。車庫昏暗、寬敞。打地鋪的人比車多。

野治找到空位，扔下包，頭倚著停車柱判斷道：「下不長的！」

「有菸嗎？」一位大喇叭褲的男人過來搭訕。

「你的頭髮在下雪！」野治故作驚訝道。

「見鬼，福城才下雪！」男人打著哈欠，「老子一根菸都沒了！」

野治同情沒菸的人。對於有錢不借的人，野治滿口詛咒。於是，他掏出菸盒，扔過去。

男子接到，搖一搖，還剩三根，「你是學生？」

野治攤開手，要回了一根，自己點上，又將打火機丟給那個男人。

男人仔細瞅著那隻打火機，「原木的，雕刻那麼精緻，還有字？」

野治伸手要回他的打火機，正反瞧了瞧，確實有行小字，刻著「永遠在一起」。

野治歪著嘴，笑了聲：「幼稚！」

「背那麼多書過來？」男人好奇地指指敞開的摺角道：「哪個學校的？」

「這不重要。我寫——」野治臨時改口，把「詩」的嘴型圓成「小說」。

「寫小說？」男子憋不住捧腹大笑，菸頭在指尖抖了抖。

這時，對面紋身的大叔抱起吉他，掃弦聲伴著煙灰落下。

男人又抽了口菸道：「人家彈兩下，還能討個生活。你寫小說，有人讀嗎？頂多當廁紙，人家都嫌有字。髒死了！」

「別開玩笑，人家可是有理想的文藝青年，好不好？」吉他叔邊彈邊插嘴道：「賣藝不賣身！」

「吉他是女孩子的玩意兒，男人搞那太庸俗！」野治毫不客氣地評價道。他跟陌生人說話，嘴都那麼臭，「彈吉他不如搞女人，不懂藝術還是去賣身吧！」

轉而，野治躺倒，高聲朗誦他從未動筆過的作品。

周圍沒人理他，也沒人計較。

「發什麼神經，不會失戀了吧？」牛仔男不是同情，不過想再討根菸罷了。

「怎麼可能？」野治的癲癇發作了，他斜著身子，邊抖邊重複著，「打火機是我情人送的，我的女孩也是別人的女人，我的女孩是別人的老婆……」

神神叨叨的，像個狂熱的異教徒，沒人理會野治。

「這個瘋子！」吉他叔吓了聲道。

野治喜歡口水的味道，他湊近臉，毫不生氣道：「我的問題就是——不缺女人。我只做愛不談戀愛，不介意同性戀、三人行，只要不是處女，我都有興致。」

野治要將失去的顏面掙回來。他自信地耍寶道：「我剛搞定一個已婚的老師。」

切音切進空箱，外面冬雷陣陣，正值春天的室溫。車庫裡，沒人相信野治的大話。

「有點意思！」牛仔男踹踹野治問：「你們讀書人是不是都愛幹那勾當？這樣顯得特別不俗、有內涵？」

「噁心！」更多的聲音在「噓」野治，有人衝他豎起中指、

吹口哨鄙視。

電話響了，是麋洋，她不要再冷戰了。而野治也覺得沒意思，他猛地跳起身，拎上鞋，順著出口方向原路返回，這更像是場怯懦的逃跑。

「怎麼了？」出去後，野治回電道：「雨果然下完了。」

所有的責備化作一句「我來找你」，麋洋先輸了。

78

　　野治在外流浪的三天，靐洋感覺日子有三個月之久，而飄在海上的露露，時間彷彿過去了三年，可福靖在醫院，生命不過三秒鐘的事。時間只是個幌子，擺在不同空間裡，感受因人而異。

　　露露的船在大雨初停的傍晚抵達府城魚港，口岸就在南桂學校的山腳處。露露在船上張望，沒人來接她。艙門遲遲未開，夕陽馬上就要落入大海。船顛簸在岸邊，叫人不耐煩。

　　露露從陽台上望見三輛軍用卡車和六輛救護車。車上下來一排迷彩服和白衣護士，他們人手拎著個醫療箱，朝船門的方向走來。廣播裡開始喊話，「請大家耐心在船上等候，配合檢測。」

　　船員隨即戴上手套敲門，放下食物就走。連廊上不時有乘客被帶下船，沒人告訴大家究竟發生了什麼。身後是艙門關閉的聲響。幾位白大褂、穿戴謹慎，在做登記，另有拿棉棒採集唾液的檢疫人員。輪到露露時，同樣的動作：量體溫、填表、取樣、裝瓶。然後什麼也不說，就叫下一個。

　　「怎麼樣？」露露憂心忡忡，「有人感染嗎？」

　　「有進一步消息了，我們會通知大家。」這是工作人員標準的回答。

　　「說了跟沒說一樣。」露露用福城話嘀咕道。她最討厭敷衍、迴避的應答，像極了家長應付孩子、男人哄騙女人。露露是個敢愛敢恨的人，說話、做事必須件件分明。

　　「你是上官露露？」對方看著簽名，再次抬頭確認道。

　　「病毒，會傳染！」後面兩個女子聽到這個名字就迅速躲開，彷彿「上官」的複姓跟「福城」一樣，自帶病毒。露露

心裡很不舒服，她多希望生活在沒有人的地方。

讀書雖然給了露露一定的自由，但無聊的日子，露露早過煩了。她盼望著「危險與複雜」，可要承受其不確定與不可控性露露才發現自己並非想像中那麼強大。

樣本送檢結果當晚就出來了。露露在房間輾轉反側，只想回家。旅行和外頭的世界對她不再有那麼大誘惑。露露那一刻只想回到媽媽身邊，平平安安地團聚。

可岸邊，府城醫護和民眾都在抗議這艘船。海邊拉起了封鎖線，手機燈照在海上，「藍眼淚」不見了。電視上兩方爭鋒相對，都是事先背好的台本。

「哪兒來，回哪兒去！」

「什麼話？船上近三分之二是我們府城人！大難當前，怎可捨棄自己人？」

「你有想過嗎？要是走出來一小部分落網之魚感染一大群，我們的醫療條件能承受得了嗎？床位夠嗎？到時封城怎麼辦？船上的都是有錢人，有錢人應該送回那有錢人待的島上，沒必要下來陷害無辜！」

電視上、新聞裡，煽情的眼淚、互相的指責……船上的都在等一個「審判結果」。最終，「海上隔離」的提議在催淚瓦斯彈下妥協。船不動，人不許下，救護車和海神波塞冬互相守望。海浪挨近又遠去，週而復始，漫長的黑夜與無聊的白天，海上的日子說長不長、說短也不短。

「青蛇號」封船的第五天，福城三院陸續迎來解禁。又過去幾天，暴風雨襲擊海濱城市。黑雲、悶雷、幽靈般的閃電海風呼嘯著將船撞向岸板，像在完成一場自殺。船上的電線閘被劈斷。缺藥的高血壓患者一時受驚，嚇得站不起身；一位心肌梗發作患者僵死在馬桶上，另有位中風倒地的急忙被送下船呼救，其餘三人因暈船反應大，吐得連廊上都是。船上，人、

命和電都在搶修中。

電視機前的上官顧森坐不住了。女兒的安危大過他這條老命。他決定動用私權，派包機去接受困乘客，並為他們提供免費的隔離與治療病房。市長說出去的話，駟馬難追。可即便拋出橄欖枝，府城人也各種惡意揣度。新聞上要說法都有，船上有人抉擇不下。報道先聲奪人，誣衊福城市長，什麼收買人心，木馬府城等等。

「到底是陰謀還是善舉？」內部坐等接班的副市長故意將報紙標題讀出問號的語氣。

「你猜？」顧森也開始調皮，「都這個時候了，不任性一下，就沒機會了。」

「好，那你可要抓緊時間！」副市長瞧瞧表，不打招呼就走了。

上官急中生智，他拜託王傑幫忙，因為王傑被視作「正義的化身」，眾人心目中唯一信得過的「英雄」。

「現在只有你的解釋，人們聽得進。」顧森這輩子沒少拜託過人，低三下四求人還是頭一回。為了女兒，顧森連性命都可以豁出去。

「你這何必呢？」王傑明白市長的意思，他直言道：「無所謂，形象本來就是虛幻的，要坍塌就塌吧，這要感謝不思考、追流量的時代。」

「沒事，塌了有我墊底。」顧森說他年紀大了，別人怎麼看不重要了。但他不想再失去生命中最珍貴的東西。

於是，王傑出面，陪市長南下接機。

福靖得知，問王傑道：「留船上隔離，後期感染是會更嚴重，對吧？」

王傑點頭。

「露露也是我的好朋友。」福靖乞求道。

「我不保證什麼，但所有想活命的人，我都會帶回來。」走之前，王傑掉頭交代道：「C棟撤離空出的那幾層可以佈置下，做接機回來的統一隔離區。」

「好的，還有什麼？」除了工作，福靖還是要多問一句。她的肚子已經顯胖了，但身材嬌小地邁動著步子。望著王傑離開的背影，福靖多希望懷的是他的孩子。

79

出發前，顧森去看了眼妻子。

「你的眼睛不一樣了。」顧森發現這場病帶走了宇芳眼裡的虛榮。她現在滿眼慈祥，安寧得像拉斐爾筆下的聖母，就是蒼白的面頰有些憔悴。

「我馬上要去接我們女兒了。」顧森道：「你很快就能見到她了！」

宇芳凝視著丈夫的背影，疲憊的雙唇沒力氣張闔。那一刻，宇芳摸到病毒，靠近心臟的位置，感受格外真實。

「等我回來！」顧森沒有回頭，他知道背後那雙期待的眼睛，他發誓要將妻子在身邊的每一天都當最後一天過！

他們枯萎的感情在外界的瘋評聲中愈發強大、茂盛。年紀越大，身邊信得過的人越少。夫妻只有彼此，也只剩彼此。婚姻的意義光這一點就足夠了。

市長和王傑坐上飛機；麇洋則在長椅上找到了野治。

「你來啦？」野治並不意外，他的綠襪子不見了，赤腳掂著本書，手在撓癢癢。是隻跳蚤，指甲一掐，小黑蟲發出米殼的促聲，留下一灘赭色的血。地上，一隻鞋滾得老遠。

麇洋拾起，蹲下為野治穿上，「冷不冷啊？」

野治推倒麇洋，泥巴弄髒了麇洋的裙子。野治恨她，那麼晚才來找他，「有火嗎？」

麇洋道：「我不是送你了打火機嗎？」

「早扔了。」野治翻起白眼，任性地踢掉剛為他穿好的鞋。

「最好不過！」麇洋氣不打一處來，「別逼我抽菸，墮落總是容易的！」

野治笑了，將打火機從衣服裡變出來道：「忘了誰說的，要寫出點像樣的東西。」

　　麇洋的嘴角又恢復嫻靜的笑。這個濕漉漉的野男孩，她再也沒有辦法丟掉。

　　「下雨了，親一個！」野治伸手接雨，掌心向上，他喜歡女人帶水的雙唇，「像在吻一片葉子，滴滴答答！」

　　「可我喜歡有陽光的吻。」麇洋面紅心跳，露出甜蜜的笑。

　　他們就這樣在雨中和好。麇洋的傘撐過一段路，又被野治吻倒。「瞧，我們是那麼不一樣！你會為我停下，我就知道！」

　　野治摟住麇洋，「我們在一起，就是同一個人，像《會飲篇》裡說的，隱約感覺說不出的東西，正是許久渴望融成一片完整希冀。」

　　「可我會分裂的」，麇洋用胳膊擁住野治道：「我無法同時屬於兩個人，你知道我做不到。」

　　野治將鼻尖貼近麇洋，拼命蹭她臉頰。熱吻後，野治喘息著，不願承認這股激動不安的情緒。

80

麋洋來到酒店，用她的身份證辦好入住手續。隨後，野治從後門溜上去，找到麋洋的房間號。

門為他敞開著，野治忘了衣服又濕又髒。他抱起麋洋，訴說著自己一貧如洗，只有她還愛他。

「女人身上的味道永遠是香的。」野治將頭依偎在麋洋胸脯上，手臂纏繞住她的脖頸。

「別這樣，不行！」麋洋試圖躲開，「今天不行！」

野治用指尖的力量扳回麋洋的臉。他把舌頭伸進麋洋嘴裡。他們的衣褲從門口脫到浴室裡。野治摸到花灑的開關，像跟露露和福靖發生過的蛛絲馬跡，病毒在愛的瘋狂中複製，感染無藥可救。

「我想讓你舔它，像雌性犬蝠那樣，有些行為是女人天生就會的本能……」隔著海洋味的水汽，野治的聲線在密閉浴室裡充滿誘惑。

手機在床位裙袋裡唱了一輪又一輪。麋洋丈夫的來電孤獨地在地毯上打轉，無人接聽。

「結婚紀念日」的短信提醒以郵件形式發送至麋洋郵箱。這一天，麋洋本該屬於她丈夫，徹徹底底。每年，他們都合著情人節一塊慶祝。但這一年，麋洋在酒店廁所裡，第一次聽聞動物界罕見的交配方式。

「動物比人坦誠，想幹什麼就做了。」野治高高在上，像個目中無人的統治者，「人類發明婚姻，在床上演一輩子戲，虛偽得很！」

麋洋感覺強烈。她的肩被深深按下去，一點點靠近男人最原始的慾望。野治迫切地加快速度和力度，對準麋洋柔軟的

舌尖。麋洋揚起臉，雙手被擒住，頭髮濕漉漉地掛下來。鏡子中，麋洋看見自己的臉卑微到變形。

「這是愛嗎？」麋洋質疑道：「這就是愛？」

從爬行動物恢復到直立狀態，麋洋需要一個能照顧她情緒的人。而野治舒服了就睡死過去，將身邊的女人和卡上的欠數拋之腦後。

第二天，麋洋起身，穿好衣服。她發現每次野治滿足後就看不見他。麋洋覺得自己沒資格批評他。因為他們太像了，都讀艾瑪（包法利夫人），也探討過于連，聊過安娜，還交流過毛姆筆下的查理和凱蒂。

「厭倦跟舌頭有關，語言說爛了就想換新詞兒，陌生化的東西最好。藝術要創新，可新又對抗不了時間。你瞧，古典音樂可以抵達永恆，可愛有期限啊！同一個人抱著睡久了，像夫妻，有意思嗎？跟抱一具熟悉的屍體似的！」這回，野治沒有躲避麋洋的問題。他承認愛終有一天會消散，可能是平淡中消逝或是瘋狂後淡去，「我其實挺羨慕那些可以忍受平庸幸福的人。你結婚了，但我不希望你平庸。我這樣做，你最起碼在婚姻裡不無聊。不是我，你也會有個更年輕的情人，然後寫出部真正意義上的先鋒作！」

「可人心太小了，我裝不下兩個人；人又不夠對自我坦誠，不動刀就不痛不癢，寫不出深刻的人性！」麋洋打扮好，重新回到野治懷裡。她用指尖在野治鬍鬚上跳舞，「我想貪婪地討個現在、將來和永恆，要你像閱讀經典作品那樣，一遍遍走進我的靈魂。」

「那你的靈魂可以拿來交易嗎？」野治迷戀荒誕的文學，那比生活真實。

「可以，只要你不厭其煩地捧起我，用指尖的力量一遍遍翻閱我、闡釋我。可不能敷衍、遺忘我。我不要你留下閱讀

的劃痕，你也有權放下我，迷戀上新的或之前看過的書。可是治，你送我的書上全是你的筆記，只有劃痕，劃痕不代表愛過，那遠遠不夠！我要你讀我一輩子，直到你瞎了、死了，我才罷休！」

「真是個惡毒的女人啊，你！」野治捏捏麋洋下巴，「小心我被你咒死！瞎了，你可要負責！」

「是真的，如果不能嫁給你，我就無法留在你身邊了。」麋洋唸著她小說裡寫過的句子，明明不是寫給自己的，麋洋卻淚流滿面，「為什麼人非得身心分離過日子，我想整副身心都好好跟你在一起。我們不要分離了，好不好？」

野治把手伸進麋洋內衣，嘴角流出口水，即使在最失控的狀態下，野治也做不出任何承諾。麋洋委屈地垂淚接受。愛是不進則退的，麋洋沒辦法，野治只想維持現狀。最終，他們都無力繼續了，只好再次睡去。

又是一天過去，晨曦淺淺試探，酒店窗簾漏進些金色的光。外頭的鳥永遠明媚地歡叫著。酒店裡見不得光的那點感情，出了那道門，未必會有明天。

麋洋醒來，枕邊習慣了一個男人的呼嚕聲。以前，麋洋總害怕醒來時枕邊有人；可愛上野治後，麋洋更害怕醒來的時候野治不在身邊，「我爸爸走後，媽媽再沒抱我睡過。她把蠟黃的身體給了街邊的浪子、有錢的公子哥和那些好色之徒⋯⋯從那時起，我就沒法跟人親近。你說我太關注我的身子，不是的，我是怕我把自己給過誰，就會依賴上那人。我的獨立是被迫的，如果你可以對我多些了解的話⋯⋯」

「傻瓜，記憶是可以被覆蓋的，身體不值一提。」野治說他早記不清跟福靖、露露還有其她女人的細節了。

「所以你是用一個女人的身體去覆蓋另一個女人的記憶嗎？你好卑鄙！」麋洋痛苦地質問道。

「你應該懂我，一天又過去了。」野治穿上內褲，下床點菸。

「是呀，一天又過去了，不知道又有多少人死於蝠疫。」麋洋綁上頭巾，套好連衣裙。她下床走到落地窗前，拉開帘子，白紗透進整片陽光。金色木地板上，麋洋遠眺眼前這座城，背對野治道：「你從不關心那些數字，除非有天它們跟你認識的人有關。」

野治從背後攬住麋洋，將菸塞進麋洋嘴巴，「你話太多了，抽一口！寫作的人怎能不抽菸？」

麋洋吸了半口就咳出眼淚。她轉身摟住野治脖子，可憐兮兮地嬌嗔起來。

「別挑逗我，你可真斜陽！」野治蠻力撕碎麋洋的裙子，伸手就要到她。

麋洋只剩這點叫他迷戀了。她已落入墮落的陷阱，留下對愛的痴愚，如海洋親吻日光，終究是場幻影。

「快受不了了，拿去吧，它是你的！」野治扭曲著臉，抖動地握不穩菸。麋洋得意地抽離，放慢動作，一件件披上文明的外衣。

她成功俘獲了野治的意志力，似笑非笑的神秘間，麋洋有些失望，「你應該學會戰勝它，而不是被它服役。」

這話對野治不起作用，他那刻只想要麋洋，「你這女人太壞了，不及我落在地上的菸！至於你那將死的文字，就留給蝠疫的城吧！」

野治癲癇發作，癱軟在沙發椅上抽搐著自言自語。

81

　　麋洋和野治在酒店待了三天三夜。他們哪兒也不想去，每天，野治帶麋洋解鎖一個新動作。在身體的釋放下，野治吼出貧窮的詩句；麋洋則在野治睡去後，爬起來寫那些將死的文字。

　　第四天，安全套撕完了。野治哄騙麋洋道：「不會有意外，我只在外頭遊蕩。」

　　「萬一呢？」麋洋擔憂道。

　　「萬一，我就娶你。」野治說完就忘，生孩子是女人的事。

　　麋洋聽成了「不顧一切」。對父愛的渴望沒有因失去而夭折，它曾在麋洋隱蔽的兩腿間，野治舔醒了它，從此麋洋像記住父親一樣記住了野治。

　　晚上，野治把頭枕在麋洋腿上，麋洋捨不得閉眼。愛在耳邊呼嘯而過，麋洋嚇出一身冷汗。她清醒地感受到火車輾過她的意識，而她看著雙腿鋪平、臥成軌道。這時，野治醒來，睜大眼睛，像火車頭，再次駛過她、輾壓她。

　　「太殘忍了！」麋洋抱緊野治，很用力、很用力。

　　「怎麼了？」

　　「你殺了我。」

　　「你是說現在嗎？」野治幹得起勁，可火車終將因事故停下。

　　「懷個我們的孩子吧！」野治並不想當父親。

　　可愛之人的話大多不可信，麋洋懂這個道理，可貼著野治時，她無法思考。

　　他們緊緊擁有彼此。

　　麋洋在疼痛中感受生命的破壞和新生。孩子，是愛的延

續，永恆的證據。

野治的手機亮了，麋洋拿給他時看到了消息。福靖有了野治的小孩，麋洋無助地哭起來。她明知野治不喜歡女人哭哭啼啼，但麋洋只剩下眼淚了。

「媽媽……」野治依偎在麋洋的搖鈴間，咬她就是對她最好的安慰，「你是我的媽媽，我的媽媽！」

病從口入，他們心中都住著惡魔。固執和激情在廝磨的消耗下，用力證明著。麋洋累得無法動彈，野治的貪欲並未減少。被佔有就必須先失去，麋洋望著酒店的天花板，野治仍掛在她身上。

「不要鬆開！」野治勒緊麋洋，「永遠別放手！你是個不會輕易放棄的人！」

麋洋甘願做野治的奴隸。腦袋在肩上，意願掙扎著。麋洋將每個細胞都專注在野治身上，她已經為他敞開，再也收不回了。

「那你得養我一輩子！」野治認真考慮過，為了錢和幸福，他始終在，「我討厭那些把錢看得過重的女孩，要房要彩禮。你只要我，可你結婚了！」

「你錯了，我跟她們一樣，也希望自己愛的人能為我花錢。」麋洋輕盈地感受著，彷彿沒了沉重的肉身。

「可你不用你老公養，至少！」野治仰面躺下，將麋洋舉到身上，「我希望找個像你這樣獨立的未婚女子。我自己無法獨立，而你已有丈夫。我不願與人爭，跟人爭最愚蠢。」

麋洋的眼睛藏在睫毛下，跟她的心思一樣深，「那你自己可以獨立呀！為什麼要靠女人獨立？」

麋洋說罷撸起野治的捲髮道：「光愛和在一起是不夠的。魯迅早寫過，『人必生活著，愛才有所附麗』。我不想你同我父親那般，四肢健全卻活成了寄生蟲的樣子，偷拿我儲蓄罐、

賣我媽的衣服。一輩子手腳長在牌桌前，沒下地勞作過，連面子都不要，一輩子完蛋在桌牌前！」

「我才不是你父親！我又不賭，我不獨立是為了看書，不動筆是追求完美作品，你一點也不理解！」野治在麋洋熱乎的時候狠心抽離。麋洋的身心都碎了，野治不要她了。「你是個魔鬼！你這個吸血鬼！」

他們不約而同地吵起來。麋洋指責野治的不忠誠，野治罵麋洋不要臉。

最後女人哭了，野治不耐煩地抽出根煙。他駝得厲害，像個癮君子，向麋洋扔煙灰缸道：「錢是個好東西，把女人照得一乾二淨。說到還錢，我陪你也睡了幾回，扯平了。以後乾脆幹活前先談好價錢！論錢勞動，不談感情！」

這樣深刻的羞辱，麋洋萬萬沒想到。愛情過頭就會傷人，可真正的愛會過頭嗎？麋洋來不及細想，他們之間自然發生、發展太快。麋洋本渴望像露露、福靖那樣，浪費時間談一場真正的愛情。可麋洋忘了她已不再年輕，馬上她就要三十九了。麋洋合上身子，底下一片悲涼。

野治一根又一根地燙麋洋，但凡有點心疼，一個男人都做不出這樣的行為。野治說拿煙頭戳她是叫一個女人看清自己，「你知道我戒不了菸，我討厭責任，我也不可能出去工作、獨立。一開始你就知道！我沒有裝！孩子的事，我也不清楚。可如果你真的愛我，就該通通接受！」

麋洋看著灼傷的口子發紅、起泡。她不覺得疼，只有乏力和難受。酒店的中央空調通著風，排不出怨氣。窗外的暴雨說來就來；窗戶把手做死了，擰不開。

野治跑去衛生間繼續抽，一首德彪西的〈月光曲〉，下一首〈雨中花園〉，然後是帕赫貝爾的〈卡農〉。麋洋放的音樂，打動不了野治。輪到〈敘事曲〉了，麋洋回想起前半生，

遙遠而朦朧。手機上彈出露露的新動態，她上岸了，她的父親接到她了。而麋洋身邊沒有親人了。野治不是她的親人，而她不再愛她老公。

　　麋洋爬到書桌前，有兩天沒寫東西了。愛情打破一個人的自律。麋洋痛徹心扉，她想要活著擺脫，遠離這個墮落的魔鬼，好好生活。

82

    漫長的等待，露露從船上下來，被接上飛機。太陽很有耐心，長時間照著，港口的海浪持續拍打著船底，船上的溫度並不暖和。艙門口時而探出幾個頭，但最後一刻，猶豫的腳縮回去了。

    「我不確定自己有沒有感染，這是件講運氣的事！」登機的一位中年男子道：「今天是我生日，但願這會是個好兆頭！」

    飛機停在原地，多等了兩小時，「再給他們一點時間吧！沒人來，我們就走。」

    這個提議沒人反對，也沒人答應。大家都在拼運氣。最後一刻，又有反悔的人走下飛機，也有從船艙奔赴上機的人。

    飛機的目的地是一座只進不出的城。遍地的偏見與流言，說得真真切切，好像福城呼吸的空氣裡都懸浮著病毒。

    船上的人寧願困在自己故土的海上，也不願飛去一座因病毒封鎖的陌生地。府城的山和海在起飛時送別。遠處，古老教堂發出沉悶的鐘聲。人最怕選擇。交通方便的時候，府城人不願北上；渡輪疫情後，北上是唯一的出路。

    有家難回！後來那些在福城隔離後出來的府城人，沒再回過自己家鄉府城，彷若心碎過，人和城之間、人與人之間就有了道互相提防的屏障。那些人中有的留下當義工，成為「偉大的平凡人」。而打道回府的那些人，過上了深居簡出的生活。大家都像看待病毒一樣躲避著從福城回來的府城人。

    人與人的聯繫脆弱不堪。

    人們開始自欺欺人，投入虛擬的網絡世界。可是成千上萬的帳號中，誰和誰又真正建立了聯繫？狐狸告訴小王子，

「你得馴服我」。馴服,需要花很多很多的時間和精力。這很危險,也需要極大的耐心和考驗。而真心投入過的關係,可能也就短如春夢,明日依舊陰晴未定。

第七章

83

還要守多久？福城人盼一個具體的期限。

每天，醫院都要開「死亡討論會」。會議時間定在犯睏的下午兩點，醫護們站著討論生命的嚴肅問題。

一天之內，ICU 死了十三人，管子都拔不過來。這是現狀，病毒給人類文明狠狠的一記下馬威。醫護看不見希望。即便經歷過南方蝠疫，王傑都用「慘敗」這個詞來形容，「一具小小的軀體被一群機器圍住。生命被機械操控，像是要將人活生生改造成機器。可就是這樣，能上的都上了，那麼多部儀器竟也救不活小小的一顆零部件。人的命有時捉摸不定，要真是台機器也就好辦了，零件壞了可以換，可人心要拿什麼來補救呢？」

心累比身累更糟糕，院長意識到必須換第二批了。第一批見了太多慘烈的死亡。過勞、麻木，人畢竟不是機器，況且機器也需要休檢。第二批援助隊來自各地，包括非醫療組織、非政府行為。

其中有支來自府城的道：「我們是受你們召喚而來。上帝對人性的考量，還真是想盡辦法。」

那陣子，府城依舊在罷工。「反口罩支援」的口號天天在掛，當地醫護反對政府不考慮本城人而捐贈醫資援福。反對聲中，也有良知的醫護動身北上。

在各方的助力下，三院好不容易徹底解封。福靖捧著粉紫落新婦回家。這日，她沒叫弟弟來接。小區家門口，換了批新執勤面孔，門禁已無法奏效。

正門和東門都封了，因蝠疫，小區門口自帶的幼兒園張貼著「學校閉園直至另行通知」的告示。

園區台階上，坐著帶行李箱的大人、小孩，男男女女都在等。門亭保安一個在修指甲，另外兩個戴著紅袖章守在門口。

福靖被攔下，她又刷了遍門禁，依然無效。這時，有個紅袖章舉起一把白槍，對準福靖腦門「嘟」了聲，「34.5度」。保安瞧了眼數字，不相信地再「嘟」了次。

「條形碼？」另一個紅袖章問道。

「什麼條形碼？」福靖遞上她的門禁卡，「我住裡面！」

「住裡面也沒用！我要見條形碼，不是門禁卡！」保安看也不看福靖手上的門禁。

「打開！條形碼！」亭子裡閒著的女保安亮出手機，遠遠示範給福靖看。

階梯上一位膚色黝黑的女子突然湊過來，用她的ABC口音道：「我們也住裡頭！都去酒店隔離七天了，怎麼還不給進？」

保安不理睬，繼續像審犯人般問福靖道：「租客還是業主？」

「業主。」福靖兩腿站累了，只想早點回去休息，「但我前段時間禁足在三院，沒來得及辦條形碼。」

保安拿起登記簿，看看同伴的眼神，向福靖要身份證道：「那先登記！」

福靖遞上證件、寫了號碼。對方進亭子查了查電腦，露出「果然如此」的神色出來，語氣更硬了，「沒這名，我們查過了！租客先隔離七天，去三甲醫院開張健康證明再來！」

「可那是我父母的房子。」福靖解釋道：「我一直在醫院，以前都不用這些嘛！」

「那好，叫你爸媽來！」保安不耐煩道。

福靖倒吸口氣，輕聲說：「他們走了。」

另一位保安提議道：「打電話，證明你是他們女兒就可以！」

時間愣住了。福靖平靜地沉默，許久，她緩緩地說出艱難的八個字，「他們走了，因為蝠疫。」

這下，保安們面色煞白、不知所措，「這情況，您更得去隔離呀！」

那位 ABC 跳出來道：「人家是護士，從三院救人回來！她父母都得蝠疫走了，你們還想怎樣！」

台階上其他人一言不發。

「她說護士就護士啦？再說護士就有特權嗎？」保安被激怒，額頭的肌肉一塊塊鼓起。

「沒長眼睛嗎？」ABC 言語激烈，「她臉上印痕還不夠明顯嗎？」

「抱歉，護士也好，小區住戶的安全第一，這是我們的職責。」滿臉結實的保安提高嗓門道。而另一位紅袖章正在按手機，他發的消息福靖也收到了。

他們同時看著群裡的反應，彼此心知肚明卻都不說出口。

「不同意，我家還有三歲寶寶呢！」

「就是，我家老人有糖尿病，最容易感染了。」

「叫她回醫院住，等疫情結束再回來！」

「護士啊，那每天接觸那麼多病人，萬一感染呢？太危險了！！！」

「三院還是算了吧，病毒放進來，我們整個小區都要封！」

「恕我無法同意，為了大家的健康和安全考慮！」……

信息太多，福靖抵嘴咬唇，說不出話。大家都以「安全」、「健康」的方式將她置之門外，甚至將她到她父母一點點懷疑下去。這病過了年，又成了他們家的事。福靖有些失焦，她扶

住牆根，將酸水吞回去。周圍，沒人上前扶她。

　　「你還好吧？」不痛不癢的問候，隔著一米距離。陌生人之間再難有真正的信任。

84

福哲在外出車，那天不太順利。路面灰濛濛的，天空籠罩著大片烏雲，沒有雨，偶爾撥開些晴朗的藍天，像極了病毒侵肺的樣子，時好時壞。福哲隔著「能見度」的安全距離，在霧氣中按了兩聲喇叭。他在跑往社區醫院的路上，後備箱裡裝著籌集來的物資。小醫院位置偏僻，物資需求容易被忽略。

車跑了一個多小時，福哲繞了些彎路才找到位置。可廢棄物橫在馬路一端，福哲不得不走下車，搬開障礙物。他接著走，直到遇上下一處柵欄。福哲在路旁停下，打電話給醫院。車子是進不去了，醫院派了兩人來搬物資。

福哲等著，來的都是女護士。

「你們院沒男的？」福哲說：「等我下。」

「男醫生在忙！」姑娘利索地抱起個大箱。她一頭紅髮，笑起來很水靈。

另一位護士麻力接過一箱子，沙啞著嗓子道：「這比翻病人輕鬆多了！」

福哲鎖上車，較重的兩袋，他跟在提後頭。

「這天見鬼了！」福哲的手機在車上震。他不知道姐姐今天回家，也不知道姐姐進不了小區門。

「我在朋友圈上看到，說是——燒屍燒不過來」小個姑娘的聲音有些膽怯，「都是二氧化硫，不知真的假的。」

「瞎說！」粗嗓門一口氣打斷，「別信網上的，無聊的人多了去了！」

福哲喘著氣，他的體力在出院後不如從前，「還有多遠？」

「快了，拐彎就到了！」兩名女護士停住腳步，等著後

頭的福哲。

「現在只有等疫苗了。」福哲彎下腰歇口氣，又繼續捧起箱子。

「是呀，只有等疫苗了。」年輕的護士應和聲。

「大家都在盼。」粗嗓門最先走到醫院門口，她放下箱子，說得起勁，「用病毒感染動物，我老公就幹這個，每天跟白鼠打交道，評價疫苗的保護作用，搞到現在都沒回過家。我比誰都希望疫苗早點研發上市！」

「哪有那麼快啊！」年輕的護士看著福哲後腳登上台階，放下箱子。

「飯得一頓頓吃，日子一天天過，搞試驗的也一樣，這病毒可比我們有耐心。」福哲告別這家醫院，本來要去接下一單。可姐姐的電話令他立馬掉頭回家。

85

福靖在等弟弟回來。

期間，一位抱孩子的母親埋怨道：「我跟他們爭了一早上，也只好等房東來幫我取東西。還有兩戶拖家帶口的，活活被氣走，外頭酒店早不收了。」

福靖撐住睡意，頂住眼皮在聽。

ABC 閉不住嘴，大發議論。而她母親始終坐在最遠的那級階梯上，看著行李。「我媽媽隨我在福城漂了近十年，從沒想過有日會被趕出來留宿街頭！你說氣不氣人，我又不是沒錢。掃地出門這種事，毫無尊嚴可言，還不如得了送進去住！」

「那你報警了嗎？」戴帽子的大叔開口道。

「報警管什麼用！」ABC 愈說愈上頭，「警察來都不來，讓我們自己跟物業協商。物業又推雪球似的，說現在不歸他們管了，歸社區命令；社區又推說那是上頭指示，他們也沒辦法；問到上頭，上面的就說自己從沒下過這種命令，也沒聽過這規定，然後循環了，繞回去再來一遍。」

「我們也被這循環忽悠了。本來計劃來看杜鵑花的，結果杜鵑花沒開，先被民宿趕了出來，又沒車次回。」另一位學生模樣的男人，戴著副有文化的黑框眼鏡，說話時一臉斯文地看著身旁女友，「一刀切，市裡沒下過這話。可民宿、酒店都住不了了，這政府和管理，太亂了！」

福靖感到抱歉。福城欠外地遊客一場櫻花盛宴。原本每年過年，民宿早早定滿了。她父母也動過開民宿的心思。可現在，一切都不切實際了。

眼鏡男的女朋友滿臉委屈道：「太不講理了……我們沒接受退費，就把我們的東西扔出來！什麼為了維護小區居民的

安全，說得大義凜然！就是踐踏他人尊嚴，拿雞毛當令箭！」

「拿雞毛當令箭！」那位母親懷裡的小男孩學了句。他尚年幼，只曉得鸚鵡學舌。孩子無知的模仿卻給抱怨的氛圍帶來歡笑。小男孩見大家在衝他笑，又眨眨眼，「咯咯」地重複好幾遍，「拿雞毛當令箭！拿雞毛當令箭！拿雞毛當令箭……」

「孩子就是好。」福靖望著小男孩，百感交集。

「說到底，還得有自己的一套房！」大叔人到中年，滿身現實感。他恨自己打工一輩子，啥也沒攢到。他的年紀已叫他無力改變，「我這把年紀了，起個變故就像條落荒狗。人活著，真他媽比狗還累！」

福靖不是租的房子，她沒資格開口。房子是父母現成的，也不是她打拼來的，而且她又是本地人，福靖扳著手指，按自身努力計算的話，她至少也得省吃儉用打工二十餘年，才可能在這座城擁有一套兩室一廳。但是福靖忘了，房價每年還會漲。

86

　　福哲回來花了些時間，他出示了張「居民出入憑證」。可沒想到規則又變了，福靖的出入問題不再是靠開張「憑證」那麼簡單了。

　　「她進去一分鐘或一天都一樣！」保安強調道：「隔離病人是你們護士的職責，保護社區安全是我們的職責，這是一個道理。」

　　牌打回去，話說得天衣無縫。亭子裡的女保安躲在門後，隔著縫隙叫同事不要廢話了，「離他們遠些！」

　　「你說什麼？」福哲差點動手。

　　「算了。」福靖攔住弟弟道：「他們沒說錯，誰都沒錯。」

　　「可非這樣子嗎？」福哲不解道：「護士和病人，我們一樣，大家都在經受這場疫情！」

　　爭執鬧到後來叫來了社區防疫部的人。他們護送福靖和福哲上電梯。群裡靜悄悄的，姐弟倆踏進家門就被貼了封條，不允許出入、不允許開窗。

　　即便這樣，物業的投訴電話仍沒停過。群裡對保安的「不作為」表示抗議，福靖對那些消息視而不見。小區上下從沒那麼一條心過，可就在趕走「病毒」這件事上，大家異常地團結。

　　福靖本以為不出門，無害於人，事情就會消停。她在家連續睡了好幾天，還沒來得及跟弟弟講懷孕的事，那邊王傑打來，說上官露露情況挺好，不過接來那批中查出變異病毒，所以隔離期延至 21 天。

　　隨後，福靖跟露露通了電話。

　　「感覺像在看電影，一幕幕，太不真實。」露露感慨道。

　　「別多想，隔離完就沒事了。到時你來我家，我給你整

福麵吃！」福靖鼓勵露露說：「病毒不比人可怕。」

露露回望這一路道：「我發現現在我是哪裡人都不重要了。身份不是個好東西，它叫人焦慮、失望，甚至異化。野治其實不算太壞，就是自私了些，狡詐了點。我以後要找個笨拙的，適合好好過日子。」

福靖猶豫著，還是把露露當作知心朋友，「我有了，是他的。」

露露握住手機，眼淚簌簌下來，不知道是為福靖高興還是怎麼回事。

那晚，露露在日記中寫道：「我一直過著自欺欺人的生活，我以為我不愛了。有些人靠近就失去。他身上有部分是我想要成為的樣子，可隔著大海，我們到底太不一樣……我知道我沒那麼勇敢，不可能不在意世俗的目光，但福靖不一樣。她有了他的孩子，一切都不一樣了。愛情是對自身不滿的鄙視，而追逐大海就需要沉得住氣。島嶼是可能遮蔽一個人的孤獨。我在海上漂過，紀德筆下的偽幣，這世間有比愛情重要的東西，但不會比愛情的回憶更珍貴！」

87

　　不到一週，保安和物業來了。他們的姿態是低的，意思卻很明確。「互相體諒」，這個詞好用且恰當。福靖點頭答應，收拾完東西，帶上門離開。弟弟在房間處理求助信息。他的車給物業盯上了，福哲背著姐姐想辦法解決。

　　福靖沒打招呼就走了，順手撕下木門上的「蝠疫紅叉」。福靖了解弟弟的脾氣，她謊稱是回醫院幫忙去了。

　　「這次去的時間會有些長，你要好生照顧自己。媽走之前曬的那幾隻醬鴨，記得取下來吃，再不吃就壞了。」福靖留言中提到母親，像在說一個還會回來的人。

　　骨灰罈就供在他們客廳的香爐後，兩張照片並排祭著。一家人的黑白照、彩照都壓在木桌玻璃下，從出生到長大，用他們爸媽的話說，是「出息了」。福靖抽出一張全家福，放在口袋裡，她跟弟弟開玩笑說，放口袋裡當「護身符」用。

　　「你越來越像媽了，迷信！」弟弟曾取笑姐姐過，可自己先哭鼻子了。

　　親人走後，福靖跟弟弟的關係更近了。福靖離開後，福哲獲准隔兩日出趟小區門。據說那也是新政，叫「小區自理」，規則當晚下達，第二天就生效了。

　　小區那道紅色生鏽的鐵門前，福哲曾想跑下樓喊住姐姐，告訴她，他喜歡上了一個女孩，也是名護士，還沒畢業，個子不高，走起路來像個戰士。但福哲不知道女孩的名字，他腦海裡只有「她向他跑來」的畫面。

　　福靖走的時候，沒回頭看自己的家。她步子堅定，其實無處落腳。走著走著，在一棟老式鐵門前停下。柵欄上掛著把生鏽的鐵鎖，門口擺了張檯子。

溫度計在福靖手腕上「嘟」了聲，一位滿頭銀髮的老爺爺開了扇小門，問：「進去幹嘛？」

　　老人的音量像練過氣功，福靖唐突地轉身要逃。

　　正巧，王傑小跑回來，搖搖手道：「大爺，我朋友！」

　　「女朋友？」大爺跟王傑是報友兼棋友，平常就愛互開玩笑。李佳過世時，大爺出過花圈錢。

　　「你看，老毛病又犯了，是不是飯吃少了，話開始多了？」王傑指指大爺，向福靖解釋道：「崩理他，這老頭子不正經！」

　　「好了好了，快領回家吧！」大爺背靠在木藤椅上，搖頭晃腦地哼起詩來，「孤家少一人，老頭寡得很，想要尋個伴，誰家姑娘肯……」

　　「你們看門的大爺都那麼有文化，不太像這裡人！」福靖寒暄道。

　　「我剛買了點菜，吃過了嗎？」王傑說著，拎起福靖行李，迎她進屋，「怎麼了？」

　　福靖這才講起自己的事。王傑沒插嘴，他耐心地理出書房給福靖睡。

　　那一週，福靖過得特別踏實。每天起來，一桌的早餐像做夢似的，而王傑一早出門打太極去了。有時，反應過大，福靖吐得滿地都是。王傑總要她休息，自己一點點收拾乾淨，也沒嫌她一句。

　　「家裡有個醫生，特別安心。」福靖誇讚王傑。

　　王傑聳聳肩，並不過問福靖和她男朋友的事。

　　而福哲那頭，翻來覆去，心裡惦記著一個人。相思是最要命的，粉紅小姐姐沒再聯繫過他。福哲有對方電話，可在鏡子前演了上千回，理由都顯得不夠充分。等到終於鼓起勇氣打通那串號碼時，卻已是個空號。

88

一星期後，越來越多潛伏期的患者開始顯露症狀，三院的負荷一下子又上來了。

宇芳聽說排查時有名九歲姑娘成了孤兒，她爺爺在屋裡走了一周沒人發現。另有位年紀大的獨居老人是社區送來的，排不到床位，在外頭呻吟。

「我這兒空間大，可以擠一兩個位。」宇芳主動要求護士加床，「大家都是病人，沒那麼多講究。」

於是，小姑娘和老人都安排進了宇芳的病房。

小姑娘生得可愛，不過受了驚嚇，住進來就一直在哭，「我爺爺說，不可以出門，外頭有病毒！我要聽爺爺的話，我要回去跟爺爺住！我要爺爺！」

還沒人告訴小姑娘，她爺爺已經走了，而且就死於病毒。現在，她也查出陽性，幸好及時發現。

「我們不哭，阿姨在，我替爺爺保護你！放心，這裡沒有病毒，你爺爺也很放心你在這裡。」宇芳想起露露小時候，也喜歡紮兩根辮子，冬天穿裙子，哭的時候，哄騙下就好了。

宇芳的話跟女孩爺爺一樣，謊言在春天來臨後就化作護花的春泥了。那是個大家都放心的後半夜，體溫與警覺在睏意中下降……

「宇芳不在危重病人名單上，評估也是可以出院的。」事後，所有懷疑都指向了那兩個新住進去的加床病人。病毒的傳染太厲害了，醫生回憶著，站在屏幕前，所有挽回都顯得過於費力。話不知從何說起，「世事無常，我們還是晚了。」

「不行，關口得再往前移！」王傑拍桌道，他咆哮著，「再前移都不過分！那是生死教訓！不要再信什麼《指南》了！經

驗教訓還不夠嗎？脈氧九三、九四（百分比）都沒用，降起來根本沒機會！這好比雨天煞車，距離遠些就得踩，不然腳速再快也沒用！」

說什麼都晚了，沒人告訴宇芳女兒，可她始終會知道，知道後也肯定會比任何人難受。走的是她母親，旁人只會憐憫。

最後，作為父親的顧森，帶著壞消息去見女兒。

「媽媽是替你死的！你不是要謝罪嗎？你為什麼不去死！」這是一個女兒對一位父親的喊話。露露提前見到父親，卻是因為媽媽去世的消息，露露無法接受。

她渾身顫慄，流著淚，冷眼盯著她父親。顧森的話，露露一個字也不信，一句都聽不進。

「跟你說了，別上網、別看新聞！那都是外人胡說八道！我跟你媽的感情，在經歷中磨平，也在經歷中重新建構、互相取暖。」顧森控制了一輩子的情緒晚節不保。「蝙疫」將他釘上罪人的斬首台，又帶走了他心愛的妻子，然後是他女兒，最後像懲罰似的，上帝偏要他一人獨活。

顧森在妻女走後，卸下官職，想回學校。他唯一剩下的念想就是站回講台。可是沒有學校願意接納一個失敗者。於是在露天的福城大橋下，有名流浪漢自稱教授，破布著身、鳥窩髮型。

老教授總是抱著把大提琴，端坐在江畔，邊彈邊聊莊子，拉的永遠是獻給宇芳〈愛的禮讚〉。路過的人駐足、哭了。教授說女兒走的時候很小，小的時候就走了。他沒抱過她，不是不愛，恰恰是太愛了，怕身上的病毒會帶走她……

一切都是「業」。醫生告訴市長，他女兒走的時候縮成小小的一團，像個嬰孩，一罐安眠藥隨身裝在糖罐裡。五彩繽紛的糖紙和幾顆留在瓶底的藥，顧森無法相信，女兒原來是靠

假糖罐與自己作對。瓶子隨身裝包裡，顧森見過，卻從不在意。

「原來露露喜歡的不是糖。」顧森懊悔地倒空家裡所有的糖罐。

夜在海上呼吸，露露聽到媽媽在唱「大海是人生的音樂」。歌聲遠去，露露看見身後的翅膀。她一點點飄起來，慢慢睡去，天上的星星不再遙遠。

「這下自由了，世界都安靜了……」露露吃力地留下這行字。

野治和福靖同時收到露露的消息：「祝你們和你們的孩子幸福！」

野治不回沒有希望的消息。那兩天，他的世界觀跟麇洋起了衝突。露露的訊息加劇了他的悲憤：「我討厭孩子！」

麇洋走了，她知道能給野治幸福的是福靖。

枯藤老樹，蝙蝠倒掛在岩洞中，外頭的陽光不可直視。星辰大海，貝克遂願沖刷上岸。生命中飄過的每陣海風，都會勾起幾縷桂花的暗香。福城的春天杜鵑開了，那時府城的桂花雨早下完一場。

人走了，想念或懊悔，那都是時間之後的事了。

露露在天上守望大海：天空無法親吻大海。有些人隔著距離觀望，淡淡的位置，若再近些，欣賞的價值都毀了。露露在白色的床單上閉眼睡去……

89

露露走後，世界依舊很忙，每天各地都在通報新增病例和無症狀感染者。隔離從普遍的 14 天延至 21 天，再增加至 28 天。蝙疫企圖成為人群中的一份子，它狡猾地躲過人類的眼睛。府城、鏡城、儐國、端島……世上沒有絕對的安全或純淨。城市裡的人減少互相走動，航班停飛，人類將只有現代交通能帶到的無人區還給野生動物。豹子優雅地下山散步，看著曾被侵佔的地盤，一點點交付腳下。

人們說全球變暖了。可南方天氣在開春後驟降，甚至在與北方交界的地方下起冰雹。野豬興致沖沖，從林子裡爬上公路，大搖大擺走進公園，逛起超市。

「我們沒有和大自然握手言和，自然，大自然也不打算縱容我們。」王傑打理著窗台上的花草。

「落新婦，我忘帶了。但我叮囑過弟弟，要好好呵護。」福靖想到上次王傑買給她的那盆花。

窗外，福城的陽光正好。電視新聞上在播西南海嘯和洪災現場，搜救工作仍在進行。

「今年太慘了！」福靖靠在沙發上，「都一晚過去了，找到希望也不大了。」

「奇蹟還是有可能的。」王傑道：「地震、海嘯、失溫，這些都比病毒厲害，人類不照樣經歷過又存活下來了嗎？」

福靖舉著腦袋，突然問：「那麼，自殺呢？」

「這就是人了！動物只管覓食求生，人受情緒控制，有權即興結束生命。」

王傑折進廚房，端出碗藥。福靖的鼻子一聞，便知是安胎藥。王傑看著福靖喝完，他站在一旁搓手，欲言又止。外頭

的流言很是厲害，福靖的肚子已瞞不住，王傑的清白說也說不清。這點尷尬，福靖明白。

「這藥……」福靖嚼完，「好苦！」

王傑摸出準備好的白巧克力。他已申請調往留觀室篩查病人，還沒來得及跟福靖講。

「人們的目光習慣向上看，忘了底下才最重要。」王傑相信提前分好流、早點檢出疑似病人，就可以避免向上群聚感染。「如果留觀室的功能就是擺些經驗不足的醫護在那頭應付，那麼他們自身和整個醫院乃至整座城，都會有擴散的風險。」

王傑的這個決定，在院長看來是「大材小用」。而王傑要的恰恰是「大材小用」。他在呼吸科幹了大半輩子，經歷過南方蝠疫，早在「人傳人」確認前，就根據病患的白細胞數量和 CT 肺部影像，預判出那絕不是簡單的肺結核。

王傑沒多少個十年了，而福靖還不到三十。他們之間沒有了李佳。有時，王傑會愣住，想著不可能的可能。那種強烈的「想要」，王傑壓抑著。他對自己的想入非非，不可饒恕。

王傑心事重重，他必須停下思緒，耐心等這股勁兒過去。

福靖喊王傑坐到自己身旁。他們之間隔著分寸的距離，沒有發生越矩之事。照片在茶几上，那雙堅定而澄澈的目光從未離開過。王傑在李佳走後，保留了李佳在時的樣子。福靖想說些什麼，可開口顯得困難。於是兩人坐著不語，直到電話打破這種沉寂。

「你知道我們院來了多少菁英，人家都擠破頭往重症科鑽。這可是千載難逢的機會！你最好回來看看，偌大的幾棟醫院樓，多少優秀的醫生勞碌一輩子，時間都埋在了手術台、查病房、門診日常和家屬糾紛中……你是不是老糊塗了呀？都這把年紀了，還不為自己考慮考慮？」田院長打來就是一通勸。

「你知道的，我不喜歡擠地鐵，也不愛湊熱鬧。既然有那麼多優秀人才在重症科，我更應該放心去留觀室了。」王傑坦白他調動的心思，「以前老覺得是我需要佳，其實她更需要我。一個妻子應該獲得丈夫的保護。我留下來，算是替她保護更多的人。」

「疫情結束，來我們三院吧！」田院長再次發出邀請。調任書上，他提筆一揮，加蓋紅章便生效了。這是王傑選擇的路。

「不了，疫情結束，三院就不需要我了。」王傑永遠記得自己的位置，當初過去是替老同學頂班。老同學不在了，王傑不願鑽這個空子。王傑的防護服上寫的依然是文波生前的簽名——「男醫生」——三個字，如果病人非要問他，王傑的回答始終是「錢文波」。

90

「我需要你，別走！」王傑的兒子野治也跟父親一樣，他想要李佳這樣的女人。麇洋從衣架上取下最後一件服飾——藍色金絲邊方巾。麇洋將它繞成環形，掛在脖頸上。而野治趴在地上，扯住麇洋裙帶的拉鏈。他們都出現呼吸不暢的幻覺，像迷亂的心智，野治戲謔說麇洋吸乾了他的精液。

「回到福靖身邊吧！」麇洋動動嘴，算是微笑的祝福，「你要做爸爸了！我不喜歡跟人分享父愛！」

野治還在狡猾地編謊話，他不願承認福靖懷了他的孩子。

「你的耳環在我這裡。」野治攤開手，又收攏。

「送你了，不用謝。」麇洋揚起下巴，抑制不住流下淚。她偷看過野治發給福靖的消息，有「思念」的字眼，那時野治可是在她身邊，麇洋心如刀割。

「酒店費我會給你續的！」麇洋保證道。

聽完這句，野治無所謂地回到床上。他要做爸爸了，野治將麇洋買給他的書夾在兩腿間，肋骨以上叼著菸軟下去，整個身體像本打開的書，書裡有書。

一切有了目的，也便結束了。野治愛麇洋是愛她肯為他花錢，而麇洋愛野治是五臟六腑都想跟他在一起。麇洋帶上門之前，放緩動作。她停頓了幾秒，野治沒有再挽留。麇洋從門縫裡，最後領略了眼那雙正在翻書的手。那一刻，麇洋徹底絕望了，她分不清是書在讀他們，還是他們在讀書。

「我們刻意把自己活成了書裡的樣子，明知幻想會破滅……」麇洋希望野治幸福，那麼她的知難而退就很值得，「拙劣的模仿是不需要負責的。」

麇洋安靜地離開，她已經在爭吵中受了傷。她和野治之

間，被野治說穿了，就是低俗的錢色交易。麋洋曾以為的赤裸相見，竟那麼不堪，又怎麼可能長久？

「去死吧！」隔著道門，野治送給麋洋最後的話。他非要那樣說出口才爽快。

野治記恨她，麋洋唯一不足的就是沒有性經驗，這也是野治無法忍受的。

想清楚或想念是在麋洋走後，野治的深刻性無人訴說。

91

　　「媽媽、媽媽……」野治自憐道,他從不跟人提起自己的母親,因為他根本瞧不起現實中那個女人。之前回去,野治發現了母親的秘密。自那以後,他害怕回去,見那個不堪的女人。

　　野治的媽媽是個勤勞、現實的女人,一天兼三份工,天不亮就換好藍底黃字服,上街掃地。野治從不過問母親工作,他只曉得拿錢。

　　有一次回去,野治看書到凌晨三四點,突然興致起來,出門散步。天陰沉刺骨,野治把頭縮在帽子裡,側身躲開迎面而來的垃圾車。外側的垃圾咕嚕嚕滾下。一個蒼老的女人掛下銀絲,抱起臭薰薰的垃圾袋。垃圾太大、天色太黑,陳美麗沒發現那個瘦長的男子正是她兒子。而野治一時難以接受,發出烏鴉的叫聲跑走。他根本沒想過幫他母親一把,野治回到家就蒙頭大睡,一覺醒來,母親做好滿桌的飯菜。野治噁心地一口也吃不下,滿腦子都是母親摸過垃圾的手。在野治印象中,母親年輕時,個頭跟福靖齊高,後來開始發福、沒有女人味,同父親離婚後,她整個兒迅速衰老,臉色枯黃,又不幸中了面癱。

　　即便這樣,野治還是安心收下母親撿垃圾的錢。他想著叫母親安心,於是野治更願意在體面的女人身邊,幻想母親的理想形象。

　　而野治母親陳美麗早已習慣兒子不回來、不打電話給她,反正只要兒子活著就好。

　　「沒有電話是件好事。」野治母親自個兒嘀咕著,「說明他錢夠花,過得還可以。」

　　野治不曉得他母親有糖尿病。在野治腦袋裡,母親是個

遠方的形象，端在一個叫福城的家裡。而他更樂意抱著麋洋，幻想「媽媽」的樣子。野治在心底希望，自己母親能像麋洋一樣拿得出手。

「這小子，大概不要我了，過年都不曉得回來看我！」美麗撿起垃圾桶邊上的口罩，「粉色的，漢漢喜歡……」

美麗歪著嘴，腿一拐，折倒在地。福哲剛好駛過，從後視鏡裡，他望見老人跌倒，路人紛紛躲開。福哲不管有沒有詐，他拉起手煞，想到過世的母親，他忍不住走下車去扶。

美麗賴在地上，口罩繩繞在指間。美麗乾咳幾下，嘴上念念有詞，「這是錢，口罩金貴得很，現在人太浪費……」

福哲蹲下。女人的衣服髒兮兮的，滿身垃圾味。

美麗扣出顆眼屎，繼續念叨：「年紀大嘍，離土地越近，心越安。什麼都不想了，想起來也費事。」

女人蠟黃的面色一看便知營養不良。那會兒，府城的陽光和福城的積雪一樣皎潔，映襯在女人氣血不足的臉上，「下雪了，兒子兩年沒回了。他那邊不曉得冷不冷，今年羽絨我都給他曬過，他嫌發霉，不要我寄……」

「您沒事吧？」福哲伸手道：「地上冷！我扶你上車。」

「回去洗潔精蒸下，煮熟了就沒毒了，對不對？兒子不回來的好，省得遭罪。要死，一個人死，他看不見最好！」美麗孤獨久了，不太去聽他人在說什麼。

福哲拉起女人，帶她上車，拿出手機道：「您可以打給您家人。」

「什麼？我家沒人！」女人兩眼麻木，一臉無辜。

福哲猜：她不是提到兒子嗎？莫非是被遺棄的獨居老人？

福哲從座位旁的車槽裡，取出剩餘的口罩，一隻隻嶄新的，全都送給那老人。

「這些好！」美麗眼睛一亮，笑瞇瞇道：「你比我兒子

有良心！他在視頻裡只會笑話我，說我這把年紀搞那麼性感，薄的口罩也戴得出去，罵我不要臉。說完，他還問我要錢哩！」

福哲震住了，世上竟有這樣的子女。

「自己生的，沒辦法！」美麗對著掌紋發呆道：「自己生的都這樣，世人自私更沒什麼好怨了……」

福哲從後視鏡裡留意著老人，美麗忽然望向後視鏡裡的眼睛道：「你沒我兒子老相，我兒子在讀研究生，他說還要繼續讀博。我怕他讀傻了，養不活自己，同我一樣沒用就不好了，對吧？你看你有車，我怕我兒子被人瞧不起！」

「我送您去福華醫院看下吧！」福哲盡量不提蝠疫。他堅持要帶老人上醫院。「社區醫院，不會太貴。」

「不去，我不去福華！」女人在後座嚷嚷，脾氣大得很，「那醫院養了條沒良心的狗！」

「好、好、好，那……那我送你去我姐那兒，可以吧？」

「可我沒錢！」陳美麗露出詭異的笑，「不過好！那女人死了，可我還活著。」

92

　　福哲把車開進三院。陳美麗被安排在留觀室候診。走來的白大褂，美麗老遠就覺得熟悉。她認出他來，不需要走近。王傑的步態和聲響，美麗太熟悉了。但凡生活過七、八年的夫妻，對方一舉一動，不用靠眼睛，況且他們還生了個孩子。身體的刻畫不可能完全消失。

　　王傑每個月往美麗帳上匯一筆數字。他對病人狠不下心，可對妻兒能夠不聞不問，定期付撫養費。

　　「我又不是你買的基金！」美麗把該罵的、該鬧的、該毀的都折騰了遍。王傑對美麗不再有虧欠。婚姻最後一點體面都在分開時折磨乾淨，離婚收場後，孩子是王傑終生的債務。

　　美麗再見到那張臉，她一句罵人的話都想不起來了。時間過去太久，美麗竟然害怕見到前夫，她扭轉脖子，抖著雙腿，貓下身子。

　　「怎麼了？」福哲關心道：「醫生來了！」

　　「美麗？」王傑平淡地走到她跟前，像同一個老友說話一般平靜。陳美麗的腳凍住了，渾身的重量都在下墜。她像隻下鍋的貝殼，油炸開她的肉，煎裂的痛感在熱度中麻木。陳美麗彷彿看到自己的白髮從前額生到髮尾，她不敢照鏡子，白髮沒人給她拔，她也沒錢染。家裡的鏡子，兒子走的時候帶走了。

　　美麗傻住了，她一動不動，低著頭，沒膽開口。王傑就在眼前，冰釋前嫌是假的，發生過的關係，時間會淡忘它，但不可能原諒它。知道回不去了，時間讓兩人無話可說，沉默就是答卷。但凡吵啊、鬧啊，那都奔著想要和好的希望，可一旦不再掙扎，也就無望了。

　　王傑按部就班，陳美麗現在是他的病人，他要對病人盡

職。千萬個來找他的疑似病人，王傑是他們的醫生。眼前不過是他前妻來找他看病。

留觀室什麼人都有：菜場攤主、附近的居民、疑似感染的醫護；後來酒店老闆、明星政客、酒吧妓女、科學家、監獄犯，再到音樂家、原畫師、流浪漢、網紅等等，能想到的工作和未來的職業，病毒才不管你做哪行的。它住進人體，跟著學壞，懂得「虛與委蛇」，偶爾良心發現，又在無症狀感染者中「時隱時現」。

美麗矢口否認在垃圾桶裡撿口罩的事，她的眼色對一個真誠的大學生來說，根本不管用。陳美麗盯緊福哲的嘴巴，可王傑的職業敏感早已嗅到病毒的存在。

美麗如鯁在喉，她像是被病毒要挾著，努力編造謊言。可惜試紙沒有放過她，一查便知，女人的深喉唾液顯示，病毒含量相當高了。王傑立刻給美麗安排住院。美麗還找著各種理由，想方設法溜走。當著王傑面，她說不出「沒錢」，就推說「要上班」。房子、贍養費，王傑一樣沒少她。可美麗確實沒錢，兒子榨乾了她的儲蓄，還時不時向她討更多。

後來這個撿垃圾的阿姨被醫護們小聲議論著。福靖回醫院站崗時，也聽聞了幾句，說是「住院費王醫生墊的」，不知道什麼關係。那時，福靖並不知道她在照顧的病人是野治的媽媽，也就是王傑的前妻。

而那頭，野治因吸菸玩火，導致警報拉響。管理員用副卡刷開麋洋訂的房間，煙味和咳嗽聲叫人緊張。查到的入住身份，明明是女性「麋洋」。而野治不承認自己認識麋洋，也不願出示身份證明。

「我沒身份證！就是沒身份證！」野治亂丟酒店床上的枕頭，「你們這是私闖他人房間！房費又不欠你們，管那麼多！」

無奈之下，酒店管理者只好報警。登門的醫護檢測出野治房間有病毒。消毒後，野治被強行隔離在他和麋洋睡過的521房間。

　　「這可真是個美妙的安排！」野治哼著跑調的歌，想不起下一句詞。沒多久，登記人員上來，詢問野治「是否為本地常住居民」。

　　「是。」

　　「永久還是暫時？」

　　「有區別嗎？」

　　「戶籍哪裡？」

　　「這重要嗎？」

　　「抱歉，目前當地醫院概不收非府城患者。」

　　「那正好，我不上醫院。」

　　「在酒店隔離，需要提前繳付隔離期間的住宿與送餐費，您的朋友麋洋只替您預付了一週房費。」

　　「我沒有朋友。」野治大笑。

　　「那入住登記的麋洋是誰？」

　　「她不是我朋友。」野治摸摸犯癢的嗓子，輕咳聲，「不過她會很樂意替我買單。反正我也找不到別人，一個人在這裡咳，最合適不過了。」

　　「麻煩給我們您家人的聯繫方式。」

　　「我沒有家人。」野治擺擺手，「還是找那個麋洋吧，她比我家人管用。」

　　管控登記人員鎖上門，和外頭的酒店管理員對望了眼。疫情期間，什麼人都有，世界本就比小說精彩。

　　「沒什不可思議的。」酒店管理員道。他們下樓打電話給麋洋。麋洋只說那是她學生，回不去，她幫忙安排酒店住宿。

　　「那您有他家人聯繫方式嗎？」登記人員又問。

麇洋想了想，給了他們福靖的聯繫方式，「這是他已有身孕的未婚妻電話。」

第二天，酒店管理員和登記人員再次上門打擾野治。服務並不熱情，但注重禮節，「我們聯繫過您未婚妻了，在她來接您之前，有什麼需要的，請撥打總機號。」

「我未婚妻？不管了，能幫我搞點書來嗎？」

「什麼？」酒店經理詫異道，但仍彬彬有禮地勸道：「您中病毒了，還是多休息為妙。」

「你們不懂，我死的時候也應該在讀書，手裡必須有菸有書。我手頭的書看完了，菸被你們沒收了。總可以給我搞些書來吧？」說完，野治猶豫著，想問未婚妻是誰，又覺得麇洋該來的時候就會出現。

為此，他心裡的石頭落地，舒坦地笑著：「我就知道她不會放棄我，未婚妻，那是最理想的結局。」

麇洋在登記人員的詢問下，不承認曾去房間住過。府城酒店沒有安裝攝像頭，他們尊重每個個體的隱私。而麇洋的檢測結果也是陰性，病毒彷彿幫她圓了謊。

93

「你再也見不到我了。」野治在麋洋刪除他後喊出這句話。

麋洋沒再聯繫過野治，可她依舊擔心野治的情況。後來，大堂經理告訴麋洋，她的學生已被轉走，他們正在給房間消毒。

那以後，野治也沒再聯絡過麋洋。有好幾次，麋洋忍不住回加野治，野治並不理她。麋洋給野治打電話，那頭始終沒有回音。

麋洋兩個月沒來月經了，一切如她所恐慌的那樣，只是晚了，野治已經選擇了福靖。麋洋不知道該怎麼辦，她一個人去做產檢，肚子瞞不住的時候，麋洋終於收到福靖結婚的消息。朋友圈上是他們的婚紗照。而那時麋洋剛剛離了婚。

麋洋久久凝視他們的結婚照，野治依舊撇著嘴，看上去沒多大興趣。而福靖摸著肚皮，努力撐住微笑。

「這就是婚姻的樣子。曾經無可救藥的人也走上這條路了！」麋洋抽笑幾聲，對肚皮裡的孩子說：「蝴蝶不在了，我有辦法讓你父親知道你的存在。」

學校門前的桂花樹開了又謝：一串串小黃花隨著氣溫回暖綻放暗香，又在南方迅速入夏後一點點凋零。

《斜陽》中說，「人類為愛情與革命降生於世，那是塵世上最美、最甜的東西，可是社會上的大人說對了，革命和戀愛是最愚蠢、最醜陋的行為，而依靠愛情活下去也是可悲的。」

麋洋難以自控，胎心在肚子裡是條命。她繼續讀著《斜陽》：「我的腦海中甚至浮現出一位有夫之婦的身影，即便是違反道德，她也要坦然地奔向自己所愛的人。破壞思想！破壞

是可憐，可悲又美麗的。破壞、重建，最終實現美好的夢想。也可能一旦破壞了，永無完成之日，即便如此，由於那份仰慕之愛，必須進行破壞。羅莎為了馬克思主義，悲壯地傾盡了她所有的愛。」

「還能怎樣？」麋洋從學校門口往下繞，沿著山路走向大海，「讀了那麼多書又能怎樣？」

山上看不清的小房子，一格格的，那是面朝大海的墓地。鐵軌從洞穴帶來鳴笛聲，麋洋將兩腿放平，臥倒的姿勢與死亡接近，都是為了更好地貼向生命原初的樣子。為此，人必須主動放棄站立行走的慾望。頭頂飄著的是自由的白雲，樹葉在陽光間留有分寸，碎石沖刷在海浪，風涼爽地拂過耳面……

日子過去得那樣無情，農曆七月半，麋洋的生日在中元節這日。跟丈夫分開後，她的秘密無處包容。肚子裡的孩子或許曾幫麋洋擋過蝠疫，但這條生命也是遮蔽不住的羞恥和曾經瘋狂愛情的後果。

除非死掉。麋洋活著，就得做一個格格不入的背德者，像克爾凱郭爾那樣對抗社會、學術圈和文壇，最終為了信仰和內心殘存的不被理解的回憶，麋洋在陽光下哭泣。

「女人的子宮是最安全的位置！」麋洋懷念野治，「那也是最危險的地方。」

她尖叫著想念的名字，那些在她筆下出現和消失的名字，那些她讀到和創作的文字：「慾望讓舉止得體的人喪失本性！」

火車終於開來，彷彿野治向她奔赴，「這就是愛，這就是本性！」

麋洋嗅到肉身的腥味，像剛撈上來的鯨鯊，在海邊滿身是血。

94

　　蝠疫帶走了野治身上的一些東西，說不清是什麼。他開始有羞愧感，別人開他玩笑時，他會在意得臉紅；而大多數時間，他變得愚鈍，不再語出驚人。沉默是他喜歡的生活方式，別人說什麼，他只管點頭答應。而當別人發出命令，野治不再像巴托比那樣拒絕。他開始行動，不再思考，儘管他的行動軟綿綿的，毫無目的，也沒有脾氣或表情。除了永遠撇著的嘴角，沒有人關心野治快不快樂。

　　偶爾在晚上，野治還是會舊病復發，夢見麋洋。

　　而福靖是擔心他蝠疫又發作，非要拿水銀溫度棒探個究竟。

　　發夢中的野治渾身燃燒，充滿力氣，他像對待書本那般仔細、專注得愛撫福靖，他以為他在閱讀的是麋洋，為此，他不放過一頁、一行、一點注釋。

　　福靖能感受到，這與野治以往的草草、自私很不一樣。野治欠麋洋一場認真、無私的愛，他以為這下他表達清楚了。那麼深刻的閱讀，靈魂上的觸碰，只有那一次，僅此一次，對象是誰，發生過後，都不重要了。

　　第二天，太陽依舊會出來，不稀罕地掛了一上午。野治的熱度退卻，他望著熟悉的水銀，握緊福靖的手，啜泣地像個孩子，「我只有你了，現在，我只有你了……」

　　落新婦聽到這句話，枯死在花瓶裡。花朵用凋零的祝福，守住清澈的愛。福靖只能無奈地接受，為了孩子，「花謝了，總要謝的。」

　　病毒似乎消磨了野治「格格不入」的意志。他學會在生活中享受不受阻礙的呼吸，望著頭頂遙不可及的雲。藍天是夠

不到的，夏天來了也會馬上過去。這半年漫長如十年，野治在等他和麋洋 39 歲的約定——等到 39 了，就一塊去死。

這場承諾，從年齡上就注定了不可能。

後來，野治渡過了審美期，走進道德婚姻，看著孩子出生、長大，每天活得像隻狗。

95

因為蝠疫，學生不必返校，網課一直上到了暑期末。又一學期結束，又一屆畢業生要上社會獨立。

麇洋的信，野治後來才讀到：

愛一個人可能太過嗎？很愛很愛，為什麼就不可能了呢？你說你是個沒有未來的人，我想我才是。夏天，滿池的荷花開了，桂花謝了。這樣的日子反反覆覆，我也會隨這年過去。什麼是常態？我39歲生日？常態需要克制，但我別無選擇，沒有你，生活跟死了一樣。我們的孩子她不值得出生，我希望她幸福，這是個女孩兒。

「蝠疫過去了？」大街上有人問。

「蝠疫過去了。」有人大聲重複。

過去不代表過去，也不代表將來。疫情還在持續，有人接種了疫苗，有人吞下了抗疫藥，有人摘掉了戴口罩，有人得了又得。遲早某天，它還會回來。

野治來了，在麇洋的墳前，他姍姍來遲。他們的故事，說不清楚，野治不喜歡解釋釋。他給麇洋帶來了一隻蝴蝶耳夾，在他眼裡，麇洋適合孤獨的美。野治對著黑白照神秘地笑。

「怎麼樣都無所謂了！」野治點起根菸：「要來口嗎？我似笑非笑的斜陽，任何人都見識不了你的美了……」

一句玩笑話，菸在墳頭滅了，沒有遺憾。藍色的雨下在黃色佈景燈上，黑黢黢的路面，底色泛起灰白。生活是一回事，寫作是另一回事，野治笑麇洋太把身體和寫作當回事。戀愛、分手、重逢、死亡，這些都是單一事件，偶發性也是必然性，

多說一句都是自取其辱。從今往後，大可不必……

　　若不是經歷過蝠疫。

　　「不能在一起生活，也不能一起赴死了。你告訴我，柏拉圖和莎士比亞有什麼共同點？」野治問著無望的夜空。

　　天上的雨灑下來，落到地上就是潭死水。麋洋的生日也是她的忌日：柏拉圖和莎士比亞都死在了他們生日的那天。

96

「人們都在考慮怎樣賺錢生活，我卻想著何時與你見面做愛；人們都不讀陀思妥耶夫斯基了，卻非要弄清那該死的善惡；我或許卑鄙、懦弱、不懂得愛，可你是斜陽，你要知道不陷入愛情的人最懂得愛……」在一個刺眼的下午，野治寫出他人生的第一部小說。

他的寫作能力是在麇洋走後種上的，像是身體內有個靈魂在駕馭著他的手和意志。野治停筆出門散步，傍晚的斜陽，餘光柔恰。一輪牙色的桂花印偷偷升起，它同太陽一般圓。野治出神地遙望著，辨不清是日光還是月光。

那時，野治的女兒五歲了，野治管她叫「蝴蝶」。蝴蝶喜歡在父親寫作的房裡拼拼圖，知了在樹上叫成一曲復調，野治牙也不刷，窩在凳子上寫作。

還剩最後一章，野治寫得特別慢。

福城不靠海，夏天一坐久，涼蓆都濕了。福靖吹不了空調，野治就打赤膊蹲著寫。

這是第十三遍了，野治改來改去，撕掉重寫，他必須叫筆下的蝴蝶死去。野治莫名地流下眼淚，從頭髮上抓下一隻蝨子，捏死。擾人的蚊子「嗡嗡」吸著野治的血。野治摸著被咬腫的胞，疑惑道：「我總覺得你還沒走，有時會在人群中出現。」

「你是說你小說中的蝴蝶老師？」福靖打斷道。

野治沒有回答，答案藏在心底，那樣強烈。他聽到麇洋在喊他「治」，他清楚聽到，她在人群中回望、喚他「治」，每一次進入她身體時，她的叫聲都那樣慘烈。可回到現實，只有失望和難過。

「結局可以讓她不死嗎？」福靖又問道：「為什麼她必須在 39 歲死呢？」

「這大概就是命吧。」野治咬住筆頭，常態需要克制。他在失去和繼續中讀懂什麼是愛，並將它寫進小說，「死亡終將我們隔離，因為我只配懦弱地愛。對不起，你是斜陽，偷偷闖進我的視線，我多麼希望你能好好地生活……」

又是一年的中元節，晚上的月亮格外圓。野治趁福靖睡下，獨自去林中散步。月光沉悶，野草勾畫出海的浪聲，葉子「簌簌」地飄落。腳下的野花，野治叫不出名字。模糊的夜色中，過去的愛遠遠走來，藏不住也無法銷毀。

「今晚的月亮特別圓。」野治淌下眼淚，他終於明白女人為什麼動不動就掉眼淚，「也許你媽媽帶你在天上會遇見更好的父親，父愛屬於天國。」

月亮和女人的大肚子一樣藏不住。天上有兩顆星星在閃爍，這是個概率問題。五色花生在懸崖上，野治沒有辦法帶上他的心上人，去看海，去生活，去了解她……

國家圖書館出版品預行編目資料

福城/尚蓬著. -- 初版. -- 台北市：博客思出版事業網, 2022.11
面； 公分
ISBN 978-986-0762-34-1(平裝)
863.57 111012722

現代小說4

福城

作　　者：尚蓬
主　　編：張加君
編　　輯：楊容容
美　　編：陳勁宏
校　　對：楊容容
封面設計：陳勁宏
出　　版：博客思出版事業網
地　　址：台北市中正區重慶南路1段121號8樓之14
電　　話：(02) 2331-1675 或 (02) 2331-1691
傳　　真：(02) 2382-6225
E - MAIL：books5w@gmail.com或books5w@yahoo.com.tw
網路書店：http://5w.com.tw/
　　　　　https://www.pcstore.com.tw/yesbooks/
　　　　　https://shopee.tw/books5w
　　　　　博客來網路書店、博客思網路書店
　　　　　三民書局、金石堂書店
經　　銷：聯合發行股份有限公司
電　　話：(02) 2917-8022　　傳真：(02) 2915-7212
劃撥戶名：蘭台出版社　　帳號：18995335
香港代理：香港聯合零售有限公司
電　　話：(852) 2150-2100　　傳真：(852) 2356-0735
出版日期：2022年11月 初版
定　　價：新台幣280元整（平裝）
ISBN：978-986-0762-34-1